U0094304

問學

丛书编委会

儒藏知津

舒大刚 等著

浙江古籍出版社

图书在版编目（CIP）数据

儒藏知津 / 舒大刚等著 . —杭州：浙江古籍出版社，
2023.1

（问学）

ISBN 978-7-5540-2352-5

Ⅰ . ①儒… Ⅱ . ①舒… Ⅲ . ①随笔—作品集—中国—
当代 Ⅳ . ① I267.1

中国版本图书馆 CIP 数据核字（2022）第 243368 号

问学

儒藏知津

舒大刚　等著

出版发行　浙江古籍出版社

　　　　　　（杭州体育场路 347 号　电话：0571-85068292）

网　　址　https://zjgj.zjcbcm.com

责任编辑　周　密

封面设计　吴思璐

责任校对　吴颖胤

责任印务　楼浩凯

照　　排　浙江时代出版服务有限公司

印　　刷　浙江海虹彩色印务有限公司

开　　本　787mm×1092mm　1/32

印　　张　9

字　　数　178 千字

版　　次　2023 年 1 月第 1 版

印　　次　2023 年 1 月第 1 次印刷

书　　号　ISBN 978-7-5540-2352-5

定　　价　55.00 元

如发现印装质量问题，影响阅读，请与本社市场营销部联系调换。

目录

CONTENTS

一、《儒藏》感悟——《儒藏提要》序

　　《易》曰"天造草昧"，利建侯而行师。《礼》曰"建国君民"，先立学以广教。

　　天垂象见吉凶，圣制《八索》；地成形示安危，贤著《九丘》。河出图洛出书，地出乘黄；人法地地法天，道法自然。世历三皇五帝，文成《三坟》《五典》；道涵三才五伦，礼蕴三德五常。天地之大德曰生，圣人之大宝曰位。生成乃天地之德，守位为圣人之行。参天两地以生筮，于是乎衍阴阳，列八卦；尊道贵德而立教，因此以修孝悌，叙五伦。日月经天地，道德蕴冥冥之中；雷电应鬼神，律令生苍苍之内。阴阳寓神化，风云变古今。文以载道，经以示恒。先王之陈迹斯载，后圣之精神以型。观陈迹可以知兴替，读古史可以识伪真。悟道则跻圣人之域，识真则入贤者之伦。先王立四教，顺诗书礼乐以造士；孔子删六经，用文行忠信以教人。手定六籍，敦叙五品；儒教以立，于道最高。

　　六经者，非特历史之陈迹，盖亦先王之故志。托寄天地之道，涵笼家国之情。形而上者，道德性命攸序；形而下者，孝悌忠恕情深。祖述二帝，于是有礼让为国之政；宪章三王，因此守仁民爱物之诚。天之生民，非为君也；天之立君，以为民也。法天则地，三才于焉一体；民胞物与，万类因之全身。自强不息，君子刚健进取；厚德载物，贤士包容浑仑。君使臣以礼，朝堂有不敢之君；臣事君以忠，天下无弗敬之民。阴阳铸哲思之睿，五行定品物之衡。物极必反，中庸天地之妙；否去泰来，恬然太极之精。诗书执礼，圣教玉成乎君子；文行忠信，孔门模范于后昆。礼乐射御书数，无大小并称六艺；孝悌忠信礼义，合廉耻式成八德。远人不服，文德慎修以来之；家国无怨，忠信笃敬则行矣。孝悌忠恕勤，修身有道；温良恭俭让，克绍必兴。恭宽信敏，施惠乃为仁政；仁义礼智，笃信而全人伦。天道性命情合为天德，福禄寿禧财涵育人生。先王授德行道艺，君子习修齐治平。

　　周季王纲失坠，诸侯力征。礼乐征伐，既权移于天子；道德仁义，幸见守于圣人。夫子教诗书礼乐，弟子逾三千之众；圣门辨仁智忠勇，诸子有百家之鸣。孔仲尼没而微言绝，七十子丧而大义崩。诸侯异政，百子纷纶。诗书礼乐，因以隳堕；纲常伦理，于是陆沉。子游子夏，传经学以弘孔教；文侯梁惠，友儒者而近仁君。孔墨之后，各衍其说，儒离为八，墨裂三分。八儒皆宗仲尼，然持说已自不同；三墨虽称巨子，而趋向早非等伦。诸子扰攘，异说缤纷；百派蜂起，歧路荆榛。经既混于传记，道亦汩于方术。诸子竞而儒益显，传记乱而经不明。若无统叙，毫厘将渐行而渐远；庶有攸归，水火亦相反而相成。孟子辟杨墨，仲尼之道丕显；荀子非十二，儒家伦理昭明。然彼此论战，龈龈不休；互相睥睨，势难衡均。至秦皇一炬，文献灰烬；骊山巨坑，文儒埃尘。书缺简脱，六艺残损；道丧德失，六行胥沦。

高祖兴，汉业建，祀孔圣，诵经典。陆贾献马上马下之论，叔孙有制礼制仪之颁。天地绸缪而叙，君臣次第井然。喟焉有为君之尊，慨然有兴学之叹。然草莽之野心未泯，明君之文治稍惭。故时经七十有余载，汉家欲治而屯塞。景帝末造，文翁行教化于巴蜀；建元之际，董生表经学为儒先。武帝置博士，开弟子习学之员；天下兴学校，启文治教化之端。纵横百家，与其并进而害道；春秋一统，不若独尊以乂安。学而优则仕，文教斯显；仕而优则学，循吏列传。汉初布衣将相之旧局，遂成博士文儒之新观。儒业复振于斯，经学独盛于前。经说记传，文献日增；家法师法，回风倒澜。下迄成帝，搜聚天下书籍，金匮石室，圣经贤传山积；天禄石渠，竹帛缯绨汗漫。不分门别类，何以见大道原始；无条辨缕析，岂能识学术渊源。于是向歆父子，领校秘籍；提要举纲，汇为七篇。首曰六艺，经传章句攸归；次曰诸子，儒者理论斯传。儒史暂附于春秋，儒论常居于子栏。文献初理，目录载成。朔二千载，二帝三王万法一统；积五百岁，家法师法无颇无偏。

儒学既淑世而济人，六经亦传道以行教。其依经为说者，曰传曰记，曰注曰章句；其据注而演者，有疏有讲，有说有正义。枝叶既蕃，节目尤夥。儒人因经以说理，论者援理而辨道。于是有经传之文，隶之经部；次复有说理之书，归诸子略。儒既行于数千年，史亦积为如干卷。淹中有弟子之籍，史迁为弟子之传。若乃耆儒硕学，立德立功，则有专人独卷；为师为帅，著为儒林类篇。迨及宋世，寻渊源乃有师承之记；递至明代，述言行而撰传学之案。年谱传记，行状碑板，在在纪儒者之行，每每有儒史之年。文献于是乎成列，目录由此而生焉。经有十三部，学满四库；书在天地间，教行宇寰。率性而行，百姓日用而不知；据书以诵，诸生吟咏而不烦。

若夫百工居肆以成其事，君子讲习以进其德。性非学则野，学非性则史。黄中通乎理，畅于四肢；修辞立其诚，无愧两间。君子耻一物之不知，髦士乐万方之有娴。兴于诗，立于礼，成乎雅乐；立于己，达于人，荒随惕然。始于读经习礼，终致道德性命。情寄乎琴棋书画，质文彬彬；艺精于诗词歌赋，才情谭谭；博闻三教九流，庶几乎谈空说有；贯穿经史子集，优游于智水仁山。通古今之变，岂唯史氏家学？究天人之际，亦非太卜独擅。包括宇宙一统以就，总览人物百家容焉。

通天地人者谓之儒，包经论史者名之藏。昔老聃为史柱下，尝典周室之秘籍；仲尼设教杏坛，曾翻帝王之坟典。文献散而乾坤覆，经传毁而大道残。爰及有明，羽侯学侳，慨然有儒藏之修；下逮清世，书昌刘音，继焉倡四库之纂。四库虽成，儒学犹杂于百氏；经解卒刊，至道仍散于简编。部居散乱，有逊大全。某敢谢不敏，意欲因儒为题，勿过勿滥；以经为本，或增或删。广搜博采，千古儒学囊括宝藏；条分缕析，万卷经籍提要勾玄。

前纪末叶，岁在丁丑，川大学人，慨然兴《儒藏》之举。发凡起例，定三藏二十四目，焚膏继晷，孜孜矻矻，历春秋二十有二。五千文献校勘入藏，三藏经典精选成编。为卷六百五十余册，该括两千五百余年。儒史既得以通览，经学终成其大全。然卷帙浩繁，势难以遍藏书馆；文成数亿，又岂能家诵户弦？纵览既叹于望洋，翻检亦惮于目眩。含英咀华，或尚需于治要；阅藏知津，期有补乎考献。喜孔学渐盛，项目幸荣获资助；斯文将兴，课题庶免于孤单。爰有总目提要之谋划，期尽染指尝鼎之凤愿。用汇其总，揭橥内涵。编纂粗就，指日布刊。

更贾余勇，再作冯妇；依前篇帙，成兹要览。折衷经典，立宏愿以建规制；涵咀儒籍，仍旧贯亦复沉潜。时历三秋，事经众手。三千种提要黾勉撰讫，二百万文字楮墨灿然。缕述作者，籍贯共仕履毕备；考稽文献，体例与优劣互参。汉学宋学并重，师法家法齐完。综经论史而为大统，穷天地人以就宝函。荧光燏火，裒成集腋。不弃涓滴，终为海渊。远师《七略》《别录》，历历叙彼源委；近宗《通考》《总目》，班班别其疵妍。阅藏近便于入手，及门远捷于韦编。开卷有益，于斯为胜；沉浸泳游，莫善此前。

匡谬补阙，幸见教于不吝；尽善尽美，犹有待于高贤。是为序。

（贵州省哲学社会科学规划项目——"国学"单列课题结项成果《儒学文献提要》卷首）

二、《儒藏》溯源

（一）孙羽侯与《儒藏》

随着教育部哲学社会科学重大攻关项目"《儒藏》编纂与研究"招标工作的尘埃落定，由北京大学牵头的《儒藏》编纂工程宣布正式启动！有人称这是"千百年来中华学人的圆梦工程"，有人称这是"前无古人的浩大工程"，还有人称这是"中华第一部《儒藏》"。这些都表明学人对本次《儒藏》编纂工作的意义十分看重。当然，也有严肃的学者从学术求真的角度，对到底谁是历史上最先提倡修《儒藏》的人进行了溯源，甚至有人对上述不准确的提法提出了质疑。如南开大学来新夏就有一篇专文《新编"儒藏"三疑》（载《北京日报》2003年6月23版）说：

> 《中华读书报》的记者在报道中说汤一介教授主持的《儒藏》，是"前无古人的浩大工程"。把《儒藏》

作为书名，确实未曾见过；但"儒藏"之说，据记忆所及，却是几百年前的事了。只是很少有人述其缘由，只有戴逸教授在座谈会上数典而未忘祖，提到了明末的曹学佺。他曾慨叹："二氏（指佛、道）有藏，吾儒何独无藏？"遂决意修"儒藏"以与佛、道成鼎立之势。乃采撷四部，按类分辑，历时十年，因南明唐王覆灭以身殉，书遂中辍。曹氏不仅有说，而且有行。可惜壮志未酬，但曹氏无疑是《儒藏》的最早倡导者。

又说：

　　时隔百余年，在清乾隆前期，山东一位著名学者周永年（1730—1791）正式提出了《儒藏说》，反复阐述了"儒藏"的正名、立意、作用和意义，并提出条约三则，具体地规划了珍善本书的刊行流通、典藏办法、经费筹措与管理、贫寒者的资助等事务。在《儒藏说》的影响下，后来又有朱筠等人积极建议和推动，清政府也为体现其盛世修典的文化一统，决定于乾隆三十八年（1773）开馆编纂《四库全书》。

并且说：

如果剔去佛、道、韩、墨的内容，《四库全书》也不失为一部像样的《儒藏》。这近二百年发展历程的言和行，至少应该算"儒藏"发展史上的先驱阶段。目前所为，可以说是在继承基础上的重大突破，说是"前无古人"，似可商榷。

来先生以上的考证基本上是正确的，但是说"曹学佺无疑是'儒藏'的最早倡导者"，似乎也可以"商榷"。曹学佺（1574—1646）字能始，侯官人。弱冠举万历二十三年进士。他主张修《儒藏》之事，《明史》卷二八八《曹学佺传》有载："（学佺）尝谓二氏有《藏》，吾儒何独无？欲修《儒藏》与鼎立。采撷四库书，因类分辑。十有余年，功未及竣，两京继覆。"这段叙述是引自曹氏的《五经困学自序》："予盖欲修《儒藏》焉，以经先之也。撷四库之精华，与二氏为鼎峙，予之志愿毕矣。"（清朱彝尊《经义考》卷二五〇）

由于曹氏在文学上和文献学上的大名，他的这一倡议在清代又引起重视。清乾隆时期，周永年远相响应，撰《儒藏说》十八篇，周氏直接说："明侯官曹氏学佺欲仿二氏为《儒藏》。"又说"曹能始《儒藏》之议，自古藏书家所未及，当亦天下万世有心目者之公愿"，"曹氏《儒藏》之议见于新城说部"（周永年《儒藏说》）云云。俨然以曹氏为《儒藏》首倡而以响应者自居。

诚然，修撰《儒藏》的设想曹学佺确实提出过，并且也曾实践过，但是，据笔者所知，在中国古代，曹学佺似乎还不是第一个提出修《儒藏》的人，也不是第一个对修《儒藏》有所实践的人。因为比他年辈要早的著名戏剧家、文学家汤显祖（1550—1616）在《孙鹏初遂初堂集序》中就提到过另外一个修《儒藏》的人。他说："（孙鹏初）尝欲总史传，聚往略，起唐虞以来至胜国，效迁史体，为纪传之书；而因以檃栝'十三经'疏义，订核收采，号曰《儒藏》。嗟夫！公盖通博伟丽之儒矣！"（明贺复编《文章辨体汇选》卷三一〇）文中又称孙鹏初为华容人。明葛万里《别号录》卷五有："湘：孙羽侯，鹏初。"《千顷堂书目》卷二五："孙羽侯《遂初堂集》十卷，字鹏初，华容人。"说明鹏初是孙羽侯的字，籍贯是湖南华容县。《明史》卷二三四曾提到孙氏其人。据雍正《湖南通志》卷一七〇所载：孙羽侯字鹏初，曾祖继芳，祖宜，父斯亿，皆有明著名文人，皆有功名，中进士或举人。羽侯于万历十七年（1589）中焦竑榜进士，选庶吉士，历礼、刑二科给事中。万历二十三年冬，明神宗因"兵部考选军政，中有副千户者不宜擅署四品职"，诘责台省，罢科道官四十人，羽侯即在其中。后里居著书，乡里称贤。善于诗文，汤显祖称："公之所以为文也，盖江汉洞庭为水，渊巨足以滋演文貌；而鹑首祝融为火，雄精足以显发神明。然则公之文为必传，传而必久。李（梦阳）、何（景明）七子之间，有以处公矣。"（载明贺复编《文章辨体汇选》卷三一〇）孙氏等四十人受贬责之年，曹学佺方"弱冠"及进士第，年辈显然在孙氏之下。汤显祖生于1550年，卒于1616年，年龄也比曹氏为长，汤氏序中称孙羽侯为"公"，则孙氏年龄不应在汤氏之下。因此，可以肯定地说：湘人孙羽侯才是第一个提出修《儒藏》的人，也是第一个"櫽栝《十三经》疏义，订核收采，号曰《儒藏》"的人。二人时代相及，孙羽侯编《儒藏》的事（或志愿）曹学佺未必不知，何以《五经困学序》于孙氏只字不提？这是值得探讨的。

由于史志对孙氏的生平记载简略，他对编纂《儒藏》到底做了多少事情，目前还不得而知。大概与曹学佺一样，都未最终编成，故后人知之者少。再加之曹学佺后来的成就显然比孙羽侯的大，声名显然比孙羽侯要响，名人效应淹没了孙氏的首创之功，这也是事理常然。连熟读《永乐大典》和参编《四库全书》的周永年，也只知道曹学佺，而不知道孙羽侯。周氏的《儒藏说》口口声声称"曹氏《儒藏》之议，自古藏书家所未及"，他的这一说法又随着在他影响下推动的《四库全书》的完成而更加深入人心，故学人当然就更只知道有曹学佺、周永年，谁还会关心在曹氏之前还有没有最早的提倡和从事《儒藏》编纂的孙羽侯呢？

于是孙羽侯有三不幸焉：同时代的后生曹学佺，因自己的盛名而不愿提他这个前辈，此一不幸也；不同时代的周永年，过信曹氏《五经困学序》，习焉不察，将首创之功加诸曹氏，此二不幸也；时至今日，学人又因相信周永年的博学，对他的说法信而不疑，更未详考，此三不幸也。有此"三不幸"，于是孙羽侯对编纂《儒藏》的首倡之功和实践之德，至今仍无人发覆！如果说《儒藏》事业有宗法可循的话，曹学佺顶多算个"宗"而不是"祖"，周永年只能算是"继别"的小宗，孙羽侯才是《儒藏》"百世不祧"之"祖"。来新夏先生曾戏称"戴逸先生数典而未忘祖"，由此看来，戴先生、来先生所数最多只能算是"宗"而已，至于其"祖"，则未见其得！

（原题《谁是中华"儒藏"第一人？》，载《儒藏论坛》2006年第1辑，署名舒畅）

（二）曹学佺与《儒藏》

如果说，孙鹏初是倡导《儒藏》编纂第一人的话，曹学佺就是《儒藏》编纂第二人。

曹学佺（1574—1646），字能始，号雁泽，又号石仓居士、西峰居士，福建侯官洪塘乡（今福建省福州市郊）人。万历二十三年（1595）进士，授户部主事，任四川右参政、按察使。天启中官广西右参议，因撰《野史纪略》得罪魏忠贤，被削籍。崇祯初起广西副使，力辞不就。明亡，唐王立于闽，授太常卿，累迁礼部尚书。清兵入闽，学佺于西峰家中自缢，享年七十四。著作博涉经学、文学、文献学、小学、天文、地理等，见于著录者一千五百余卷。

学佺富于藏书，自谓"仕宦分微禄，家藏有剩书"（《石仓诗稿》卷二〇《蜀草》）。曾有感于"释、道二氏有藏，而儒家独无藏"曹学佺《赠余犹龙序》），欲"修《儒藏》与鼎立"（《明史》卷二八八）。在退隐西峰"林居十余年中，唯专意欲修《儒藏》一书，撷四库之菁华"，"竭力敝搜"（曹孟善《明殉节荣禄大夫太子太保礼部尚书雁泽先府君行述》），"因类分辑"（《明史》卷二八八），"欲要以有成"，"与二氏而鼎立"，"足以明昭代之盛，而补向来之缺"（曹孟善《先府君行述》）。然时局所限，功未及竣，即以身殉国。

自孔子删订"六经"以后两千年，呼吁编纂《儒藏》者，有明孙羽侯（1556—1617，字鹏初，湖湘学人，略早于学佺）、曹学佺，清周永年、刘音等。曹学佺《五经困学自序》："予盖欲修《儒藏》焉，以经先之也。撷四库之精华，与二氏为鼎峙，予之志愿毕矣。"时人称其"尝谓二氏有藏，吾儒无藏，欲修《儒藏》与之鼎立。采撷四库书，十有余年，而未能卒业也"（钱谦益《列朝诗集小传》）。

学佺论《儒藏》编纂体例说"儒书繁不能以尽刻……姑从其所见闻者而衰选之"：对诗、文"猎其精华，削其支蔓"；对"五经"之"传注亦有当去取者"；史书"则如《通鉴》"，"如《十七史详节》"，"亦蔚乎其足观矣"；子部，"亦有《品节》数书"，"则当以宋、元及明近事而附于唐数函之后"（崇祯五年《赠余犹龙序》）。又说："妄意欲辑为《儒藏》……但卷帙浩繁，固不胜收；而玉石丛混，观览亦难。乃复撷其精华，归诸部分，庶免挂漏之讯与夫庞杂之患。"（崇祯九年，为徐㷷作《宛羽楼记》）可见，去粗取精，撷其英华，乃曹氏编纂《儒藏》的打算。

曹氏《儒藏》编纂成果，今传有《西峰儒藏》五册，乃摘录宋儒语录而成，有庚辰年（崇祯十三年，1640）王德峻序刻本，序题《西峰宋语录序》，即题可见其宗旨。各册卷端题"儒·统系"，下署"后学曹学佺谨辑"。内容乃宋儒二十四子语录摘编，以时代先后为次，计有：周敦颐、张载、邵雍、司马光、程颢、程颐、杨时、罗从彦、李侗、游酢、张栻、胡安国、胡寅、胡宏、吕祖谦、朱熹、蔡元定、蔡渊、蔡沈、蔡模、黄榦、陈孔硕、陈淳、魏了翁。全书共分五册，不分卷，所采语录或长或短，大抵各家学说萃要精华之语。

此书藏于日本，中华学人并无称引和著录。书前署"庚辰（崇祯十三年，1640）暑月三山王德峻天耳题"《西峰宋语录序》："夫宋之有语录，未尝离于羲、文、周、孔之《易》也。读廿三子语录而不知宋儒之解，犹乎读《易》而不知羲、文、周、孔之解也。故语录与《易》无异旨。"要以"读羲、文、周、孔之心，而为读宋儒之心"。将宋儒语录比拟四圣之《易》，以突出其摘编价值。

是书藏日本国会图书馆、浅草文库、公文书馆等，皆作明刊本，为书五册，或不分卷，或作二十卷。（收入四川大学古籍所编《儒藏·论部·性理类》）

【附录】曹学佺　赠余犹龙序

予每谓："释、道二氏有藏，而儒家独无藏。"道藏惟大内有之，而释典则有南、北二藏。噫，何其盛也！

予观佛藏之有经、疏、律、论，即儒书之有经、史、子、集，是之谓四库。自隋已来有之，但能购其书而板本不能合聚为一。说者以卷帙汗牛，剞劂不赀，即大内金钱，未能倅办。然予曩游涿鹿之云居寺，则有石经，自隋僧静琬虑其教典兵燹为灾，发愿募财，以石镂之。易唐、宋、辽、金，数代始竣。至今藏诸塔洞中，石窗玲珑，犹可睹也。夫梨枣之与砆砑，良有间矣，岂缁流能募化之，而内帑不能供给乎？

又有惑于祸福、智慧之说，谓："刻佛书则有福，刻儒书则无福。读内典则生慧，读外典则少慧。"是亦不然。苟能传圣贤之道于无穷，其福不以一身、一家，而以天下、后世。广狭久暂，以二者较之为何如？且格物致知，开卷有益，安在乎儒书之不可以生慧也？

然蓄藏经者，亦未必简阅。即请僧家阅之，略一持签揭过，即云阅矣，而能寻绎以探讨者，未之有也。予间一披阅，觉重复殊甚，即《般若》一经，多至六百余卷，亦易令人生厌。倘欲抉其精蕴而藏之，恐亦不能四分之一。故予妄意谓：儒书繁不能以尽刻，而四库中集部为尤多。而散佚者勿论，姑从其所见闻者而衰选之。诗自汉、魏以迄我明，为十二代。而文则溯诸夏、商、周、秦，罔不猎其精华，削其支蔓，合而计之，非数千卷不可也。五经为圣人之文，诚何敢措一词，而传注亦有当去取者。史书编年则如《通鉴》，列传则如《十七史详节》，亦蔚乎其足观矣。子部亦有《品节》数书，则当以宋、元及明近事，而附于唐数函之后，是亦补一大阙事也。

顾予蓄志虽久而行之则已晚，明年六十，衰老时至，犹苦无同志者与之商榷。昔司马温公之作《通鉴》，尚择贤以相助；而朱文公之《五经注》犹使其门人蔡、陈分任之。予何人斯？敢独任此大业哉？夫子曰："可与共学，未可与适道。"以今之世，而可与其学者，一何寥寥也。

予闻建阳书坊之有余君犹龙，好刻古书，走吴、越、燕、齐、秦、楚，四方之人来购，如取火于燧，取水于月，而恒见其不竭。又好行其德于乡，乡人皆感化之。亲贤下士，有如饥渴之于饮食者。今年政五十，少予一旬，精力强王，其可以致力于圣贤之道者，尤绰绰乎有余裕也。但余君既交四方之士，则必有立志而可与共学者，幸勿私之，而相告以为予助，予于剞劂之力而有所不逮，亦不分彼此，而当与余君共襄之。庶几哉，学古有获，而德之不患孤也。隋僧静琬岂不知其色身之有限而愿力之难完？然而继之者要于数代而始克终。汉扬子云谓："千载而下，有知子云者。"予又自信乎后死之有人，而吾道之不终于泯没也。

曹学佺《宛羽楼记》：且如释、老二氏俱有藏板，而儒书独无，愚甚愤之，妄意欲辑为《儒藏》，以补阙典。但卷帙浩繁，固不胜收，而玉石丛混，观览亦难。乃复撷其精华，归诸部分，庶免挂漏之讥，与夫庞杂之患。

（三）周永年与《儒藏》

《清史稿·周永年传》：周永年，字书昌，历城人。博学贯通，为时推许。乾隆三十六年（1771）进士，与（邵）晋涵同征修四库书，改翰林院庶吉士，授编修。四十四年，充贵州乡试副考官。永年在书馆，好深沉之思，四部兵、农、天算、术数诸家，钩稽精义，褒讥悉当，为同馆所推重。见宋、元遗书湮没者，多见采于《永乐大典》中，于是抉摘编摩，自永新刘氏兄弟《公是》《公非集》以下，凡得十余家，皆前人所未见者，咸著于录。又以为释、道有藏，儒者独无。乃开借书园，聚古今书籍十万卷，供人阅览传钞，以广流传。惜永年殁后，渐就散佚，则未定经久之法也。

桂馥《周先生永年传》：（先生）有感于曹石仓及释、道《藏》，作《儒藏说》。约余买田，筑借书园，祠汉经师伏生等，聚书其中，招致来学，苦力屈不就，顾余所得书悉属之矣。

章学诚《周书昌先生别传》：又感于古人柱下藏书之义，以为释、老反藉藏以永久其书，而儒家乃失其法，因著《儒藏》之《说》一十八篇，冠于书首，以为永久法式。呜呼！书昌于斯，可谓勤矣。

周永年《儒藏说》：自汉以来，购书藏书，其说綦详，官私之藏，著录亦不为不多，然未有久而不散者。则以藏之一地，不能藏于天下；藏之一时，不能藏于万世也。明侯官曹氏学佺，欲仿二氏为《儒藏》，庶免二者之患矣。盖天下之物，未有私之而可以常据，公之而不能久存者。然曹氏虽倡此议，采撷未就。今不揣谫劣，愿与海内同人，共肩斯任。务俾古人著述之可传者，自今日永无散失，以与天下万世共读之。凡有心目者，其必有感于斯言。

丘琼山欲分三处以藏书，陆桴亭欲藏书于邹鲁，而以孔氏之子孙领其事，又必多置副本，藏于他处。其意皆欲为《儒藏》，而未尽其说。惟分布于天下学宫、书院、名山、古刹，又设为经久之法，即偶有残缺，而彼此可以互备，斯为上策。

释者之书，正伪参半，美恶错出，惟藏之有法，故历久不替。然立藏以后，自成一家之言者，初不多见。儒者则一代之内，必有数种卓然不朽之书可以入藏。释、老之藏盛于前而衰于后，儒家则代有增益，此亦闲卫吾道之一端也。

或曰："子欲聚儒者之书，而仍袭二氏之名，可乎？"曰：守藏之吏，见于《周官》。老子为柱下守藏史，固周人藏书之官也。二氏以"藏"名其书，乃窃取儒者之义。今日之举，岂曰袭而用之哉？

郑渔仲曰："有专门之书，则有专门之学。人守其学，学守其书。人有存没，而学不息；世有变故，而书不亡。"然何如毕入于藏，使天下共守之乎？且《儒藏》既立，则专门之学亦必多于往日，何也？其书易求故也。

郑渔仲曰："辞章虽富，如朝霞晚照，徒耀人耳目。义理虽深，如空谷寻声，靡所底止。"以其未尽见古人之书，故拘于习尚以自足耳。果取古人之书条分眉列，天文地理、水利农田，任人所求而咸在。苟有千古自命之志，孰肯舍其实者，取其虚者乎？故《儒藏》之成，可以变天下无用之学为有用之学。

天下都会，所聚簪缨之族，后生资禀，苟少出于众，闻见必不甚固陋，以犹有流传储藏之书故也。至于穷乡僻壤，寒门窭士，往往负超群之姿，抱好古之心，欲购书而无从。故虽矻矻穷年，而限于闻见，所学迄不能自广。果使千里之内有《儒藏》数处，而异敏之士或裹粮而至，或假馆以读，数年之间，可以略窥古人之大全，其才之成也，岂不事半而功倍哉？欧阳公曰："凡物非好之而有力，则不能聚。"《儒藏》既立，可以释此憾矣。

先正读书遗矩，亡于明之中叶。高者失之于玄虚，卑者失之于妄庸。《儒藏》既立，宜取自汉以来先儒所传读书之法，编为一集，列于群书之前，经义治事，各示以不可紊之序、不可缺之功。凡欲读藏者，即以此编为师。其涉海有航，无远弗届，而书籍灿陈，且如淮阴之用兵，多多益善矣，又何患其泛滥而无归哉？

周永年《〈儒藏条约〉三则》：《儒藏》不可旦夕而成，先有一变通之法：经、史、子、集，凡有板之书，在今日颇为易得，若于数百里内择胜地名区，建义学，设义田，凡有志斯事者，或出其家藏，或捐金购买于中，以待四方能读之人，终胜于一家之藏。即如立书目，名曰《儒藏未定目录》，由近及远，书目可以互相传抄。因以知古人之书或存或佚，凡有藏之处，置活板一副，将秘本不甚流传者，彼此可以互补其所未备。如此，则数十年之间，奇文秘籍，渐次流通。始也积少而为多，继由半以窥全。力不论其厚薄，书不拘于多寡，人人可办，处处可行。一县之长官，可劝一县共为之；一方之巨族，可率一方共为之。今愚夫愚妇不惜出金钱以起祠宇，较之此事，轻重缓急，必有能辨之者矣。

周永年《与李南涧札》：曹能始《儒藏》之议，自古藏书家所未及，当亦天下万世有心目者之公愿。

《儒藏》果成，则有大力而好事者欲刻，必先刻此一藏；欲藏，必先藏此一藏。古人佳书幸存于今者，从此日便永不湮没。二氏得此法以藏书，故历代以来，亡佚甚少。吾儒斯役，又乌可缓？不然，如嘉定钱先生所致叹于惠氏之书者，宁非后死之责乎？

周永年《复俞潜山》：曹氏《儒藏》之议，见于新城说部，其详未闻，大约须分四部，将现存有关系之书尽入之。四部可分四藏，而后合为一大藏，犹释氏之以经、律、论为三藏也。南涧云："此事聚之既难，刻之尤难，恐不能成。"然宇宙间公事，既有人倡之，必有人应之。目下先聚书籍，订目录，以待方来。即未备，亦可俟后人之补。果能刻之，而分布数百千部于天下，岂非万世之利哉？

周永年《与孔荭谷》：昔曹能始欲为《儒藏》而未就，窃以此艺林中第一要事也，然成实不易言。目下宜先聚书籍，分局编辑。目录既定，易购之书则购之，或秘本不甚流传者，则先为活板印之，约略先成数十部，分而藏之。即未备，亦可俟后人之补。弟尝略检《佛藏》，历代以来，书之亡佚甚少，儒者反无此远虑，致使《七略》、四部之书日就散失。曲阜既文献渊薮，足下又淹雅多闻，克肩此事，故敢以告。不尽。

周永年《复韩青田师》：门生连年奔走四方，仍于故纸堆中作活计。偶感于曹能始《儒藏》之议，窃思续而成之。经、史、子、集，宜先分四藏，而后合为一。经有《注疏》及昆山所刻《经解》，增添有限；史自全史而外，可入者亦无多；惟子、集二门，搜辑颇难。近闻陶九成《说郛》全本归安庆府城内王氏，若获此书，则子藏亦可成矣。祈借出，散于所属生童胥吏，每人抄二三本，量给纸札、饮食之费。即令广文先生简一方之有文望者，董其校雠。此书海内止有二三本，即不为《儒藏》计，而只本易失，亦宜重抄，以广其传，若能活板摹印数百部，则更妙矣。……今吾儒门喜博者鲜持择，高谈者乐简陋，故典籍日微而文事衰坏，人品日卑而业干前古。吾故尝曰："儒门衰而经籍散，释氏衰而三藏繁。"如周君之说，盖不悦学者所谓不急之务也，吾则不能无动焉。感于"藏"之为言，牵释氏书之用，以针释而激儒。

刘音《广儒藏说》：太上立德，其次立功，其次立言，三者必赖书以传。……自今以往，不知其几千万世，其间之圣贤哲士，不知复几千万人，而所立之功德文章，载于书而可传于后世者，又不知其几千万帙。是书愈多愈易散，而藏之者愈难矣。今欲其聚而不散，令上下千古之书有所依归，则莫善于《儒藏》。《儒藏》之议发于曹氏能始，吾友济南周君书昌举以示余，曰："佛、老之藏在在有之，故虽经变故，一失九存。且衲子羽流之著述，亦得以类相附，不至于美者不传，传者不永。乃吾儒之书，反茫无归宿之处，岂非艺林之缺陷也哉？"余谓此诚宇宙间一公事也，因广其意而为是说，且愿天下潜心于吾道者共相赞襄，毋生疑阻焉。

（四）蜀学与《儒藏》

蜀学是发生在巴蜀大地，曾经与中原学术并行发展，最终影响并融入中华学术宝库的区域性学术。蜀学在其产生和演变、发展的历程中，与儒家经典和儒学文献，曾发生过非常密切的关系，一定程度上推动着儒家经典体系的嬗变和定型，其成功经验和学术成果至今仍然是我们编好《儒藏》的精神食粮。

早在上古时期，这里便诞生了为儒、道、墨三家共同推崇"生于石纽"（《孟子》佚文）、"兴于西羌"（《史记·六国年表》）的大禹，《尚书》载其因治水需要而悟"九畴"，于是衍为《洪范》（见《尚书》）；又因伏羲氏《河图》，于是演为"三易"之首的《连山》（《山海经》佚文），两书及其所含"阴阳"观念和"五行"学说，奠定了后世中国（特别是儒家）经典文献的基本形态和中国哲学的基本范畴。至于孔子所赞大禹"菲饮食而致孝乎鬼神"的孝道观念，以及《考工记》所载"夏后氏世室"的宗庙制度，更是后世儒家坚决持守的道德伦理和礼仪基础。约当殷商时期的"三星堆"遗址，所出土青铜祭坛，明显表现出"三界"（天、地、人）合一的信仰体系。战国时成书的《世本》又揭示蜀为"人皇之后"（《华阳国志》则称蜀"肇于人皇"之际），天皇、地皇、人皇三才一统的观念，又与三星堆出土青铜器吻合起来。《华阳国志》记载蜀王亡故，不同中原之谥号，而以"青帝、赤帝、白帝、黑帝、黄帝"命其庙号，又与《洪范》中所载五行相生相克的观念结合起来。至于禹所娶涂山氏之婢女吟唱"候人兮猗"的《南音》，后为周公、召公所取法"以为《周南》《召南》"（《吕氏春秋·音初》）；又为屈原所依仿，造为《离骚》楚辞（谢无量《蜀学会叙》）。所有这些，均可视为早期巴蜀学人对儒学经典文献形成的特别贡献。

秦汉时期，物华天宝的巴蜀地区不仅是祖国统一的坚强基地，也是中华学术孕育和发展的摇篮。汉景帝末年，庐江舒城人文翁为蜀守，有感于秦后天下绝学，乃修起学宫于成都市中，派张宽等十八人前往长安从博士讲习孔子《七经》（在中央所传《诗》《书》《易》《礼》《春秋》之外另加《论语》《孝经》），张宽等学成归来，即居学宫教授；文翁复选下县弟子入石室肄业，成功改变巴蜀的"蛮夷风"，实现移风易俗，儒学正式扎根巴蜀。巴蜀士子，或负笈万里，求学京师，或居乡开馆，传道授徒，形成颇具特色的"蜀学"流派，史书或称"蜀之学于京师者比齐鲁焉"（《汉书·循吏传》）；或直接说"蜀学比于齐鲁"（《三国志·蜀书》《华阳国志》）。巴蜀士子以经学为学习和追迹对象，在儒家故里之外又形成一个儒化地区,故当时巴蜀有"西南邹鲁""岷峨洙泗"之称。文翁石室是汉朝首个由地方政府建设的高等学府,在历史上成绩卓著,影响盛大,史称"其后王褒、严遵、扬雄之徒,文章冠天下,由文翁倡其教、相如为之师也"(《汉书·地理志》)。汉武帝推广其经验,"令天下皆置学校官"(同上),于是汉代遍开郡国之学,中国进入全面"儒化"时代。当时汉博士所守经典为《诗》《书》《礼》《易》《春秋》"五经",蜀中所传则是《七经》,在"五经"外增加《论语》《孝经》,形成"蜀学"重视伦理教化的经典特色。是后,中原士人通习群经称"五经无双"(《后汉书·许慎传》)、"通五经"(《后汉书·张衡传》);巴蜀士人通群经则多称"东受《七经》"(《华阳国志·蜀志》),"学孔子《七经》"(《后汉书·赵典传》注),"精究《七经》"(《华阳国志》卷一〇下"杨充")。毕沅《传经表》附《通经表》所列汉代通"七经"者六人(江藩《经解入门》同):张宽(西汉成都人)、荀爽(东汉末汝阴人)、赵典(东汉成都人)、杨克(又作充,东汉梓潼人)、李譔(蜀汉涪人)、许慈(南阳人,仕于蜀汉),除荀爽外,其他五人皆是"蜀学"中人,这自然是蜀学贵"七经"的结果。"七经"概念在东汉得到普遍认同,儒经体系于此实现从"五经"(重史)向"七经"(兼重传记)的转型。

东汉末年,天下纷乱,中央太学,徒具故事,"博士倚席不讲,诸儒竞论浮丽"(《后汉书·樊准传》);"学舍颓敝,鞠为园蔬，牧儿荛竖，至于薪刈其下"（《儒林列传》）。然而时镇巴蜀的高骈却在成都大兴文教，既恢复被战乱所毁的文翁石室，又在石室之东新建祭祀周公、孔子等历代圣贤的"周公礼殿"，教育与祭祀并重，形成中国学校"庙学合一""知信合一"的体制，这比北魏在都城洛阳实行的同一制度提前300年！

唐自武周后，滥用威权，学官多授亲信，太学形同虚设，"博士助教，唯有学官之名，多非儒雅之实"，"生徒不复以经学为意"，"学校顿时隳废"（《旧唐书·儒学传上》）！但是远在西南的巴蜀地区，却社会稳定，人文辐辏。在八世纪，成都诞生了以"西川印子"命名的雕版印刷物，肇开人类印刷术之先河，宋人有曰："雕印文字，唐以前无之，唐末益州始有墨板。"（朱翌《猗觉寮杂记》）五代时期，巴蜀图书出版成绩卓著，后蜀宰相毋昭裔于广政元年（938）倡刻《石室十三经》，历190余年至北宋宣和五年（1123），最后一经《孟子》入刻。蜀石经有经有注，规模宏大，"其石千数"（晁公武说），堪称中国"石经"之最。蜀石经可贵之处在，于唐代盛行的"九经"（《易》《书》《诗》"三礼""三传"）体系（即使《开成石经》刻了12部，也只称《石壁九经》）外，增加《论语》《孝经》《尔雅》和《孟子》，以《石室十三经》（或《蜀刻十三经》）命名（赵希弁《郡斋读书附志》、曾宏父《石刻铺叙》），正式形成"十三经"体系。这套刻在石头上的经书，促成了儒家《十三经》的最后形成。毋氏还将原来用于"阴阳杂书"和佛家读本的雕版技术，移刻儒家经典以及《文选》、类书等正规文献，为五代、北宋儒经"监本"等权威刻本树立了榜样。

宋代"四川"刻书业十分发达，"蜀版"是当时学人和藏家努力罗致和收藏的珍品，杨慎有"宋世书传，蜀本最善"（《丹铅续录》卷六）之说；开宝年间由政府主刻的多达13万片的"开宝大藏经"，即由高品、张从信督刊于成都，成为后世藏经鼻祖。南宋理宗时，蜀人魏了翁将唐孔颖达、贾公彦等《九经注疏》删节为《九经要义》，以便学人。至于宋末人史绳祖《学斋占毕》又载"《大戴记》虽列之《十四经》"云云；周密《癸辛杂识》后集载，宋末廖莹中"又欲开手节《十三经注疏》"云云，因宋亡未果，则是在《十三经》观念形成后的事情。

明代，曾为四川右参政使、按察使的曹学佺，既纂辑巴蜀掌故资料成《蜀中广记》108卷，又感于"二氏有藏，吾儒何独无有"，"欲修《儒藏》与鼎立，采撷四库书，因类分辑，十有余年，功未及竣"（《明史》本传）。清乾隆中，在周永年重倡《儒藏说》的同时，四川罗江人李调元独自辑刻《函海》，收书150余种，许多稀见的儒学著作得以保存。晚清经学殿军廖平严分经史，善说古今，发凡起例，撰《群经凡例》，欲以今古文学为标准，撰著《十八经注疏》，以纠正东汉以下注疏今古无别、学派不清（如《十三经注疏》）的状况。民国时期，曾任四川存古学堂督监（院正）的蜀中才子谢无量，曾倡议编刻《蜀藏》；辛亥遗老胡浚诸人，又计划编纂《四川丛书》，只惜皆因时势不济而未成。

　　历代蜀学先贤热衷整理儒学文献、创建经典体系的探索和创新精神，给后世学人留下许多有益启示。如汉代文翁将博士所守"五经"体系扩大到"七经"（"五经"与《论语》《孝经》），实现从"尊经典"（重史实）向"重传记"（贵伦理）的突破；蜀刻石经将唐人"九经"扩大到"十三经"（纳入《孟子》），又实现了"贵子书"（重心性）的突破；宋代魏了翁删节《九经注疏》而成《九经要义》，突出了注疏的重要性；史绳祖记载时人将"《大戴礼记》列入《十四经》"，又突显了"经"外文献的重要价值；晚清廖平发起《十八经注疏》，突破了郑学、宋学窠臼，都具有典范重塑、肇开风气的意义。此外，蜀人还首创"西川印子"的雕版印刷术，加快了儒经传播速度；北宋初在成都刻成规模浩瀚的《开宝大藏经》，为大型丛书刊刻积累了经验。

　　历史进入20世纪90年代，在近代"蜀学"发祥地的四川大学，再度提出了儒学文献整理和体系重建的问题，那就是《儒藏》编纂。承担《儒藏》编纂的四川大学古籍整理研究所，自1983年成立以来，上继文翁石室"七经"教育之遗泽，下承蜀刻"十三经"、廖平"十八经"之余绪，在前辈学人组织完成《汉语大字典》《全宋文》等大型辞书和总集之后，又于1997年发起了"儒学文献调查整理和《中华儒藏》编纂"工程。针对当时中国文化品牌常常被域外国家抢注的现象，为保护儒学知识产权，川大学人特向国家商标总局申请"儒藏"商标注册，向四川省新闻出版局申请《儒藏》著作权登记。

编纂《儒藏》，首先遇到的问题就是如何编好。虽然历代学人都有儒学文献整理的实践，如唐修《九经正义》、宋刊《十三经注疏》、明纂《四书五经大全》、清成《通志堂经解》和《皇清经解》（正续编），却没有总汇儒学各类文献而成《儒藏》的先例。明朝万历中后期，孙羽侯、曹学佺曾先后提出《儒藏》编纂设想，却无具体编纂方案；清周永年、刘音等再倡"儒藏说"，也没有留下相应成果，其经验和体例都无从参考。

为取得《儒藏》编纂的学术支撑，川大学人申请了教育部重点研究基地山东大学易学与中国哲学研究中心的重大项目"儒家文献学研究"，对儒学文献源流和演变轨迹、文献类型、重要典籍进行系统探索，撰成240余万字《儒藏文献通论》，为《儒藏》编纂做足前期学术储备。同时，针对中国儒学大师辈出、流派众多的历史，为摸清儒家学人的师传授受、学术阵营和学派特征等情况，我们还联合港台学人组织实施了"历代学案"整理和补编工作。该项目对前人所编五种学案（唐晏《两汉三国学案》、黄宗羲《宋元学案》、王梓材等《宋元学案补遗》、黄宗羲《明儒学案》、徐世昌《清儒学案》）重新进行校勘，对前人未编的时段进行补编（《周秦学案》《魏晋学案》《南朝学案》《北朝学案》《隋唐五代学案》），共成《中国儒学通案》10种，形成脉络贯通、传记齐全的全景式"儒学流派通史"。

有了对儒学文献的总体了解和儒学发展史的脉络把握，就大致具备了从事《儒藏》编纂所需的文献学知识和学术史背景。再参考《道藏》"三洞四辅十二类"、《大藏经》的"经律论"等方法，初步将《儒藏》按"经、论、史"三大类区分：《经藏》收录儒学经典及其为经典所作的各种注解、训释著作，包括元典、周易、尚书、诗经、三礼、春秋、孝经、四书、尔雅、群经、谶纬等 11目；《论藏》收录儒学理论性著作，包括儒家、性理、礼教、政治、杂论等 5 目；《史藏》收录儒学史料著作，包括孔孟、学案、碑传、史传、年谱、别史、礼乐、杂史等 8 目。共计"三藏二十四目"。这样专题清晰，类属明备，既照顾到儒学文献的历史实际，也方便了当代学人的翻检和阅读。

鉴于 20 世纪以来人们对儒学历史存在隔膜，也为了给学界提供儒学史研究的系统资料，川大《儒藏》首先启动了"史部"编纂。自 2005 年出版首批《孔孟史志》（13 册）、《历代学案》（23 册）、《儒林碑传》（14 册）以来，陆续于 2007 年、2009 年、2010 年、2014 年，分四次出版了《年谱》《史传》《学校》《礼乐》《杂史》等类，迄至 2015 年初，《儒藏》史部 274 册已全部出齐，实现了 2500 余年儒学史料的首次结集。继后又于 2016 年、2017 年，出版"经部"86 册；全套 650 册，将于 2018 年出齐。

在编纂体例上，本着"辨章学术，考镜源流"的理念，我们试图将入选《儒藏》的书籍，按一定体例编录，使其更具系统性，遵从西汉刘向、刘歆父子《别录》《七略》，清《四库全书总目》的传统，于《儒藏》开篇设《总序》一篇，三藏各立《分序》，小类各设《小序》，每书前又加《提要》。试图通过这些叙录的介绍和勾连，将各自成书的儒学文献联系在一个统一的框架和完整的体系下，使《儒藏》成为"用文献构建的儒学大厦"。

千年儒学，百年沧桑。面对儒学不振、花果飘零、文献残破、学科无归的状况，重新回顾蜀学先贤从事儒学文献研究的学术实践，对我们研究和重审儒学都具有重要借鉴。以系统体例编纂《儒藏》，不仅有利于儒学成果保存推广，而且有利于儒学学科重建、儒学价值重估，特别是儒家学术的再创造和再发展。以儒学为本位、以文献为载体，以"三藏二十四目"为纽带，通过重新构建儒家文献体系，达到恢复儒学大厦的效果，从而找回儒学文献的经典地位和学术价值，必将为儒学的当代传承和发展找到突破口。

（原题《有一种传统叫〈儒藏〉》，载《光明日报》2017年11月25日11版）

三、《儒藏》叙例

（一）《儒藏》总序

《儒藏》是收集保存儒学文献的大型丛书。她荟萃两千余年间的儒学著作，以系统的著录体例，分门别类地予以整理和出版。

她作为中国古代儒学文献之集成，可望成为中国传统文化的一个象征，与《大藏经》《道藏》鼎足而三，永远滋养中华民族的心灵，并且代表中国文化走出国门，走向世界。今值《儒藏》出版之际，聊述因缘，以弁篇首。

1. 儒学

儒学是中国的。两千五百多年前，中国的孔子集唐、虞、夏、商、周优秀文化之大成，总《诗》《书》《礼》《乐》《易》《春秋》为"六经"，树"仁义""忠信"之高标，垂"中庸""忠恕"之宏法，创立儒学，垂教万世。儒学生于斯，长于斯，昌盛于斯，亦曾一度衰微于斯。两千多年来，儒学是引导中国文化走向辉煌的指南北斗，是铸造中国文化特质的规矩准绳。她是中国文化之门、中国文化之蕴，对中国政治、经济、社会、思想、学术和文化各个方面都产生了重大影响，促成了中国人特有的世界观、价值观和思维方式的形成。她是中华民族精神的核心，是中国传统文化的主干和灵魂。在国际范围内，人们一提起中国文化，首先想到的无疑就是孔子，就是他所创立的儒学。在这个意义上，儒学是中国的，中国也是儒学的。要深入研究中国文化，欲准确地了解中国历史，不认识孔夫子，不研究儒学，就不能得其门而入，更不能得其精华和神韵！

儒学是东方的。古代东方，北起朝鲜半岛，东至日本列岛，南到印支半岛、南亚诸国，伴随着儒家"偃武修文""睦近来远"外交方略的实施，东亚各国"成均馆"（朝鲜）、"大学寮"（日本）、"国子监"和"国学院"（越南）等文教机构的设置，大批"遣隋使""遣唐使"、留学生和学问僧的派遣，儒学早已融入东方历史和社会，成为东方各个国家、各个民族共同的思想体系和价值观念的重要部分；东方各国的政治家、思想家和文化学者，或用儒学治世，或以儒理明志，与中华学人共同丰富和发展了儒学的思想和内涵。因此，国际"汉学界"在讨论东方社会时，无不异口同声地称之为"儒家文化圈"。崇尚"仁义礼乐"的儒家思想成了东亚各国共同标榜的文化理想。

儒学又是世界的。作为"四大文明古国"之一的中国的文化主流，儒学不仅影响了东方，而且辐射世界。就古代而言，先秦儒学是西方学者公认的世界上古文化"轴心时代"的主流思想，是古代东方思想文化的源头活水。儒学是开放性的，在历史发展演进的长河中，儒学不断以其"海纳百川""集杂为醇"的包容精神，融合涵摄了各种外来文化与文明，与时偕行，日新其德，使思想之源长盛，学术之树常青。儒学在历史上不断兼容并包各家学术、进行自我创新的历史，是中国文化生生不息、不断创造发明的历史，是人类文化宝库日新月异、充实丰富的历史，也是儒学不断影响和辐射世界的历史。她的经典和理论曾西涉流沙，南渡重洋，对近代思想启蒙和现代文明的形成产生过不可忽视的影响。在当今世界文化格局中，她又作为十四亿中国人及数千万海外华人和侨胞共同的文化符号和背景，卓尔屹立于基督教文明与伊斯兰文明之间，倡导"以和为贵""和而不同"的和平共处原则，以其"立己立人，达己达人"和"己所不欲，勿施于人"的忠恕情怀，化解各种矛盾，调停地区冲突。

儒学是历史的。在儒术盛行的时代，儒学不仅是中国古代的学术，而且几乎是中国学术的古代，她与古代中国文化的各个方面都结下了不解之缘。殷墟甲骨文有"儒"与"丘儒"之官，《周礼》有"师儒"之职，儒者在殷商时期就已发挥着重要作用。至春秋时期，孔子正式创立具有系统思想和文化特征的儒家学派，孔门弟子散游四方，友教诸侯和士大夫，"六艺"之学风行天下，开启了春秋战国时期士人的智慧，催生了诸子学派，促成了百家争鸣。从这个意义上讲，没有儒学，就没有诸子百家，也没有周秦学术。继而汉武帝"罢黜百家，表彰六经"，儒家经典教育与研究影响了中国两千余年的教育、选举和文化。可以说，中国的古代史主要就是儒学影响中国的历史。没有儒学，便没有古代中国的教育，也就没有古代中国的学术，也就不会有如此灿烂的中国文化。人类不可能生活在没有历史的真空之中，对于逝去的昨天，对于先贤的遗产，我们应该以回顾、反观、总结与传承的态度，在历史继承的基础上进行创新，用富有民族特色的创新来丰富历史、美化生活。作为与中国历史水乳交融的儒学，当然不能游离于历史继承之外，更不会自外于伟大的文化创新。

儒学又是现实的。孔子说："殷因于夏礼，所损益可知也；周因于殷礼，所损益可知也。其或继周者，虽百世可知也。"中国是文明古国，也是文化大国，她的"古"不仅在于历史上曾经有过，更在于其历史传统一直在延续着；她的"大"不仅在于文化积累丰富，更在于其优秀文化一直在弘扬光大着。由殷可以见夏，由周可以观殷。后世之"继周者"，有秦、有汉、有晋、有唐、有宋、有元、有明、有清，其民族则有华夏、有"四裔"，有汉族，有少数民族。然而，只要是在华夏文化圈内崛起，只要是在中华大地上立国，无论愿意不愿意，主动或被动，都必然打上儒学文化这个不朽的烙印。纵观古今历史，无一例外。即使是少数民族入主中原，也必将被中原固有文化所融合甚至同化。如果说，在春秋战国时期还存在"以夏变夷"和"以夷变夏"的争论，那么自秦汉以后的中国，无论谁家入主中原，都毫无例外地是以"华化""汉化"为主流的多民族融合。"五胡十六国"是这样，辽、金是这样，蒙古族建立的元朝也不例外，满族建立的清朝更是如此。其原因也许多种多样，但其中以儒学为主体的华夏文化代表了当时的先进文化，代表了各族文化发展的共同方向，则是最深层的原因。特别是儒家从理论上将这一文化总结出来，建立起尧、舜、禹、汤、文、武、周公、孔子的"道统"体系，形成虞、夏、商、周、秦、汉、魏、晋、隋、唐等"正统"观念，并从教育上、实践中宣传和推广开来，从而形成了以儒学为核心的华夏文明的感召力和吸引力。尽管有些观念在今天已显得陈旧和落后，但它是千百年来维系祖国统一、加强民族团结的精神力量，更是激起"人生自古谁无死，留取丹心照汗青"之豪情的潜在动力。今天，即使我们已经跨入世界经济全球化的时代，瞬息万变、不可捉摸的世界局势，曾使传统文化被世俗化（甚至庸俗化）的社会和多元化（甚至诡异化）的思想所困厄，以至于一些人曾一度产生过摆脱文化传统"束缚"的想法。然而事实反复证明，文化传统是无法摆脱的，儒学对新世纪、新世界的作用和影响仍然是不可低估、不容忽视的。她已呈现出与日俱增、历久弥新之势。随着中国的和平崛起，综合国力的不断提高，中华民族的精神面貌也将焕然一新，中华民族的传统文化和中国人既有的价值观念正在得到重新审视和认同，儒学这一古老学科必将焕发绚丽的青春，儒家思想也将一如既往地作用于当今的世界。否则，20世纪80年代末，一百余位诺贝尔奖得主在巴黎讨论"面向21世纪"问题时，怎会发出"人类要在 21 世纪生存下去，必须回到 25 个世纪以前，去汲取孔子的智慧"的呼声？2004 年 8 月，来自世界各地的二百余位专家学者齐集马来西亚首都吉隆坡，参加"第一届儒学国际大会"，代表不同文化背景的专家学者深入讨论了儒学各类理念后，形成了《吉隆坡宣言》，宣称儒家"'忠恕之道'是促进世界和平、物我相谐的基石"，提议"正式启动'以儒学救世'的机运，缔造 21 世纪儒学另一个国际化的新局面"！

儒学是理论的。儒家"游文于六经之中，留意于仁义之际"，是一个阵容庞大的学术集群，儒学是一个内容丰富的思想体系，她集哲学、政治、伦理、社会、教育以及其他文化思想观念为一体，是中国精神的集中体现。其"太极生两仪，两仪生四象"（《周易·系辞传》）的命题，构成了中国人的宇宙图式和世界观。"过犹不及""中正""中庸"（孔子）的辩证思维，形成了中国人高超的思维方式和处世哲学。"仁义礼智信"（孔子、孟子、董仲舒）的五常之教，成了中国人做"新民"、立"新德"（《大学》）的指导思想。追求和平、讲究秩序的理论，成了中国人建立和谐社会、实现文明生活的理想模式。"载舟覆舟"（孔子）的君民关系论和"民贵君轻"（孟子）的"民本"思想，成了历代志士仁人反对专制集权、追求"仁政德治"的思想武器。"始乎为士，终乎为圣人"（荀子）、"进德修业"（《周易》）、"内圣外王"（庄子）的修身模式，构成了中国人终身向往的理想人格和修身之道。"己欲立而立人，己欲达而达人""己所不欲，勿施于人"

（孔子）的"忠恕"情怀，成了中国人建立和谐人际关系的无尚法则。这一切的一切，都经儒家的提倡、推广，逐渐融入了中国的民族精神之中，支撑着这个民族的生存、发展、繁衍，创造和丰富着自己灿烂的文化和文明。儒家经典是中国思想的源头活水，儒家理论是中华精神的思想宝库。我们只要不愿重过"从人到猿"的生活，当然就不会拒绝这份珍贵遗产的滋润。

儒学尤其是实践的。儒家"助人君顺阴阳，明教化"，是修身之学、实践之学，伦理道德学说构成了儒家学说的核心和灵魂。儒家重视思想教育，注重个性修养和道德情操，提倡"舍生取义""杀身成仁""以天下为己任"，强调道德责任感和历史使命感。它虽然上究"天人"之际，下探"心性"之微，形上无象，玄之又玄，但在讲究"博学""慎思"的同时，又特别强调"笃行"。它的"仁"便是要"爱人"，"义"便是要行而得宜，"礼"本身就是行为规范，"智"便是要知晓"仁义"之道而慎守弗失（孟子），"信"便是要言而行之（孔子）。儒家非常重视"五伦"教育，将其定义为人伦之始、政治之本。"五品"之教首倡于尧舜之《典》，"五教"之义复申于《左传》《孟子》，至《中庸》更将其奉为"天下之达道"。在儒家看来，五伦不顺，将伦理倒错，人将不人；五教推行，则社会和谐，政治清明。儒家成功地将个人的品德修养与国家的治理安定紧密地结合起来，把道德主体的能动作用与社会的道德感化力量有机地融为一体，从而使道德规范的约束功能与知耻自觉的自律机制更好地相辅相成。《大学》

之书将"明明德""亲民""止于至善"和"格物""致知""诚意""正心""修身""齐家""治国""平天下"等定义为修"大道"、闻"大义"的"三纲领""八条目",设为儒者奉行的大纲大法,更是儒家力行躬践哲学的集中体现。儒学正是以其理论与实践结合、个体修养与群体利益结合、道德修养与政治事业结合的学术思想,形成了中华民族"自强不息""厚德载物""仁义道德""孝悌忠信""民胞物与""崇德广业""诚实守信""见义勇为""文明理性""公平正直""礼义廉耻"等优秀品德,这是她有别于宗教神学的根本之处。

总之,儒学作为历经两千五百余年发展的系统理论,已成为中华文化的血脉和灵魂,成为人类文化的共同遗产和精神财富。她既是中国的,也是东方的和世界的;既是历史的,也是现实的;既是理论的,也是实践的。尽管儒学作为古代的一种意识形态和文化体系,也存在不太适应现代社会的内容,特别是经两千年间专制君主的利用与歪曲,使她带上了许多旧时代的特征。但是,我们无论是要认识中国,还是要研究世界;无论是要回顾历史,还是要服务现实;无论是要探讨理论,还是要躬行实践,在古代学术中,儒学都应位居首选,理当认真研究和弘扬。这就是她在历经了无数风风雨雨、艰难磨砺之后,仍能像凤凰涅槃一般不断获得新生的缘由所在。儒学在今天即使已经失去了从前"置之而塞乎天地,溥之而横乎四海,施诸后世而无朝夕"(曾参),放诸四海而无不准的无所不包、无所不能的地位,但若要认真地研究和认识中国，特别是中国人面对当今世界经济全球化、政治多极化、文化多样化的局面，要参与全球文明对话，重建人类文化新秩序，我们检点一下自己的文化库存，并衡之古今中外的价值标准，除了以儒学为主体的优秀传统文化外，似乎也没有其他更好的选择。

　　然而，由于历史的原因，特别是"西学东渐"大潮下的"中学"迷失，"疑古过勇"带来的文化虚无主义，以至于"儒学在哪里""儒学为何物""儒学研究从何着手"之类不该存在的问题，在儒学诞生之地的中国却成了"严重问题"。儒家著作或灭于劫灰，或毁于人祸，或流失于重洋之外。其所存者，亦分散于群籍，杂厕于四部，未能得到有效的利用。人们常常会感到：要研究孔子而不知孔子资料何在，欲研究儒学却不见儒学文献全貌，欲研究经学却不知何经可信、何书可读。至于在汲取已有儒学与经学研究成果的基础上，做更高层次、更高水平的研究，则大有无所措手足之感。究其原因，皆在于近百年儒学传统的去失，尤在于儒学迄今未有一部自己的文献集成。要摆脱儒学研究的这一隔世感与陌生感，确立儒学的本位意识，认真搜集和整理儒学文献，建构完备的儒学文献库，就是十分必要的和迫切需要的了。前人为矫"心学"末流"束书不观"之弊，而倡"舍经学无理学"之说，今天要纠正"疑古过勇"造成的文化虚无之失，我们也不得不重申"舍文献无儒术"了。这就是我们提倡编纂大型儒学丛书——《儒藏》的原因所在。

2. 儒学文献

在中国学术史上有所谓"三教九流"之称，"三教"即儒、释、道，"九流"即诸子百家。佛教的文献已经有中外各种版别的《大藏经》收集，道教文献也有古今诸本《道藏》汇录，就连分量并不庞大的诸子著作，也有《百子全书》《诸子集成》系列来结集。可是迄今为止，作为中国文化主干的儒学，却没有像佛、道、诸子那样，拥有自己涵盖全面的大型丛书。

通观中国历史，每一次大规模的文化复兴无不是伴随着对前代文献的全面搜集和整理而出现的。《隋书·经籍志序》曰："夫经籍也者，机神之妙旨，圣哲之能事，所以经天地、纬阴阳、正纪纲、弘道德。显仁足以利物，藏用足以独善，学之者将殖焉，不学者将落焉。……其王者之所以树风声、流显号、美教化、移风俗，何莫由乎斯道！"历史已经昭示，儒学的创立和战国的学术繁荣是以孔子删订"六经"为契机；西汉的经学初成与文化复苏是以"除挟书之律，开献书之路"政策的实施为先导；东汉的经学与文学、史学的繁盛是以西汉末年刘向、刘歆父子校书为基础。同样，隋大业间广泛地收集图书和初唐的整理图籍，奠定了大唐文明的基石；北宋初广泛的文献整理，揭开了中国文化高峰时代"宋代文化"的序幕；清朝的《古今图书集成》和《四库全书》等大型文献修纂工程的实施，直接促成了以"乾嘉之学"为代表的"清学"的形成。文献是文化得以传承和发展的载体，资料更是从事一切科学研究的基础，文献学和史料学正是保障文献、史料得以科学利用和有效推广的"先行官"。儒学要在新世纪得到发展和复兴，重返淑世济人之路，对其以文献为载体的成果进行彻底清理和合理继承，便是先决条件。可惜的是，大规模地搜集和整理儒学文献，并编纂成大型儒学丛书，历史上虽屡有倡议，却始终没能实现，甚至专门而系统的儒学文献著录体系也未曾确立。这对于以儒立国、以儒治世的中国而言，无疑是莫大的遗憾。

司马迁《史记·儒林列传》说："孔子闵王路废而邪道兴，于是论次《诗》《书》，修起《礼》《乐》。"又在《孔子世家》说："孔子以《诗》《书》《礼》《乐》教，弟子盖三千焉，身通六艺者七十有二人。"《庄子·天运篇》和《天道篇》也有孔子"治《诗》《书》《礼》《乐》《易》《春秋》六经以为文"和孔子"翻十二经以说"的记载。说明孔子是将古典文献整理出来，形成"六经"或"十二经"概念的第一人。

汉代刘向、刘歆父子整理群书，编成《别录》《七略》，《七略》是中国第一部目录学著作。班固据《七略》删成《汉书·艺文志》，其中《六艺略》记录儒家经部图书（按易、书、诗、礼、乐、春秋、论语、孝经、小学排列，附史书于《春秋》之后）一百零三家、三千一百二十三篇；《诸子略》的"儒家类"记录《晏子》《子思》《曾子》以下至"刘向所序""扬雄所序"儒学诸子五十三家、八百三十六篇。两类共有儒学文献一百五十六种、三千九百五十九篇，已备儒学文献"经部""论部"二体。但在整个《汉书·艺文志》著录的"六略三十八种、五百九十六家、万三千二百六十九卷"中，儒学文献只占一小部分。

三国、西晋有《中经簿》及《中经新簿》，创立了"四分"法。魏秘书郎郑默始制《中经》，晋秘书监荀勖又因《中经》更著《新簿》，"分为四部，总括群书"。荀氏创立以甲、乙、丙、丁标目，甲部即后来的"经部"，著录与《汉书·艺文志·六艺略》相同；乙部即《汉书·艺文志》的《诸子略》《兵书略》《术数略》，即后来的"子部"；丙部即后之"史部"；丁部即《汉书·艺文志》的《诗赋略》，亦即后来的"集部"。《隋书·经籍志》承之，并正式以经、史、子、集命名四部。此后，直至《四库全书总目》，四分法作为中国图书分类的主流，成了古典目录分类的固定体例。需要特别指出的是，六分也好，四部也好，都是百科书目，不是专科目录，更不是儒学文献的总目。

南北朝时期，道教已有陆修静的《三洞经书目录》，佛教有梁僧祐的《出三藏记集》，唐开元时期佛教又有《开元释教录》，都创立了很好的专题文献著录体系。就儒学的发展史和当时地位而言，不应在目录学上毫无建树。《魏书·儒林传》载孙惠蔚上疏："臣请依前丞臣卢昶所撰《甲乙新录》，欲裨残补阙，损并有无，校练句读，以为定本。"并说"今求令四门博士及在京儒生四十人，在秘省专精校考，参定字义"。这里的《甲乙新录》是一部目录书，但它是什么样的书目呢？由于"《隋志》略而不言"，学人或疑"其书名为甲、乙，或是只录六艺、诸子，抑举甲、乙以该丙、丁，皆不可知"（余嘉锡《目录学发微》卷三）。我们认为，荀勖《中经新簿》以甲部纪六艺、小学，乙部纪诸子、兵书、术数。东晋李充虽已将其乙、丙互换，以乙部纪史书、丙部录诸子，但当时南北隔绝，卢昶未必及时采纳，此之"甲""乙"或仍当是经、子两类。孙惠蔚欲请"四门博士及在京儒生"与其一起修订，其书乙类所录则有可能就是儒家诸子。依此考察，卢氏《甲乙新录》也许就是当时的儒学目录。至宋代，高似孙有《史略》《子略》《纬略》等专题书目，用以著录史部、子部和谶纬类图书。但当时仍无专题性儒学总目传世。

真正较系统的儒学文献专科目录，是清初朱彝尊的《经义考》三百卷。《四库全书总目》卷八五说："是编统考历朝经义之目，初名《经义存亡考》，惟列存、亡二例。后分例曰存，曰阙，曰佚，曰未见，因改今名。凡御注、敕撰一卷，易七十卷，书二十六卷，诗二十二卷，周礼十卷，仪礼八卷，礼记二十五卷，通礼四卷，乐一卷，春秋四十三卷，论语十一卷，孝经九卷，孟子六卷，尔雅二卷，群经十三卷，四书八卷，逸经三卷，毖纬五卷，拟经十三卷，承师五卷，宣讲、立学共一卷，刊石五卷，书壁、镂板、著录各一卷，通说四卷，家学、自述各一卷。其宣讲、立学、家学、自述三卷，皆有录无书，盖撰辑未竟也。"朱目主要对经学文献进行分类著录，只有少量篇幅涉及儒学的师承、宣讲、立学、刊石、书壁、镂版、著录、通说、家学和自述等内容，而且其中宣讲、立学、家学、自述四目实付之阙如，并无著录。《经义考》只对经部文献著录较全，却对儒学诸子（理论类）和儒学史料图书注意不够（或根本未曾涉猎）。因此，《经义考》尽管是一部有规模的儒学文献总目，但还不是儒家著作的全录，也未对儒学著作进行系统分类。

历史上较大型的儒典丛刻有以下几次：东汉的《熹平石经》，曹魏的《正始石经》，唐初的《五经正义》，中唐的《开成石经》，五代孟蜀的《蜀石经》，宋代形成的《十三经注疏》，清初的《通志堂经解》，清中后期的《皇清经解》和《续皇清经解》等。但是规模都较小，难成体系。《熹平石经》只有《周易》《尚书》《鲁诗》《仪礼》《春秋》《公羊传》《论语》七经。《正始石经》只有《古文尚书》《春秋》《左氏传》三经。《五经正义》由唐太宗下令孔颖达负责修撰，只有五部，即《周易正义》《尚书正义》《毛诗正义》《春秋左传正义》《礼记正义》。《开成石经》只有白文十二经：《易》《书》《诗》《周礼》《仪礼》《礼记》《春秋左氏传》《公羊传》《穀梁传》《论语》《孝经》《尔雅》。《蜀石经》正式形成"十三经"概念，但总量也只比《开成石经》多一种，即北宋补刻的《孟子》。南宋及明清汇刻的《十三经注疏》，也只有十三部。以上丛刻各经收书都只有一种，构不成系统的著录体系。

清徐乾学和纳兰性德等人汇刻成当时最大的儒学丛书——《通志堂经解》，收宋、元、明经书注解一百四十六种，按易、书、诗、春秋、三礼、孝经、论语、四书、尔雅九类编列，又称《九经解》。继此盛举，阮元和王先谦先后主持编刻了正、续《皇清经解》，共收清代经解类著作三百八十九种，规模已经不小，但两套丛书都只"以人之先后为次序，不以书为次序"（严杰《编刻皇清经解序》），所收图书未曾分类。而且以上三部丛书都限于儒家经部著作（《皇清经解》间涉笔记和别集），著录范围不广，未将儒学文献尽可能地收录，不利于创建儒学文献的分类体系。

缺乏严格科学的分类方法，这对于小型丛书来说倒也无妨，但是对于将容纳数千近万种图书的《儒藏》来说，就绝不能引以为法了。更何况上述几种儒学丛书都仅限于经部文献，儒学其他的理论著作、史料著作，一概付之阙如，这样的丛书当然不能担当起完整地反映儒学全部成果，全面地展现儒学历史，系统地收集和保存儒学文献的重任，也不能为读者提供"即类求书，因书究学"之方便。

儒学文献既无大型丛书，又无系统著录的状况，在明代万历年间曾引起学人的极大关注，汤显祖《孙鹏初〈遂初堂集〉序》记载，当时的湖湘学人孙羽侯（字鹏初）就曾发愿编纂《儒藏》，其文云："（鹏初）尝欲总史传，聚往略，起唐虞以来至胜国（元朝），效迁史体，为纪传之书；而因以檃栝'十三经'疏义，订核收采，号曰《儒藏》。"（《文章辨体汇选》卷三一〇）惜未成编。既而曹学佺亦有感于"二氏有藏，吾儒何独无藏"，而"欲修《儒藏》与鼎立"（《明史·曹学佺传》）。曹氏《五经困学·自序》也曾自述："予盖欲修《儒藏》焉，以经先之也。撷四库之精华，与二氏为鼎峙。"曹氏生平曾编撰成许多大型著述，可惜只留下

《西峰儒藏》五册（系宋儒语录之摘编）！清乾隆年间，山东学人周永年撰《儒藏说》一卷，推《儒藏》编纂为"学中第一要事"，但也未付诸实行。

20世纪90年代，在孔子的故乡山东省，出版了大型儒学丛书《孔子文化大全》。这是一部力图"比较全面地展示孔子文化和儒家学说全貌"的丛书，编辑体例突破了传统的"四部法"，"分为经典、论著、史志、杂纂、艺文、述闻六类"著录各书。前三类和第五类显然继承了传统经、史、子、集四部分类法，而又增加杂纂、述闻二类以济四部之穷，显示出不凡的变通精神和创新意识。但总共收书只有一百零六种，是在"与儒家有关的著述不在数万部之下"的群书之中，经过一番"去芜取精"编纂而成的，数量十分有限。从内容上看，编者虽然立意"收录孔子和历代儒家代表人物的经典著作及古籍资料，古今学者论著及研究成果，未曾面世的珍贵文献"等，但由于篇幅受限，编者只能对孔子、曾子、颜回、孟子等儒家代表人物的资料收录较全，其他诸儒的著作和资料却概未涉猎，显然没有达到集儒学成果之大成、成儒学资料之全书，亦即儒学之"藏"的水平。

汇集儒家经学的、理论的和历史的文献，编纂出一套大型丛书；同时研究儒学文献的类别，创立一套新型的适合儒学文献的分类体系和著录方法，仍然是摆在当今学人面前亟需完成的神圣使命。

3. 儒藏

《儒藏》是儒学之"藏"，她是儒家经学成果的集成，是儒家思想理论的荟萃，是儒学历史文献的总录。两千五百年的儒学历史将在此得一大总结，此后的学者专家将从此方便地觅得儒学研究的资料。她是对儒学文献的一次大搜讨，是对儒学成就的一次大检阅，也是对儒学历史的一次大扫描。前于此的儒学发展史，将由此而得到"辨章学术，考镜源流"式的疏通清理；后于此的儒学研究，亦将借此"即类求书，因书就学"，得到查阅资料的方便。对于前者，《儒藏》是总结，是一部具有系统体例、用图书构建起来的"大型儒学史"；对于后者，《儒藏》又是开新，是根据现代科学研究需要，用分类资料组成的"巨型数据库"。我们希望，这一工程能够成为承前启后、继往开来的转折点，成为新时代儒学复兴的奠基石。

《儒藏》的编纂不是简单的文献汇集和影印，而应该是严肃的科学研究和学术创新，应在普查、统计和分析研究现存儒学文献性质和类别的基础上，综合运用儒学史、经学史、文献学（包括目录学、版本学、校勘学）和历史编纂学等知识，参考和吸收佛、道二"藏"的编纂经验，结合当代学科分类特点和学术研究需要，建立起尽可能系统的、科学的、实用的儒学文献分类体系。

科学合理的分类必须建立在全面调查研究的基础上。昔汉成帝欲校群籍，先遣谒者陈农"求遗书于天下"；清乾隆将修"四库"，诏令各级官吏采进图籍，皆此类也。今欲编纂《儒藏》并探讨儒学文献的分类方法，当然也要以广泛的资料信息为基础。它离不开对儒学文献分布情况的系统调查，离不开对儒学文献类别的充分了解和研究。那么，历史上到底有多少儒学文献呢？这些文献流传和保存情况如何呢？它们包含了哪些类型呢？传统目录书在每一类著录之后，都对该类图书的门类、种数和卷数有所统计，马端临《文献通考·经籍考》又转录了这些统计资料，清朱彝尊《经义考》卷二九四更设有"著录"一目来汇录此类信息。但是，时移代易，书缺简脱，其间所录，或存或亡，或有或无。这些书目的信息现在只具有参考价值，而不具有使用意义了。经考察研究，在现存数十万种古典文献中，儒学文献不下五万种。这些文献，就传统的分类目录而言，当然散见于经部、史部、子部、集部之中，今编《儒藏》，自然应从四部中去取材。但这只是儒学文献分布的状况，而不是儒学文献的基本类型，似不能以"四部"来构建《儒藏》的分类体系。

细审现存儒学文献的类别，大致不外乎三大类：以经书为主体的经注、经解和经说系列；以儒家理论阐发为主要内容的儒家子学、礼教、政论、杂议系列；以记载儒学历史为主要内容的人物、流派、制度、书目、学校等系列。如果每一类用简洁的词语来表述，即"儒经""儒论""儒史"。编成《儒藏》即是"经藏""论藏""史藏"，简称之，则为"经""论""史"。

至于传统目录中的"集部"，如果整部都论儒理，当然应整体收入论部。但是后世别集内容庞杂，无相应部类可入，有的甚至连是否可以完整进入《儒藏》也成问题。故"集部"的资料，将采取分类辑录的方式，对其中儒学理论资料、群经论述资料、儒学人物和儒学史资料，分别选编归入各部。具体而言，其经解、经论的篇什，收入"经藏"；其记儒学史或儒学人物的篇什，则入"史藏"；其论儒家理论的，则入"论藏"。从前阮元编刻《皇清经解》，除收录经解专著外，其他单篇的经解经论资料"凡见于杂家、小说家及文集中者，亦序次编录"（严杰《编刻皇清经解序》），不为无见。

为了尽可能多地收录儒学资料，《儒藏》采用"丛书"兼"类书"的办法处理各类文献。对于整部收录的图书来说，《儒藏》是一部大型的"儒学丛书"；就分类辑录而成的专题文献而言，《儒藏》又兼有"儒学类书"的性质。《儒藏》正是"丛书"和"类书"的统一，是"专题丛书"和"专题类书"的合一。

"经""论""史"三大藏，可以统摄各类儒学著作和儒学史料。每部之下，再根据需要，将文献分为若干类目，如："经藏"可以分为元典（儒经白文的重要版本）、周易、尚书、诗经、三礼（含周礼、仪礼、礼记及总论）、春秋（含春秋经、左传、公羊、穀梁及总论）、孝经、四书（含大学、中庸、论语、孟子及总论）、尔雅（附小学），再加群经（含总论、通考、经论等）、谶纬等；"论藏"可分儒家、性理、礼教、政治、杂论等；"史藏"可分孔孟、学案、碑传、年谱、史传、学校、礼乐、杂史等。以此"三藏二十四目"，庶几可将儒学成果及其历史收揽无遗。

在收录、编类和对史部文献进行标点、校勘外，我们还特别注意学术的辨章与文献的述评。为入选各书撰写简明"内容提要"，对作者之生平、著述之源流、版本之流传、内容之梗概，略作评介。仿《四库全书》例，"分之则散弁诸编，合之则共为总目"。在三部、二十四类之前，分别撰有"总序""分序"和"小序"，讨论儒家学术的源流、各门文献的历史，为读者提供必要的儒学史、经学史、儒学文献史、专经研究史等基本知识，希望使《儒藏》这部在一定体系下用图书构筑的"儒学大厦"，轮廓更为分明地展现在读者面前。

《儒藏》将儒学文献分为"三藏二十四目"来分类著录，以"丛书"和"类书"结合的方法来区别处理，形成以儒学为主题，以"儒经""儒论""儒史"为基本著录体系，将历史上内容繁多、门类复杂的儒学文献系统地搜集和编录起来。"儒经"基本是儒家"经学"成果的汇编；"儒论"基本是儒家理论即儒学思想的资料汇编；"儒史"则是儒学史的资料集成。类例明晰，著录有序，重点突出，源流清楚。儒学的各类文献既得到了系统的著录，各门学术也得到了寻源溯流式的考索。上可综览儒学群书，下可方便来学使用；内可保存儒学书籍，外可宣传儒学理论，于古于今，于存于用，实为两便。

自明朝万历初年孙羽侯首倡《儒藏》编纂以来，欲集中国儒学文献而成一部足与佛、道二"藏"相鼎立的大型丛书，一直是四百余年间历代学人的梦想。其间虽有曹学佺、周永年等人的推动，却因政治的、历史的或技术的种种原因，未能如愿。今值科学昌明、文运隆兴之时，温故知新，继承与创新交相辉映；以人为本，人文共科技比翼齐飞。我中华学子，感奋于先贤"为天地立心""为生民立命"的壮志豪情，重申"为往圣继绝学""为万世开太平"的神圣使命，继承先贤先儒之遗愿，绀绎金匮石室之藏书，旧学新统，成兹《儒藏》，董理国故，其命维新。两千载儒学之成就萃兹一"藏"，四百年学人之憧憬即将成真，前乎此者既因之而明，后乎斯者将藉此以兴。辨章学术，儒学文献的整理著录，体系粗具；考镜源流，道统学统之师传授受，厘然区分。继往开来，推陈出新，力虽不逮，而心向往之。其有知者，愿赐教焉。

（二）《儒藏》编例

一、《儒藏》系汇集儒学成果之大型丛书，旨在收集、整理、保存和传播儒学文献及其史料。所收典籍上起先秦，下迄清末（个别文献有所下延），两千余年儒学成就及历史将集兹一编。

二、《儒藏》在全面调查研究现存儒学文献的基础上，根据儒学文献的具体情况，结合儒学研究的现代需求，建立儒学文献著录体系，并以此为基础，编纂儒学丛书，使其形成以书为单元的"大儒学史"。

三、参考中国目录学分类经验以及《大藏经》"经律论"和《道藏》"三洞四辅"等专题性丛书编纂体例，将儒学文献分为经、论、史三大部类。经部收录以儒家经典原文及注解为核心的"经学"类著作；论部收录以儒学理论为内容的"思想"性著作；史部收录以儒学史为主题的"学史"类著作。按经、论、史的顺序排列，以便反映出儒学发生、发展的历史。

四、每一部下按本部文献实际，细分若干小类。如"经部"下分元典、周易、尚书、诗经、三礼（周礼、仪礼、礼记及总论）、春秋（春秋经、左传、公羊传、榖梁传及总论）、孝经、四书（含大学、中庸、论语、孟子及总论）、尔雅（附小学）、群经、谶纬等十一类；"论部"下分儒家、性理、礼教、政治、杂论五类；"史部"下分孔孟、学案、碑传、年谱、史传、学校、礼乐、杂史八类，构成"三藏二十四目"的著录体系。

五、《儒藏》本着"辨章学术，考镜源流"的原则，按学术发展之脉络编排群书，使其源流清晰，首尾完整。同一主题的文献汇集一处，按作者时代先后编录，使其各自构成专题性丛书。一则反映每门学术之成就，二则考见该类学术之流变，三则为读者提供"即类求书，因书究学"之方便。如经部之"周易类"是中国古代《易》学成就之集粹，从中可见易学历史和易学成果；"诗经类"则是中国《诗经》学历史的反映；"春秋类"则是《春秋》学成果之集成；等等。读者不仅于此可见古代专经研究之状况，而且亦可于此得攻治专经并进而研究专经学史之阶梯。

六、同类之下，遵循"分别部居，不相杂厕"之精神，将不同主题的图书相对集中，于类下又形成小型专题性丛书。如"史部"之"孔孟类"下，不再单纯按作者年代编排，而是将有关孔子、孔门弟子、孟子、孔庙礼乐等图书，分别集中编录，庶得类聚群分之乐。

七、《儒藏》试图通过一定著录体系，用图书反映儒学历史。不仅经、论、史的排列反映儒学发生和发展的过程，各部小类的顺序也体现出如下学术构思。

如经部，据先秦诸子（如庄子、荀子等）所称，"六经"排序是《诗》《书》《礼》《乐》《易》《春秋》，此或为孔子教学之秩序。至西汉的刘歆、东汉的班固，始立《易》《书》《诗》《礼》《乐》《春秋》《论语》《孝经》《小学》（含《尔雅》）之序，汉人崇"阴阳""五行"之学，以《诗》《书》《礼》《乐》《春秋》"五者盖五常之道，相须而备，而《易》为之原"，故以《易》居众经之首。说虽晚出，却能将儒家经典之间的关系哲理化、系统化，故为历代学人所遵守。《儒藏》经部排序即依此例而略作调整。

论部则按先原理而后实用、先子学而后理学的顺序排列。故以子学意义上的"儒家"居首，其次是新儒学的"性理"，再后依次是反映礼乐文化之"礼教"、反映儒学仁政德治思想之"政治"。其他内容庞杂难以立类者，则统统归入"杂论"。

"史部"的排序，则以儒家圣贤"孔孟"居首，以下按反映学术流派的"学案"，提供主要儒家学者生平资料的"碑传""史传""年谱"，制度方面的"礼乐"，教育方面的"学校"，以及提供参考资料的"杂史"的顺序排列。至于"目录""祠庙""冢墓""纪念"等文献，皆因其成书太少，而统统归入"杂史"之中。

八、《儒藏》尽可能全面地将儒学各类资料汇录起来。它既是"学术丛书"，又是"学术类书"。《儒藏》所录以专著为主，举凡内容齐全、资料集中的儒学著作，都整部收录，由此而言，《儒藏》是"丛书"。同时，为满足研究需要，一些散见于群书的儒学资料，如孔子、孔门弟子、儒者碑传以及各种经论、经解等文章，亦加以辑录，类聚成各种专题的资料汇编，由此来说，《儒藏》又是"类书"。

九、《儒藏》采用分类、分序、小序、提要、校勘与影印相结合的整理方式。首先对儒学文献进行分类著录，使其类聚群分，眉目清楚。每部有分序一篇，概述儒学、经学和儒学文献发生、发展之历史。每类有小序一篇，概述本门学术的研究状况和文献组成情形。每种入选图书卷首都有提要一篇，分述作者生平、著述源流和内容评介。然后再对各种图书正文进行必要校勘，写成校记附于各卷之末。为避免重新排版造成新的错误，除了个别著作编者已有整理成果者(或原版不清,必须重排)采用仿古排版外，《儒藏》的主体部分都采取影印校勘的方式整理。

十、《儒藏》系新编儒学丛书，并非简单的古籍影印，我们对所收各书都在版式上作了许多调整，设计了标准的版式。

十一、为方便读者阅读和利用史料，我们对"史部"各书内文做了标点处理，分别于行右添加"、"和"。"。"、"表示句中停顿，"。"代表一句结束。凡需校勘的地方，皆于当校处添加序码，于卷末"校记"中出校说明。

十二、各部、各类首册都冠以"儒藏分类总目"，以见《儒藏》整体框架及本部、本类所处位置。各类首册又备列该类"收书目录"，以明本类全貌。书名扉页标署原作者及校点者、审稿者姓名，以明文责。待各部编纂完成后，再分别编制各种索引，于条件成熟时研制电子检索系统，以便读者使用。

（三）《儒藏》类目

经部

元典类　周易类　尚书类　诗经类　三礼类（周礼　仪礼　礼记及总论）　春秋类（春秋经　左传　公羊　穀梁及总论）　孝经类　四书类（含大学　中庸　论语　孟子及总论）　尔雅类（附小学）　群经类（含总论　通考　经论等）　谶纬

论部

儒家类　性理类　礼教类　政治类　杂论类

史部

孔孟类　学案类　碑传类　年谱类　史传类　学校类　礼乐类　杂史类

四、"经部"叙论

（一）经部分序

"经部"著录以"六经"（或"五经""七经""九经""十三经"）为主体，并以这些经典为研究、阐释本体的文献，即"经学文献"。在经部文献形成过程中，既有经典从"旧法世传之史"向"道德仁义"之经的升华，也有从"四经"到"六经"，再到"十三经"的扩展，还包括研究和阐释这些经典而产生"传""记""故""训""章句""注疏"等形式的过程。

"经""传"一词，分别代表经学文献的两大类型，同时也反映儒学文献发生和演变的不同阶段。郑玄《孝经注》："经者，不易之称。"（王应麟《玉海》卷四一引）刘熙《释名·释典艺》："经，径也，常典也，如径路无所不通，可常用也。"释"经"为径路（干道），干道无所不达，故将内容包罗天地、人文的文献命名为"经"。刘勰说："经也者，恒久之至道，不刊之鸿教也。"（《文心雕龙·宗经篇》）皇侃说："经者，常也，法也。"（邢昺《孝经序疏》引）这些解说，都与刘熙所释基本相同。许慎《说文解字》："经，织从（纵）丝也。""经"本为织机上的经线，古者以简策为书，必以丝绳编联之，从其形制命名即是"经"。章太炎说："经者，编丝缀属之称，异于百名以下用版者。传者，'专'之假借。专，六寸簿，即手版也。以其体短，有异于经。"《仪礼·聘仪》"百名以上书于策，不及百名书于方"，策即编丝成册的"简策"，方即六寸长的木椟，即"专"。郑玄《论语序》："《易》《诗》《书》《礼》《乐》《春秋》，策皆二尺四寸；《孝经》谦，半之；《论语》八寸策者，三分居一，又谦焉。"（孔颖达《仪礼疏》引）"经"用长简，二尺四寸；《孝经》《论语》皆谦之，或一尺二寸，或只八寸。"经"是正文，起源早，用长简，独蒙编缀（"经"）之名。"传"是辅文，用短简，起源晚，初时用版片记录，辅翼"经"典，故其字作"专"（版也）。《释名·释典艺》："传，传也，以传示后人也。"《文心雕龙·史传》："传者，转也，转受经旨，以授于后。""经"是正说、直说，"传"是横说、转述。由于二者功能和地位悬殊，故"经""传"又有"常道"和"转授"等分殊。

解经文献除"传"外，又有多种形态。张华《博物志》："圣人制作曰经，贤者著述曰传、曰记、曰章句、曰解、曰论、曰读。"（《北堂书钞》卷九五引）此外，还有"纬""注""说""训诂"（或故训）、"言""义疏""正义"等，分别代表解释经典的不同形态，也代表不同时期儒学文献产生和发展的模式。大致而言，先秦时期多称"传""记"，西汉"传"与"章句""纬"并称，西汉以后多称"注""解"或"说"，六朝而后乃有"集注""义疏""讲疏"，唐代以后多作"正义""注疏"等名。

经典的原文无非"旧史"，但用作教典，即具有文化精神和教化价值，春秋时晋赵衰揭示："《诗》《书》，义之府也；《礼》《乐》，德之则也。"《史记·滑稽列传序》亦载孔子之言："'六艺'于治一也。《礼》以节人，《乐》以发和，《书》以道事，《诗》以达意，《易》以神化，《春秋》以道义。"同类说法还有《庄子·天下篇》："《诗》以道志，《书》以道事，《礼》以道行，《乐》以道和，《易》以道阴阳，《春秋》以道名分。"董仲舒《春秋繁露·玉杯》更具体地说："《诗》《书》序其志，《礼》《乐》纯其美，《易》《春秋》明其知。六学皆大而各有所长，《诗》道志，故长于质；《礼》制节，故长于文；《乐》咏德，故长于风；《书》著功，故长于事；《易》本天地，故长于数；《春秋》正是非，故长于治人。"稍后翼奉也说："臣闻之于师曰：天地设位，悬日月，布星辰，分阴阳，定四时，列五行，以视（示）圣人，名之曰'道'。圣人见道然后知王治之象，故画州土，建君臣，立律历，陈成败，以视贤者，名之曰'经'。贤者见经然后知人道之务，则《诗》《书》《易》《春秋》《礼》《乐》是也。"（《汉书·翼奉传》）综合诸说，可知"六经"之内涵。"六经"是圣人关于"道"的记录，包括天地之位、日月之行、阴阳之变、四时之运、五行之德等自然之道，也包括行政区划、君臣职守、声律历法和古今成败等王者之治。"六经"是天道、地道和人道的总汇。《汉书·儒林传序》："六学者，王教之典籍，先圣所以明天道、正人伦、致至治之成法也。""六经"内容虽然各有分殊，但是加起来形成合力，可以共同塑造仁义之士、德治之政、和谐之俗，并促进天下和平。

如前所述，儒学文献，有"经"，亦有"传"焉。孔子既定"六经"，并以"《诗》《书》《礼》《乐》教"，已经形成初期解经文献。《史记》称孔子"序《书》传"，"故《书》传、《礼》记自孔氏"；又说孔子"晚而喜《易》，读之，韦编三绝。序《彖》《系》《象》《说卦》《文言》"云云。孔子卒后，弟子退而人人异言，一经而有数家之传，于是形成多种解经文献，如《春秋》，至汉初即有《左氏》《公羊》《穀梁》《邹氏》《夹氏》，虽然《邹氏》未有师，《夹氏》未有书，《春秋》一经犹传《公羊》《穀梁》《左氏》三传。礼即制度与乎礼文仪节，关于士人之礼有《士礼》（后称《仪礼》），关于《仪礼》内涵的解释则有篇目众多的《礼记》，而关于周代设官分职的则有世传之《周官》（后称《周礼》），号称"三礼"。关于"六经"之训诂则有《尔雅》。仲尼弟子又记录乃师言行，而成《论语》。战国孟子，又与公孙丑、万章之徒自撰《孟子》七篇。"春秋三传""三礼"之《礼记》以及《论语》《孟子》，原本为转述经典旨意的传记或子书，由于它们成书较早，说理纯正权威，亦成为后世儒者之研究对象，逐渐升格为经典著作，亦具"经"之地位，于是"经"之范畴便日益扩大。

世儒常称之"十三经"，既是儒家学说的基础，也是中国学术文化的源头。"十三经"即《周易》《尚书》《诗经》《周礼》《仪礼》《礼记》《春秋左传》《公羊传》《穀梁传》《论语》《孝经》《孟子》《尔雅》。关于"十三经"结集的时代，古今学人异说纷呈。归纳起来，有"唐代说""宋初说""南宋说""笼统宋代说""明代说"和"清代说"等。历考载籍，诸说皆未确切。最早的经典始于周代教典——《诗》《书》《礼》《乐》"四经"（《左传》僖公二十七年"说《礼》《乐》，敦《诗》《书》"；《礼记·王制》"顺先王《诗》《书》《礼》《乐》以造士"）。"四经"原为旧史，《庄子》称之为"先王之陈迹"（《天运》），乃由"旧法世传之史"传化而来（《庄子·天下篇》）。《管子·戒篇》"泽其四经"，尹知章注："谓《诗》《书》《礼》《乐》。"至孔子乃"论次《诗》《书》，修起《礼》《乐》"，"作《春秋》"（《史记·儒林列传序》），"序《易》传"（《史记·孔子世家》《孔子家语·本姓解》），遂形成了"六经"。西汉立"五经博士"，传《诗》《书》《礼》《易》《春秋》，《乐》经失传。汉景帝末，庐江人文翁任蜀郡守，"仁爱好教化……乃选……张叔等十余人……遣诣京师，受业博士"；三国人秦宓实指为"东受七经，还教吏民，于是蜀学比于齐鲁"（《三国志·蜀书·秦宓传》，又见《华阳国志·蜀志》）。"七经"即"五经"加《论语》《孝经》（杭世骏《经解》，见《皇清文颖》卷一二），东汉儒者即守此体系。唐代有"九经"之称。孔颖达《五经正义》，乃取《周易》《尚书》《诗经》《礼记》《左传》五者旧注，详加疏解。贾公彦等复撰《周礼注疏》（贾公彦）、《仪礼注疏》（贾公彦）、《穀梁注疏》（杨士勋）、《公羊注疏》（徐彦），合称《九经正义》。唐文宗开成二年（837）刻成《开成石经》，"九经"外增加《孝经》《论语》《尔雅》三书，共为十二部，但仍称为"石壁九经"。后世流行之"十三经"则始于五代后蜀"蜀石经"。兹刻始于五代，成于北宋，立于当时蜀郡最高学府——文翁石室，史称"石室十三经"。"蜀石经"规模宏大，"其石千数"（《蜀中广记》卷九一载晁公武《石经考异序》），有经有注，是历代石经中规模最庞大、体例最完备的一种。晁公武《石经考异序》："按赵清献公（抃）《成都记》：'伪蜀相毋昭裔捐俸金，取九经琢石于学宫。'……国朝皇祐中，田元均（况）补刻公羊高、穀梁赤二《传》，然后'十二经'始全；至宣和间，席升献（贡）又刻'孟轲书'参焉。"（晁公武《石经考异序》，见范成大《石经始末记》引，《全蜀艺文志》卷三六）于是形成"十三经"。赵希弁《郡斋读书附志》著录"'石室十三经'，盖孟昶时所镌"，即此。自此以后"十三经"便成为儒家经典的基本范式。

儒家经典体系形成之后，便奠定了经部文献之主干，也构成了经部文献研究之核心。后世围绕经典所进行的种种研究与阐释，就形成了内容庞大、位居首位的"经部"。除此"六经"或"十三经"外，经部著录的主要是历代儒家经解著作，从中也反映出儒家在两千余年间的变化和发展。《四库全书总目》的《经部总叙》说："经禀圣裁，垂型万世，删定之旨，如日中天，无所容其赞述。所论次者，诂经之说而已。"认为"经"是圣人孔子删订的，无须后人来评骘褒贬；从事古籍整理，只可对后世的经解著作进行评议。四库馆臣又说："自汉京以后，垂两千年，儒者沿波，学凡六变。"即两汉经学、魏晋玄学、隋唐义疏、宋代理学、明代心学、清初考据学，各个时代都有自己的特色，也产生了自己的学术成果和著述文献。馆臣又说："要其归宿，则不过汉学、宋学两家，互为胜负。"这当然是就汉代经学产生以后的情形说的。如果要讲经典以及经解文献的源流，前面要补上先秦的"子学"，后面要补上晚清的"今文学"和近代的"新学"。于此看来，完整地表述儒家经学产生、发展和演变历史，就有四种形态和八个时期了："子学"涵盖先秦时期，汉学涵盖两汉（今古文经学）、魏晋南北朝（玄学）、隋唐五代（义疏学），"理学"涵盖宋元（理学）、明（理学与心学）、清（汉学、宋学并行），20世纪则是"新学"时期。唯此"四型八期"可以代表整个中国经学史的不同形态，《儒藏》经部即以收录和整理这些阶段的重要成果为职志。

在经典的影响下，儒家又产生了风格众多的子学著作。《庄子·天下篇》已将载"道术"之"《诗》《书》《礼》《乐》《易》《春秋》"的经类和言"方术"的"百家"诸子相提并论，已蕴含后世"经部""子部"之雏形。司马迁《史记·太史公自序》："厥协六经异传，整齐百家杂语"，亦将"六经""异传"（经部）和"百家""杂语"（子部）并提。刘向校理群籍，儒家文献遂分成"经""传""诸子"三大部分，"经"即六经，"传"即经解，"诸子"即儒家子类文献。

刘歆《七略》首次用"六艺略""诸子略""兵书略""术数略""方技略""诗赋略"来类聚群分各种文献，"六艺略"即著录经学（含史学）及小学（含童蒙课本）文献；"诸子略"中有"儒家类"，著录儒家子类文献。这一方法为班固《汉书·艺文志》所继承，成为中国古代目录书关于儒学文献最早也是最基本的著录范式。晋荀勖《中经新簿》设甲、乙、丙、丁四部，其"甲部"即后世之"经部"，"乙部"即"子部"（含儒家），"丙部"即"史部"（含儒学史），"丁部"即"集部"（含儒家文集）。至《隋书·经籍志》则直接以"经、史、子、集"命名，中国古典目录关于儒家文献，特别是经部诸书的著录和称名方式，于此得以正式确立。

由于经部文献由简而繁，由少而多，经部分类也日益繁复。如前所述，经部所录文献虽然早有"经""传""记""说""解""章句""注""疏""正义"等多种形式，然而儒家经部的著录一开始就是以经典和所研究的对象来归类的。《汉书·艺文志》之"六艺略"分《易》《书》《诗》《礼》《乐》《春秋》《论语》《孝经》和"小学"九类，奠定了后世"经部"分类格局。《隋书·经籍志》在《汉志》基础上增加"谶纬"，合为十类。同时又因"《孔丛》《家语》，并孔氏所传仲尼之旨；《尔雅》诸书，解古今之意"，将其与"五经总义"诸书一起附在《论语》之末。

　　《旧唐书·经籍志》之"经部"分十二类："甲部为经,其类十二:一曰《易》,以纪阴阳变化;二曰《书》,以纪帝王遗范;三曰《诗》,以纪兴衰诵叹;四曰《礼》,以纪文物体制;五曰'乐',以纪声容律度;六曰《春秋》,以纪行事褒贬;七曰《孝经》,以纪天经地义;八曰《论语》,以纪先圣微言;九曰图纬,纪六经谶候;十曰经解,以纪六经谶候〔七经杂解〕(原文作"六经谶候",与前目"图纬"类重。沈德潜曰:"应讹。"兹据本类目录后"右三十六家,经纬九家、七经杂解二十七家"改);十一曰诂训,以纪六经谶候〔《尔雅》《广雅》〕(原文作"六经谶候",与前目"图纬"类重。兹据本目后"右小学一百五部,《尔雅》《广雅》十八家"改);十二曰小学,以纪字体声韵。"将"经解"著作从《隋书·经籍志》的《论语》类独立出来,将"训诂"类与"小学"分开,于是形成十二分法。《新唐书·艺文志》又合"诂训"于"小学",经部遂为十一类。《宋史·艺文志》同之。

　　郑樵《通志·艺文略》除在"经类"下设《易》《书》《诗》《春秋》《国语》《孝经》《尔雅》"经解""小学"等二级子目外,还根据各类文献多寡和类型殊异,再立三级、四级目录。如:《易》类分"古易、石经、章句、传、注、集注、义疏、论、说、类例、谱、考正、数、图、音、谶纬、拟易"等;《书》类分"古文经、石经、章句、传、注、集注、义疏、问难、义训、小学、逸篇、图、音、续书、谶纬、逸书"等;《礼》类分《周官》《仪礼》《丧服》

《礼记》《月令》"会礼""仪注"等。是为三级子目。这一演进方法体现了周密而科学的分类精神,对系统著录专经的各色文献十分有用,也有利于总结各个专门学术史的发展演变,对引导专经研究向纵深发展具有极大帮助。这一严于分类的著录方法,在中国古代目录书中得到继承和发扬。

后因纬书失传,目录不再保留"谶纬"一目。又由于宋人形成了"四书学"文献体系,故《明史·艺文志》"经部"省去"谶纬"旧目,而增"四书"一类,仍为十类。《四库全书总目》即继承了这一分类方法,更加简明实用。其"经部总叙"曰:"今参稽众说,务取持平,各明去取之故,分为十类:曰《易》,曰《书》,曰《诗》,曰《礼》,曰《春秋》,曰《孝经》,曰'五经总义',曰'四书',曰'乐',曰'小学'。"

《儒藏·经部》之分类,借鉴历史上目录书的著录经验,综合运用"分经著录"和"以类相从"的方法,将儒家经部文献分为"专经"系列和"专题"系列。"专经"系列包括:周易、尚书、诗经、三礼(含周礼、仪礼、礼记及总论)、春秋(含春秋经、左传、公羊传、穀梁传及总论)、孝经、四书(含大学、中庸、论语、孟子及总论)、尔雅(附小学)等;"专题"系列包括:"元典类"(将儒家十三经的白文善本汇为一编)、"乐类"(关于儒家乐教的文献)、"谶纬"(关于群经纬书的文献)、"群经总义"(关于数种经典的综合研究)。至于历代石经和出土文献(如敦煌遗书、出土简帛之类),则随所属经典归入各经,并参考郑樵《通志·艺文略》，于各经下再分"传说""图书""通论""考证""专篇"等类，以收"辨章学术，考镜源流"之效。

（二）"经部"小序

1. 元典类小序

"经部"指儒家的经学文献，在这里包括儒家的基本典籍"六经"以及早期解释和阐发"六经"旨意的传记文献和诸子文献。儒家经典系依据上古历史文献删定和阐释而成，所以儒经也是中华早期文明的历史记录。由于儒家经学的内涵和思想一直是古代社会的指导思想，因此经部文献也是中华文化的根本和灵魂所在。

"六经"即《诗》《书》《礼》《乐》《易》《春秋》，是中国形成较早、影响最大的儒家元典著作。围绕"六经"，经学文献有一个逐渐形成和扩大的过程，从早期"四经"，经孔子删订后形成"六经"；再因对"六经"的阐释而产生了传记和子学文献，这些传记和子学文献由于产生早、影响大，后世也逐渐进入"经典"行列，形成了"七经""九经""十二经"等概念组合，直至构成后世熟知的"十三经"和"四书五经"形态。

"四经"即《诗》《书》《礼》《乐》，本是周代统治者培养合格人才的教科书。《礼记·王制》说："乐正崇四术，立四教，顺先王《诗》《书》《礼》《乐》以造士，春秋教以《礼》《乐》，冬夏教以《诗》《书》。王大子、王子、群后之大子、卿大夫元士之适子、国之俊选，皆造焉。"可见《诗》《书》《礼》《乐》是周人实行精英教育的课本。《左传》载晋国作"三军"，谋元帅，赵衰推荐郤縠说："臣亟闻其言矣，说《礼》《乐》而敦《诗》《书》。《诗》《书》，义之府也；《礼》《乐》，德之则也；德义，利之本也。"说明熟知《诗》《书》《礼》《乐》是考核元帅人选的先决条件。《管子》中"泽其四经而诵学"的"四经"，汉唐注家说就指这四种典籍。春秋末年，王官失守，文献散佚，孔子根据这些文献修订整理，用为对平民进行"君子"教育的教材，《史记·孔子世家》说孔子"论次《诗》《书》，修起《礼》《乐》"；又说"孔子以《诗》《书》《礼》《乐》教"，就是指的这一情况。孔子晚年喜《易》而为之《传》；又据鲁史创作《春秋》，在前"四经"基础上形成"六经"。从孔子开始，"六经"就成了施行教化和传播文明的教材，既是中国上古文化的载体，也是启迪后世智慧的教典。

在汉初，六经又称"六艺"。"六艺"本指礼、乐、射、御、书、数六种技艺，是《周礼·大司徒》所载"乡大夫以乡三物教万民而宾兴之"的内容之一："一曰六德，知、仁、圣、义、忠、和；二曰六行，孝、友、睦、姻、任、恤；三曰六艺，礼、乐、射、御、书、数。""六德"是内在修养，"六行"是外在表现，"六艺"是六种知识和技能。自孔子以"六经"培养弟子德行道艺后，"六经"便与"六艺"合流了。《史记·孔子世家》"孔子以《诗》《书》《礼》《乐》教，弟子盖三千焉，身通'六艺'者七十有二人"，即其证明。继《周礼》"六德""六行""六艺"教育之后，汉贾谊又将培养君子人格的科目分为"六理""六法""六行""六术"（"六经"）四科，四科结合即是"六艺"。《新语·六术》说："德有六理……道、德、性、神、明、命。"六理存在于"阴、阳、天、地、人、度"之间，是为"六法"；内修"六理""六法"，外显"仁、义、礼、智、圣、乐"，是谓"六行"。他认为要修成"六行"，必须学习"先王之教"即"六经"："是故内法六法，外体六行，以与《书》《诗》《易》《春秋》《礼》《乐》六者之术，以为大义，谓之'六艺'。"正式将"六经"与"六理""六法""六行"结合起来，形成"六艺"新概念。司马相如《子虚赋》："游乎'六艺'之囿，驰骛乎仁义之途，览观《春秋》之林，射《狸首》，兼《驺虞》。"此处的"六艺"显指"六经"矣。

"六经"之所以成为经典，是与它们无可替代的内容分不开的。首先，"六经"是"文明"之史。孔子自称"述而不作，信而好古"（《论语·述而》）；又说："吾欲载之空言，不如见之于行事之深切著明也。"（《史记·孔子世家》）说明他不是空言垂教，他删订"六经"就是依据历史文献和历史经验来垂训的。老子也说："夫'六经'，先王之陈迹也。"（《庄子·天运》）庄子则称之为"旧法世传之史"（《庄子·天下》）。大致而言，《诗经》是以诗歌表达的周代社会生活和情感经历之"史"，《尚书》是以散文记载的"二帝三王"兴衰更替之"史"，《礼经》是以制度记录的西周以下的文明设施和行为规范之"史"，《乐经》是以音乐记录的庆典和娱乐之"史"，《周易》则以卦爻记录的上古三代占筮、演绎及推理之"史"，《春秋》是以编年方式记录的鲁国政治之"史"。"六经"所录无非中华上古的文明史，孔子则是整理和传播中华文化的中心人物，后世儒家也就是中华历史的正宗传人。柳诒徵说："孔子者，中国文化之中心也，无孔子则无中国文化。自孔子以前数千年之文化，赖孔子而传；自孔子以后数千年之文化，赖孔子而开。"（《中国文化史·孔子》）班固称儒家"祖述尧舜，宪章文武，宗师仲尼"，都表达了孔子的这一历史作用。

其次，"六经"是载"道"之经。"六经"不仅是先民关于天地万物和人伦社会的经验总结，其中蕴含了"先王之道"和"周召之迹"（《庄子·天运》）；而且经过孔子"论次""修起"和"笔削""阐释"后，其中"仁义"思想和"德义"精神得到了充分凸显，"经"就成了载"道"之书，也成了问"道"之津矣。故《庄子·天下》说："《诗》以道志，《书》以道事，《礼》以道行，《乐》以道和，《易》以道阴阳，《春秋》以道名分。"《史记·滑稽列传序》引孔子说："'六艺'于治一也，《礼》以节人，《乐》以发和，《书》以道事，《诗》以达意，《易》以神化，《春秋》以道义。"汉儒甚至认为，"六经"是圣人关于"道"的记录，包括天地之位、日月之行、阴阳之变、四时之运、五行之德等自然之道，也包括行政区划、君臣职守、声律历法和古今成败等王者之治。"六经"是天道、地道和人道的总汇（《汉书·翼奉传》）。故《汉书·儒林传序》说："六学者，王教之典籍，先圣所以明天道、正人伦、致至治之成法也。"

其三，"六经"是教化之典。自"六经"删定以后，"六经"就被广为传播，成了启迪智慧、传播文明的重要教典。儒家学派广泛宣教，他们或友教士大夫，甚至为王者师，或直接参加当时社会的变革和实践，于是民智大开，诸子蜂起，促成了春秋战国时期的思想大解放，智慧大开发，学派大兴起，学术大争鸣。"六经"不仅是儒家的经典，也是百家学术的先导，中华智慧的源泉，所以《汉书·艺文志》说：诸子"亦六经之支与流裔"。

对于"六经"的教化作用，历史上论说很多，没有分歧。一以为"六经"可启迪智慧。"六经"质有不同，义有分殊，每经都有自己的侧重和重心。对此，《荀子·儒效篇》《春秋繁露·玉杯》都有论述，归纳即是：《诗》乃抒情文学，故长于真情实感；《书》乃历史记录，故长于明事纪功；《礼》乃行为规范，故长于制度文明；《乐》乃音乐作品，故长于和乐盛美；《易》讲天地阴阳，故长于运数变化；《春秋》讲是非名分，故长于社会治理。"六经"各司其职，各行其事，各从一个侧面讲明道理，共同完成"仁义"之士、博雅君子的塑造。其二以为"六经"是移风易俗的教科书。《礼记·经解》："入其国，其教可知也：其为人也，温柔敦厚，《诗》教也；疏通知远，《书》教也；广博易良，《乐》教也；洁静精微，《易》教也；恭俭庄敬，《礼》教也；属辞比事，《春秋》教也。""六经"教化，各有专主，士人求诸师，质诸经，明于性而知于天，通于经以达乎道，这就是中国儒家用经典来淑世济人、移风易俗的教化之路。

孔子说："人能弘道，非道弘人。""六经"本皆史书，它们的"载道""启智""教化"功能的实现，都是靠后世儒者阐释发挥才完成的。在这一过程中，便产生出许许多多解经的传记和子书。先秦时期，关于《易经》有《易传》（共十篇，汉人称为"十翼"）；关于《春秋》有左氏、公羊、穀梁、邹氏、夹氏五家之传（后传《左氏传》《公羊传》《穀梁传》，"三传"）；关于《礼经》则有众多讨论礼义和礼仪的"礼记"（汉人戴德选编八十五篇，为《大戴礼记》；其侄戴圣选编四十六篇，为《小戴礼记》）。汉代又发现记录周代设官分职的《周官》（郑玄注之，改称《周礼》）。围绕《诗经》和《书经》也形成了"序"和"传"（主要有《毛诗序》及《诂训传》，《尚书》百篇《序》及"孔传"等），这些文献在汉以后皆附《诗》《书》行世。此外，据说孔子既订"六经"，考虑到"'六艺'题目不同，指意殊别，恐道离散，后世莫知根源，故作《孝经》以总会之"（郑玄《六艺论》）。于是便形成言简意赅、总会"六经"的纲领性文献——《孝经》。孔子死后，他的弟子门人又将他们（包括时人）所闻于孔子的言行，记录整理下来，形成《论语》。战国时期，面对弱肉强食的纷纷乱世，诸子百家皆提出自己的救世主张和治国设想，其中儒家有曾参著《大学》、子思著《中庸》。孟子游历诸国欲以救世，"所如者不合，退与万章之徒，序《诗》《书》，述仲尼之意，作《孟

子》七篇"（《史记·孟荀列传》）；孟子希望采用教育内化的
方式，启迪世人的向"善"之"性"。荀子继起，见乱世已成定局，
"嫉浊世之政，亡国乱君相属，不遂大道，而营于巫祝"，鄙儒
徒善不足以劝人，于是"推儒墨道德之行事"，从礼法角度探讨
治国方略，"著数万言"（同上），成《荀子》三十三篇；荀子
强调"隆礼重法"，希望用制度来规范生活，拯救世人之"性恶"。
以上这些传记文献和诸子文献，与原始经典一道，都成为后世儒
者钻研演绎、论道说理的根据，对中国文化与学术、社会和政治，
都产生了巨大而深远的影响。

　　"经典"成于孔子，传记则始于孔门，即汉儒所谓："《诗》
《书》《礼》《乐》定自孔子，发明章句始于子夏。"汉代兴起
以经典阐发为核心的学术活动，谓之"经学"；经学的出现又促
成"传记""章句""训诂""解""注""笺"等新文献出现。
至魏晋南北朝时，由于注解日多，观点各异，又出现对这些注释
文字进行汇录、选择和订正的文献体裁——"集解""集注"，
以及对这些注解做进一步疏证的"义疏""讲疏"。唐以政府的
力量修撰《五经正义》，之后历代王朝都欲在诸家经注经疏中确
立一尊，以为天下楷式，于是又出现"正义"和"大全"等文献。
儒家经学遂渐行渐远，经学文献亦日盛一日，"汗牛充栋"不足
以言其富，"学富五车"不足以况其多。就时代而言，自孔子至
秦灭，为经典、传记形成期；自两汉至晋末，为笺注盛行期；自
六朝至唐末宋初，为义疏盛行期。后有元、明、清各代，虽然文

献丰富，就其体式而言，要不出以上诸体。

中国儒学的转化和发展，常常是围绕经学进行的，而经学革新又是从经典的整理开始的。孔子在周代贵族教育的"四经"（《诗》《书》《礼》《乐》，偏重实用）基础上，再加《易经》（哲学）、《春秋》（政治学）形成"六经"，使实用和哲学结合，形上与形下互补，于是宣告了有体系、有经典、有理论的儒家学派诞生。汉武帝为纠正战国诸子的理论混乱，于是"罢黜百家，表章六经"，使教育与学术重归"五经"道统。比武帝稍早的文翁，在西南的巴蜀设立学校，推行包括《孝经》《论语》在内的"七经"教育（见《三国志·蜀书·秦宓传》《华阳国志·蜀志》），成功改变巴蜀的蛮夷之风，使巴蜀迅速融入华夏系统。东汉继之，"七经"已成为士人共同研习的经典，促进了儒者从专经之学（西汉博士的今文经学）向群经兼治和博通之学（东汉古文经学）的转变。唐代推行"九经"（《诗》《书》《易》，"三礼""三传"），经、传并重，而偏于文史。孟蜀倡刻"蜀石经"，形成规模宏大的十三经体系；特别是将长期处于子家地位的《孟子》刻入石经，促成儒家心性之学的建立与巩固。朱子倡言"四书"，推崇《大学》《中庸》《论语》《孟子》，最终形成了以子为教、重视理论创新的一代"理学"。清人再回头推崇"汉学"，"以复古求解放"，将学术重新拉回汉代重视"五经"的时代，其特色则偏重学术史的清理。20世纪要批判传统、否定儒学，也是从怀疑儒家经典、废除"经学"教育开始的。可见无论是发展儒学，还是否定儒学，儒家经典都首当其冲。因此，对经典进行必要的清理和新解，是实现儒学现代转化和当代创新的必由之路。革新儒学首当革新经学，革新经学又首当革新经典。

新经学、新儒学之建立，要依赖于新资料、新体系、新方法和新阐释的综合运用。所谓"新资料"，一是出土文献，如长沙马王堆出土帛书《周易》，上海博物馆所藏楚竹书，湖北出土郭店竹简，清华所藏战国竹简等儒学文献；二是长期被无端忽略的传世文献，如《国语》、《大戴礼》、《逸周书》、《乐经》（残）等，都是难得的儒家"经典"之补充。所谓"新体系"，即借鉴汉代"五经"、唐代"九经"、蜀学"七经"和"十三经"、宋人"四书五经"等体系，分别构建普及经典和高级经典两大系统：普及类拟用《孝经》《大学》《中庸》《论语》《孟子》《荀子》六书，高级类拟用《周易》、《尚书》、《诗经》、"四礼"、"四传"、《尔雅》、《乐经》（残）等"十三经"，概称"六书十三经"。所谓"新方法"，即借鉴历史上经学的"训诂""章句""义理""疏证"等体例，以及西方诠释学、哲学史等思辨方法，在解释清本义、引申义的基础上，结合历史实际和现代需求，对经文进行新的解释。所谓"新阐释"，即广泛吸收汉、唐、宋、明以来，特别是清儒的考据成果和义理取向，借鉴当代新儒家"沟通儒释道，融会中西马"的思想方法，对经典进行新解释，做到"持之有据，言之成理，解之有味，用之得益"，以期实现儒学在当代的"创造性转化"和"创新性发展"。

新经学、新儒学之成立，尤赖于新经典体系的重构。汉代太学传"五经"（高级），复习《论》《孝》（初级）；唐代科举考试"九经"（高级），复试《论》《孝》，谓之"兼经"（初级）；宋儒传"四书"（初级），但也不放弃"五经"或"十三经"（高级）。鉴于此，我们亦拟将"六书十三经"分成普及和高级两个系统。普及即"六书"，高级即"十三经"。普及型的"六书"供大学本科以下，甚至民众的经典诵读之用，借以形成全民的基本信仰和普遍伦理。汉唐选择"《论》《孝》"普及儒理，成效明显。宋儒则重构"四书"体系，在儒学普及方面也有绩可述，今天仍可继承；但宋儒废除《孝经》，排摈《荀子》，却不可取。孝悌为德之本，人行莫大于孝悌；《孝经》乃六经总汇，读经莫急于《孝经》。《孝经》形成于先秦，尊崇于两汉，流行于整个中国古代社会，对中华"孝治天下"历史、孝悌文化的形成，曾起到过经典教化的作用，对于已经进入"老龄化"社会的当代中国而言，更是迫切需要。《孟子》讲求"性善"，强调"孝悌忠信"或"仁义礼智"，提倡"内在超越"（"内圣"）。但是人性具有两面甚至多面性，在"性善"之外也普遍存在未必善的现象，荀子主张"性恶"说就有其某种针对性，他提出要加强"礼乐政刑"也具有现实合理性，《荀子》实可补充儒家"外在超越"（"外王"）的缺失。从反映早期儒家思想实际和人性多样性的实际出发，《荀子》与《孟子》正好互补，以"性善"励君子，以"性恶"治小人，这也符合提倡法治和张扬理性的当代精神。《孝经》《荀子》

与宋儒的"四书"体系相结合，就形成了"六书"体系。这个经典体系是应用型、普及型的，提供广大儒学爱好者阅读。

"高级"读本是"十三经"，是儒学完整的经典体系，是历史型、研究型和学术型的。在这个经典体系中，以全面、系统、历史、真实地反映儒家思想和儒学知识为职志。除完整保留"十三经"原有各书外，还应当补充若干早期儒家文献，如马王堆出土的《周易》经传，实可代表今传《周易》经传之外的另一个传授系统，如果要完整反映早期易学成果，"帛书《易传》"也可以附在《周易》后成为易学经典的一部分。《大戴礼记》本与《小戴礼记》同时产生，而且都具有相同的文献来源，只因"小戴"列入太学和科举经典而得到广泛传承，"大戴"没有被列入而倍受冷落，其间并无特殊的学理差异和文献优劣，从反映当时学术历史、补充儒学资源而言，《大戴礼记》也可以与《礼记》一样成为经典。《春秋》三传，《公》《穀》以义理解经，《左传》以史事解经，但光有《左传》史事犹有未备，故一直被视为《春秋》"外传"，且与《左传》同出左丘明的《国语》，就可以进入儒家的经典行列了。鉴于当今之世对"乐以发和"的儒家乐教原理的陌生和缺失，有必要重倡儒家"乐教"，将《乐经》佚文（如《周礼·大司乐》《礼记·乐记》等）辑录出来，以备"乐教"之需（如李光地《古乐经传》）。这样一来，原"十三经"除《孝经》《论语》《孟子》已入"六书"外，其余加上《国语》《大戴礼记》《古乐经传》，仍可构成"十三经"。只不过这是儒家的"新十三经"（《诗》《书》

《易》《雅》，加"四礼""四传"及"乐经"），与旧有"十三经"（《诗》《书》《易》《雅》，加"三礼""三传"及《孝》《论》《孟》）稍有区别。

在这个新经典体系中，有经有传，有高有低；有旧史，亦有法典；有诸子，亦有辞书，涉及格物、致知、修身、齐家、治国、平天下，以及形上、形下、内圣、外王等各个方面，具有很大的发挥余地、极强的发展空间和较大的适应张力。用"六书"来普及儒学，培养儒行；用"十三经"以丰富儒理，发展儒学。既实现了儒学的知识普及和道德重塑，也促进了儒家理论的适时更新和创造发展。这也许是我们在回顾和研究儒家经典体系形成和嬗变之后，在回应当代社会需求和儒学"两创"需要时所做出的必要选择吧！

2. 周易类小序

《周易》为儒家群经之首，亦中华文化传统之源。《易》之为书，其原始情状已无从稽考，如溯其初，则《周易》不过是古《易》之一。据《周礼》记载，《易》有三种，即《连山》《归藏》《周易》，"其经卦皆八，其别皆六十有四"（证以近年王家台出土之秦简《归藏》，清华大学藏简《筮法》，其说信然）。可见"三《易》"已经相当成熟，远非《易》之最初形态。郑玄曰："夏曰《连山》，殷曰《归藏》，周曰《周易》。"三易盖三代之易也。

东汉桓谭《新论·正经》云："《连山》八万言，《归藏》四千三百言；《连山》藏于兰台，《归藏》藏于太卜。"仿佛二书当时尚在，然《汉书·艺文志》并无著录，故《隋志》称"《归藏》汉初已亡"。近人刘师培认为，"《连山》《归藏》至汉已佚失，惟夏、殷占法犹存"，扬雄《太玄》即保留了《连山》筮法。故汉世占筮之书或有题《连山》《归藏》之名者，是"即桓氏所谓《连山》《归藏》也"。而桓氏所称之《连山》《归藏》亦皆早佚：前者亡于南北朝，后者亡于唐代；隋时刘炫曾伪造《连山》，自不可信；卫元嵩《元包经传》尚用《归藏》筮法，可见蜀学犹存其术。据说宋初犹存其《归藏》之《初经》《齐母》《本蓍》三篇，然而文多阙乱，无可详解。此后或有《归藏》文本现于世，不过其可信度往往不高，至多令人疑信参半而已。此二书辑佚之本，清严可均《全上古三代文》有《归藏》一篇；马国翰《玉函山房辑佚书》有《连山》《归藏》各一卷，并附《诸家论说》。又，近年湖北江陵王家台十五号秦墓出土竹简一批，其中一百数十简的内容为占筮之辞，而颇有与传本《归藏》相似之语，整理者遂题曰"归藏"。其字形系楚地古体，当是战国末年抄本。

《周易》之兴，时当"殷之末世、周之盛德"之际，其成书，则有"人更三圣，世历三古"（《汉书·艺文志》）之说。所谓"三圣"，即伏羲、周文王、孔子；所谓"三古"，即上古、中古、下古。伏羲氏始画八卦，此说略无争议，孔安国、马融、王肃、姚信等并云伏羲得河图而作《易》。至于重卦之人，则诸说不一：王弼等以为伏羲重卦、郑玄等以为神农、孙盛以为夏禹、司马迁等以为文王；既云《连山》《归藏》皆有六十四卦，则文王重卦

之说亦不足信；《山海经》佚文谓"伏羲氏得河图，夏后氏因之
曰《连山》"。盖伏羲氏得河图，以画八卦，是为经卦；神农因
而重之为六十四卦，是为别卦；夏后氏因而序列，以为《连山》。
故《山海经》称："伏羲氏得河图，夏后氏因之曰《连山》；黄
帝氏得河图，殷人因之曰《归藏》；列山氏得河图，周人因之曰
《周易》。"当得其实。汉晋人之云云者，盖传闻异辞也。又云，
文王作卦辞，周公作爻辞，马融、陆绩等并同此说；《汉志》"只
言三圣不数周公者，以父统子业故也"。至孔子作辞《象》《象》
《系》《文言》《说卦》《序卦》《杂卦》等《易传》十篇，《周
易》于是经、传兼备，流传至今。此外，尚有"九圣共成《易经》"
等说，兹不赘述。

　　古《易》之中，《连山》首艮，艮者止也，尚忠，以为夏人之易；
《归藏》首坤，坤者顺也，尚质，以为殷人之易；《周易》首乾，
乾者健也，尚文，以为周人之易。《三易》之中，只有《周易》
比较完整地保存下来，并且彰显于后世。虽云"周世之卜杂用《连
山》《归藏》《周易》"（孔颖达语），然《周易》在周初得以
兴起，显然在于它更能适应和满足周人占筮之需。《周易》虽"本
卜筮之书"，而经夏商周三代发展，其卦辞爻辞往往寓劝戒之义，
且重视人谋，强调变化，是于卜筮之中又富涵理性思维之因子，
此孔子之所以"老而好《易》，居则在席，行则在橐"欤？是故
孔子有"赞《易》"之事亦有"吾观其德义尔"，"吾与史巫同
途而殊归"之叹。《史记》云孔子"序《彖》《系》《象》《说卦》

《文言》",是为《易传》,亦称《易大传》;其文十篇,故又称"十翼"。"十翼"为孔子所作,"先儒更无异论"(孔颖达语),然自宋欧阳修以来,质疑此说者亦实繁有徒。不过,尽管司马迁之说未可全信,但《易传》之思想实渊源于孔子,文中又多引孔子之说,则其为孔门易学,亦毋庸置疑。

"经者,道之常。"《周易》称"经",约在战国之世。《庄子·天运》列举"《诗》《书》《礼》《乐》《易》《春秋》六经",郭店楚简《六位》(亦题《六德》)篇所述,其序亦同;足见当时《易经》亦不过是儒家诸经之一。至刘向父子撰《七略》,其《六艺》即以《易》居首,以下依次为《书》《诗》《礼》《乐》《春秋》,其叙又以《诗》《书》《礼》《乐》《春秋》配五行,而以《易》为之源。即此可以推知,至迟在汉中叶,《周易》已隐然为儒家诸经之首。先儒分其经文为二,前三十卦(自乾、坤至坎、离)为上经,后三十四卦(自咸、恒至既济、未济)为下经。同时,由于费氏等古文家以《十翼》说经,推动孔子《易传》也上升至"经"的层次,获得了与《周易》本经相等的地位,备受学者尊崇。朱熹尝言:有文王之《易》,有孔子之《易》。所谓孔子之《易》即"十翼"也,其幽深奥远之旨,与《周易》六十四卦义及三百八十四爻义相较,实有过之而无不及。

《易传》篇次为:《上彖》一,《下彖》二,《上象》三,《下象》四,《上系》五,《下系》六,《文言》七,《说卦》八,《序卦》九,《杂卦》十。彖者,裁断之意,即裁断诸卦名及卦辞所蕴之义;

上、下《象》因《易》之上、下经而分，上、下《象》亦然。"象"即卦、爻之形象、位次及其象征，《象传》据卦象爻象以释《易》义，故名。解说卦象者称《大象》，解说爻象及乾之"用九"、坤之用六者称《小象》。《系辞传》旨在通论《易经》、发挥其义理；以内容甚丰，故分上、下。《文言传》含两部分，即《乾文言》和《坤文言》；依经文而言其理，故名《文言》。所谓"文言"者，"文"者，本乎天文、地文，在此指乾、坤两卦之经文，"言"即宣也，也即发挥此二卦卦辞爻辞（即"文"）所含奥义之言辞。"说卦"者，解说八卦也；《说卦传》即阐释《易经》八经卦之意义。《序卦传》阐释《周易》六十四卦排序之义：以乾坤两卦居上经之首、坎离二卦居上经之末；咸恒两卦居下经之首、既济未济两卦殿全经之末，其精义云何，此篇即序其所以相次之由。《杂卦传》则"杂糅众卦，错综其义，或以同相类，或以异相明"（韩康伯语），以解《周易》"为道屡迁，变动不居，周流六虚，上下无常，刚柔相易"之旨。《易传》十篇，原皆单行；今通行之本，《彖》分系于经文各卦卦辞之下，《象》分系于经文各卦及诸爻之下，《文言》分列乾卦坤卦之下，余者《系辞》以下各篇仍独立为篇。

自孔子传《易》子夏、商瞿以来，以《周易》经传为核心的经、传、学三位一体之易学体系逐渐成形。两汉以还，表彰六经，儒学居学术主流，又奉《周易》冠诸经之首，群籍之冠。故《周易》之地位不言而喻。数千年来，易学流派众多，大家辈出，成果亦居经部之首。《周易》经传，本既论象数，亦重义理，未尝偏废，后世时势不同，好尚异趣，学《易》者乃各有所嗜，于是易学之旨归亦因之而异。

约略言之：《论语》有"不占而已矣"，前引马王堆帛书有"吾与史巫同途而殊归"之说；《荀子》有"善为《易》者不占"之语，可见先秦易学已有斥象数变占而重义理之一派。汉易学主象数，然亦不废义理。象数之家，上自孟喜、焦赣、京房，下至郑玄、荀爽、虞翻，或论卦气爻辰，或谈阴阳灾异；而田何、费直、严遵、扬雄之易学，则主义理，切人事。魏晋之世，王弼"扫象"，乃尽黜象数之说，会通儒、老，以《老》《庄》解《易》；王朗、王肃、李譔、蜀才，又高祭贾、马，畅谈古文《易》。至唐，孔颖达《正义》表彰王弼而黜落汉易，象数易学几至湮没，幸有一李鼎祚出，而有《周易集解》之作，"汉易"三十五家诸说乃得存留二三。

宋代易学主义理，然亦未废象数，复生出图书一途。陈抟、邵雍，解易"务穷造化"，上溯天地万物之先，于是兴起图书之学，虽大别于汉易象数之学，而实亦象数易之支流。胡瑗、程颐"阐明儒理"，而不独取辅嗣玄虚之说，多用道学思想解释《周易》；苏轼、李光、杨万里，或"说以人事"，或"参证史事"。元明易学，多承程、朱《传》《义》而演绎之，无甚大的突破。唯明代蜀中隐君子来知德《周易集注》，发明《周易》错综之义，别开生面，为一大发明。

清儒治易，主流仍继踵宋人，而其潜流则力辟宋易，如顾炎武、黄宗炎诸家，直揭宋易"先天""图书"之非。及至乾、嘉，汉学勃兴，学人智慧多致力于汉易之辑佚雠校，焦循、张惠言诸家，乃其中秀挺杰出者。质而言之，清四库馆臣将一部易学史以"两派六宗"概之，犹恨未足以尽其流变也。

易学文献素为经学大国，历代曾有著述不下万种，《四库总目》所谓"易道广大，无所不包，旁及天文、地理、乐律、兵法、韵学、算术，以逮方外之炉火，皆可援《易》以为说"；今之存世者，仍不下五千种。《儒藏》虽志在兼收并蓄，"集儒学文献之大成"，易著之林异彩纷呈如此，但由于篇幅所限，岂克一切采摭？今兹所录，力求尝鼎一脔，删繁举要，以便学者研索。其时段上起先秦，下迄清末，分列"白文""传注""考证""图说""拟易""筮占""释道"诸目；选录标准，一以儒术为主，"图说""拟易""筮占"亦录一二，意在略存教诫；计得《周易》白文二种、"传注"以下诸家易说114种。

兹编所录，不过区区百十余篇，卷帙尚未及千，譬沧海之一粟，诚易林之一叶。且去取实难，遗珠必多。犹自不揣谫陋，将欲假此微尘，以观大千，借以展示近三千年之易学成就及易学发展之概貌。世之同好，其毋以呓语卮言见讥，则幸甚！（邱进之初稿，舒大刚修改）

3. 尚书类小序

《尚书》亦称《书》《书经》，其源远矣。"古之王者，世有史官"（《汉书·艺文志》），"君举必书"（《左传》庄公二十三年）。中国"史官"文化，世称发达，自古留下许多历史文献，《尚书》即其中一种。《庄子·天下》篇："《书》以道事。"（亦见《史记·滑稽列传》引孔子言）《荀子·劝学篇》："《书》者，政事之纪也。"《史记·太史公自序》谓《书》"记先王之事"。盖《书》者，其亦古史所记帝王言行者欤？至其作用，《汉书·艺文志》谓为"慎言行，昭法式也"。孔颖达《尚书正义序》亦谓："夫《书》者，人君辞诰之典，右史记言之策。古之王者，事总万机，发号出令，义非一揆。或设教以驭下，或展礼以事上，或宣威以肃震曜，或敷和而散风雨。得之则百度惟贞，失之则千里斯谬。枢机之发，荣辱之主，丝纶之动，不可不慎。所以辞不苟出，君举必书，欲其昭法诫、慎言行也。"二子之说，洵为的论。

《书》首尧舜之《典》（史称"虞书"），迄于秦穆之《誓》，中有"夏书""商书""周书"，自四千年前二帝时代，至春秋初期之西秦历史，皆于其中得到关键性记录和概略性反映。是《尚书》者，其中国上古史之资料渊薮乎！至其体裁，则有典、谟、训、诰、誓、命，以及范、贡、歌、征之文，或典或雅，亦文亦史，而以周初诸诰为最繁富典要。盖《尚书》者，其亦中华文章之鼻祖而艺事之发轫者欤？

《书》之所记"长于政"，"记先王之事"，又以垂诫为宗旨，故很早即得以结集成编，以为教典。《王制》述周代教育制度，谓"乐正崇四术，立四教，顺先王《诗》《书》《礼》《乐》以造士。冬夏教经《诗》《书》，春秋教经《礼》《乐》"。《左

传》僖公二十七年赵衰亦述时之良帅："说《礼》《乐》而敦《诗》
《书》。《诗》《书》，义之府也；《礼》《乐》，德之则也。"
可知《书》乃西周、春秋造士之典。

及乎春秋时期，孔子"论次《诗》《书》，修起《礼》《乐》"，
《尚书》由史料而进于经典，由记事而达于教化之升华。先秦诸子，
固亦屡称《诗》云《书》曰，然于《尚书》文本未有论定。孔子"博
于《诗》《书》"（《墨子·公孟》），故"论次《诗》《书》"（《史
记·孔子世家》），既熟玩其文而精通其意，复传播其书而考论
其典，史称"古者《书》三千余篇"，孔子"断自唐虞以下，讫
于周，芟夷烦乱，剪截浮辞，举其宏纲，撮其机要，足以垂世立教，
典、谟、训、诰、誓、命之文凡百篇"（《尚书序》），是为《尚书》
作有史以来最系统之编选。孔子之于《尚书》文献，或"序"或"修"，
或"编次"，或"传解"（详《史记·三代世表》《伯夷列传》《儒
林列传》等篇），遂使"二帝三王之《书》"，事义俱备、义理
足观，于是《尚书》之经典规模乃定。汉人一则曰"《诗》《书》
《礼》《乐》，定自孔子"（《后汉书·徐防传》），再则曰"故
《书》传《礼》记自孔氏"（《史记·孔子世家》），盖有以矣！

儒家六经，《易》为哲理之原，《书》则政事之纪，故被视为"七
经之冠冕，百氏之襟袖"，至谓"凡学者，必先精此书，次及群
籍"（《史通·断限第十二》）。《书》乃"治道之本"，历代
君臣以《书》安邦，士民以《书》持身，学者更以《书》著书立说，
故通过"口耳相传"以及竹、木、帛、石、纸等载体演绎《尚书》

者，实繁其徒。由于《尚书》文献形成久远，世经三代，人更数圣，文字古奥，语义难晓，自昔汉初伏女有转译之故，唐代韩愈有"诘屈聱牙"之叹，迄于近世，王国维亦有"于《书》所不能解者殆十之五"之慨。加之《尚书》经本有今文、古文之分，家法、师法之别，流传过程中又隐显不一，真伪杂呈，故历代解经释疑者不知凡几。《尚书》文献素称内容复杂、形式多样，在群经文献中无论文本之繁，还是数量之多，实与《周易》文献同居榜首。

周秦时期，《书》与《诗》《礼》《乐》即为"造士"教典，"说《礼》《乐》，敦《诗》《书》"一直是考验将相良否的标准；复因孔子"以《诗》《书》《礼》《乐》教弟子"，《尚书》遂成为造就人才、传递治国理民之术以及文物典章之故的古老规范。即使是诸子争鸣的时代，引《书》、释《书》、用《书》、传《书》，成为当时风尚，渐成传统。传世文献如《左传》《国语》《论语》《孝经》《孟子》《荀子》《公羊传》《穀梁传》《墨子》《管子》《庄子》《礼记》《孔丛子》《孔子家语》《韩非子》《尸子》《战国策》《吕氏春秋》等，以及出土文献《郭店楚墓竹简》、《上海博物馆藏战国楚竹书》、《马王堆汉墓帛书》、《河北定县八角廊汉墓竹简》、清华简等，都有称引《尚书》之文。当然，先秦时期有引《书》尊《书》者，亦有抑《书》毁《书》者，两种思想交锋迭进，直至演为秦始皇之焚《书》禁《书》，造成《尚书》学的一度衰落。

汉兴，《尚书》学重获生机。先是汉惠帝四年（前 191）"除挟书律"，古籍佚简重现于世。以精通《尚书》为秦代博士的伏生（"伏生"），取出所藏壁中旧《书》，重加研讨，惜已散佚数十篇，仅得29篇，即《尧典》《皋陶谟》《禹贡》《甘誓》《汤誓》《盘庚》《高宗肜日》《西伯戡黎》《微子》《泰誓》《牧誓》《洪范》《金縢》《大诰》《康诰》《酒诰》《梓材》《召诰》《洛诰》《多士》《无逸》《君奭》《多方》《立政》《顾命》《费誓》《吕刑》《文侯之命》《秦誓》。伏生以此29篇教于齐鲁之间，"学者由是颇能言《尚书》，诸山东大师无不涉《尚书》以教矣"（《史记·儒林列传》）。汉文帝时，派太常使掌故晁错从伏生受《书》，晁错遂将伏传《尚书》带回朝，入藏于中秘。伏生亦因藏《书》、传《书》被征入朝，开创汉《尚书》学之今文派。武帝"罢黜百家，表章六经"，设"五经博士"，《书》博士即伏生一脉，后来立于学官之欧阳、大小夏侯三家，皆伏生后学，直到东汉而未改。

在伏生今文《尚书》之外，西汉鲁恭王又于曲阜孔子家壁中发现《古文尚书》，书写文字系用战国古文，有别于汉之隶书。《史记》载："孔氏有《古文尚书》，而安国以'今文'读之"（《儒林列传》），相较于伏生今文"多得十六篇"（《汉书·艺文志》）。此本因未能及时立于官学，致使其版本状况、文字内容、流传序列，皆不可得而详，因而造成汉代《尚书》"最纠纷难辨"的现象。古文《尚书》学由东汉杜林发扬光大，及至汉末，郑玄注《尚书》，今古兼采，融合诸家，遂集汉代《尚书》学之大成。

魏晋南北朝时期是《尚书》学史上非常重要的发展阶段，呈现出多元发展模式。汉末魏初，《书》有贾逵、马融、郑玄、王肃四家，尤以郑学为盛，时人称"伊洛已东、淮汉之北，一人而已，莫不宗焉"（《旧唐书·元行冲传》引王粲语）。魏晋之时，王肃继起，亦杂采今、古，专与郑学抗礼，形成南北朝时期的郑学、王学之争。此外，玄学家对《尚书》的训说，使这一时期的《尚书》学被打上玄学烙印，故采用佛家以义疏讲经这一形式写成的《尚书》义疏类著作频出，成为此时期《尚书》学文献的一大特色。

这一时期《尚书》学发展的转折点，是东晋梅赜奏献的"孔安国《古文尚书传》"（史称"孔《传》"）出现。梅献孔《传》46卷、58篇，就其史料和思想内容而言，价值很大，故其一出便风靡一时，成为南朝《书》学主流，形成"北郑南孔"的《书》学格局。唐代孔颖达作《尚书正义》，即以"孔传《古文尚书》"取代"郑注今文《尚书》"，《书》学领域遂形成"孔传《尚书》"一枝独秀局面，其他今文诸家反而逐渐消失。然而，"孔传《尚书》"传授渊源不清，各种史料记载矛盾重重，且缺乏重要环节，加上其内容、篇章等与传世《尚书》经文出入较大，故自宋以来历代学者渐生怀疑，苏轼、吴棫、朱熹渐开古文《尚书》辨伪先河，渐启疑窦。至清人而考辨尤精，疑信相争，蔚为大国，而以阎若璩、毛奇龄二氏最为突出。于是，在《尚书》学领域又产生出繁多的真伪考辨类文献。

两宋《书》学，风气大变，学者摆脱汉学章句、传注、训诂等传统解经方法，而以义理解经、疑古辨伪为主。宋人有《尚书》

学著作430余部，十之七八为义理之作。其中，蔡沈承接师旨所作《书集传》（史称"蔡《传》"），以理释经，集宋代《尚书》学之大成。此外，宋人对《尚书》重新审视，辨析疑似，区别真伪，对孔《传》、《书序》、百篇《小序》、今文《尚书》与孔《传》经文等皆提出疑问，对后世彻底解决《尚书》今古文及其真伪问题，做出重要奠基。同时，由于国家疆域长期受到异族侵扰的缘故，宋代学者研究《尚书》特别注重空间地理，故宋人对"惟言地理"的《禹贡》研究尤多，考辨、著论、绘图，不一而足，见于著录的宋人《禹贡》学著作逾20部。同时，宋代《尚书》"集解""集说""集义""集疏""集注""集传""类编"等文献繁多，客观上起到保存古今《书》学成果之作用。

元明两代，《尚书》学都奉行宋学，特别是将蔡沈《书集传》著为功令，定于一尊，成为学人研习的教科书，于是造成此时期《书》学著述大多在疏解蔡《传》"时义"（类似今之应试参考书）上做文章。陈栎《尚书集传纂疏》、董鼎《书传辑录纂注》等皆是元代疏解蔡《传》最有成就者。明代"时义"之作更为繁富，而以永乐《书经大全》最具代表性。另外，自宋代开启对梅赜所献《古文尚书孔传》的辨伪运动，到元明时期又有新发展，其中以吴澄《书纂言》、梅鷟《尚书谱》《尚书考异》成就最大。

清代《尚书》学家明确提出"取近代理明义精之学，用汉儒博物考古之功"的主张，一方面仍用"蔡《传》"以为"功令"之书，绍述蔡《传》者层出不穷；同时还继续进行宋代开始的疑辨《古文尚书孔传》运动，尤以阎若璩《尚书古文疏证》为最卓绝，终于判定晚出《古文尚书孔传》及多出25篇经文为伪书。另一方面，清人又致力于《尚书》学之复古，以为唐必胜于宋，汉必胜于唐，几致"家家许郑，人人贾马"（梁启超《清代学术概论》），使东汉《古文尚书》学得以复兴。四库馆臣总结历代《尚书》研究特色云："《尚书》一经，汉以来所聚讼者，莫过《洪范》之五行；宋以来所聚讼者，莫过《禹贡》之山川；明以来所聚讼者，莫过于今古文之真伪。"（《四库全书总目》经部"尚书类"小序）可谓一语中的。凡此诸端，在清代都得以总结性论定。清代共有约900余部《书》学论著问世，在数量上、内容上、方法上都远超前代。

四库馆臣云："《书》以道政事，儒者不能异说也。"（《四库全书总目》经部"尚书类"小序）但由于《尚书》篇章繁多，内容丰富，文辞古奥，今古异趋，真伪杂呈，纠葛纷繁，历代学者从不同角度对其进行研究，产生出数量庞大的《尚书》学文献。据不完全统计，自汉迄清，《尚书》学文献的总量仅专著就达2500余种，流传至今的约为720余部。这些文献，既是历代学者阐释古史的重要成果，也是他们探讨修身待物之道、治国安邦之术的重要作品。整理和研究《尚书》学文献，既是中国经学史、儒学史研究的需要，也是复兴和弘扬中华传统文化的需要。历史上，不但有各种艺文志和目录书著录《尚书》学文献，而且有诸如北宋顾临《尚书集解》、南宋成申之《四百家尚书集解》、明代《书经大全》、清代《钦定书经传说汇纂》等《尚书》学成果的纂辑和整理。此外，明清学人编类书、丛书，也大量收录《尚书》学文献，如《永乐大典》保存宋代《尚书》学文献12种；《通志堂经解》收录21种；《四库全书》正目收录《尚书》学文献57种，又于《存目》介绍79种；《皇清经解》及续编收录30种。近年出版的《续修四库全书》的"尚书类"，又收录宋明稀见版本和清人重要著述90种。

兹编《儒藏》"经部·尚书类"，在全面调查研究历代《尚书》学文献的基础上，择优选萃，共收录代表性《尚书》学文献120余种，先按主题分为传注、通论、考证、图谱、音释、专题、单篇七类，每类下依作者时代先后排列。各书选录原因及优劣，俱见于提要，兹不赘焉。（王小红初稿，舒大刚修改）

4. 诗经类小序

《诗经》为儒家"六经"之一，其原始文献本称为《诗》，或举其篇数称作"诗三百"或"三百篇"，后经孔子整理则被尊称为《诗经》。《尚书·尧典》曰："诗言志，歌永言。"《庄子·天下》云："《诗》以道志。"《礼记·乐记》云："诗，言其志也；歌，咏其声也。"《荀子·劝学篇》云："诗者，中声之所止。"盖诗是以韵律语言表达作者之真情实感，所谓"饥者歌其食，劳者歌其事"者是也。

古之为政，为晓民意而知土风，遂设"采诗"之官和"献诗"之制。《国语·周语》载："故天子听政，使公卿至于列士献诗……

是以事行而不悖。"《晋语》："古之王者……于是乎使工诵谏于朝，在列者献诗。"《礼记·王制》："天子五年一巡守……命大师陈诗，以观民风。"此皆"献诗"之制。《左传》襄公十四年引《夏书》曰："遒人以木铎徇于路。"杜预注云："遒人，行人之官也。木铎，木舌金铃。徇于路，求歌谣之言。"刘歆《与扬雄书》亦云："诏问三代、周、秦轩车使者，遒人使者，以岁八月巡路，求代语、僮谣、歌戏。"《汉书·艺文志》有云："古有采诗之官，王者所以观风俗，知得失，自考正也。"正是"王者"设置的"采诗"之官和"献诗"之制，将民间发自内心、体于民情之作收集起来，整理成讽劝政治的"谏书"。

这些采自民间的诗作，日积月累，无虑万千。后经孔子整理，乃成为文句整齐、韵律精美、可咏可诵、亦诗亦史的一代教典。《墨子·公孟》有所谓"诵诗三百，弦诗三百，歌诗三百，舞诗三百"之说，《史记·孔子世家》亦载"古者诗三千余篇"云云。及至春秋时期，孔子于"论次《诗》《书》"之际，"去其重，取可施于礼义"者留之。在时间范围上，上起追述商人祖先契和周人祖先后稷的"史诗"，中有歌颂"殷周之盛"的"正风正雅"，晚有反映周幽王和厉王政治缺失的"变风变雅"。

《诗》的体裁有三，即风、雅、颂。风有地域之别，故有十五国风。雅有音乐之异，故分大雅、小雅。颂则反映商、周与鲁国史事，故有商颂、周颂、鲁颂。孔子整理时，特别重视各类诗篇首章的选定和各诗韵律的辨正，以为礼义之襟袖，因成王道之典范。司马迁有云："故曰《关雎》之乱以为'风'始，《鹿鸣》为'小雅'始，《文王》为'大雅'始，《清庙》为'颂'始。三百五篇，孔子皆弦歌之，以求合《韶》《武》'雅''颂'之音。礼乐自此可得而述，以备王道，成'六艺'。"（《史记·孔子世家》）由此，《诗》乃成为儒家经典之一。自汉代立有博士，列于学官，以为造士教典，《诗》进而由先秦时期赋《诗》、引《诗》、说《诗》、解《诗》、论《诗》的应用阶段，过渡到以从事经典阐释、伦理教化为主旨的经学阶段，中国社会也进入以《诗经》培养"温柔敦厚"人格和诗国风雅的时代。

秦火之后，《诗经》"以其讽诵，不独在竹帛"而较早重现于汉世。此时传授《诗经》者，有鲁人申培、齐人辕固、燕人韩婴、鲁人毛亨，凡四家，简称《鲁诗》《齐诗》《韩诗》《毛诗》。其中，鲁、齐、韩三家《诗》为今文经，于西汉时期先后列于学官，为当时《诗》学的主流和官方学派。《毛诗》属了古文经，西汉时未被列于学官，只为地方诸侯河间献王所重。《毛诗》兴起于西汉后期，通达于王莽秉政，盛行于东汉，大盛于郑玄作《笺》以后。

《郑笺》既行，《毛诗》遂独行于世，鲁、齐、韩三家《诗》则日渐式微，乃至亡佚而退出历史舞台。《毛诗故训传》《毛诗笺》以及《毛诗序》世代相传，由此构成了《诗》之"汉学"的学术典范。魏晋时《诗》学进入"郑学"与"王学"之争时代，论争的重心则在于如何对待古文经学家法的问题上。"王学"的创立者王肃，其后代表人物主要有孔晁、孙毓等；"郑学"创立者郑玄，其后的代表人物主要有马昭、孙炎、王基、陈统等。

南北朝时期，经学分南北，《诗》学亦由魏晋郑、王之争过渡到"南学"与"北学"之别。"南学"沿袭魏晋经学，受清谈、玄风、佛学之影响，治《诗》侧重于义理之发挥。"北学"承继东汉学风，说《诗》注重章句训诂，未染玄风。其争论的焦点是如何对待《郑笺》以及《郑笺》如何发展的问题。"南学"以《郑笺》为本，间采"王学""玄学"之说，坚持训诂简明，注重阐发义理，结果研究自由，富有生气。"北学"固守《郑笺》成说，多在章句上下功夫，结果训诂艰深，考证烦琐，内容板滞，趋向保守。

隋代一统天下，南北合流，《诗》学亦结束"南学""北学"对峙局面，"北学"逐渐融入"南学"。此时《诗》学研究最为著名的人物是刘焯、刘炫，号称"二刘"。刘焯撰有《毛诗义疏》，刘炫撰有《毛诗述义》《毛诗集小序》《毛诗谱注》。《隋书·儒林传序》曰："二刘拔萃出类，学通南北，博极古今，后生钻仰，莫之能测。所制诸经义疏，缙绅咸师宗之。"传后"史臣"评论说："刘焯道冠缙绅，数穷天象，既精且博，洞幽究微，钩深致远，源流不测。数百年来，斯人而已。刘炫学实通儒，才堪成务，九流、七略，无不该览。虽探赜索隐，不逮于焯，裁成义说，文雅过之。"足见二刘《诗》学成就之高，为隋代之魁。时有文中子王通，启迪续"六经"，其《续诗》选录汉后作品，以赓《诗经》，亦一大胆尝试也。

唐继隋后，政治更臻统一、稳定，《诗》学发展也相对较为平稳，少有门户派别之争。贞观十四年（640），诏命国子祭酒孔颖达与诸儒一起撰著"五经"义疏，《诗经》以毛氏《传》、郑氏《笺》为准。自此之后，经籍无异文，经义无异说，所谓"论归一定，无复歧途"，"终唐之世，人无异词"。中唐以后，由于政治局势丕变，学术亦有新的发展。一些学者尝试着以新的观点和方法研究《诗经》。如施士匄解《诗》，不满汉唐章句注疏而自出新意；韩愈、成伯玙怀疑《毛诗序》，认为非子夏作，或非子夏一人所作。博士沈朗以为《周南·关雎》置于《诗》之首，是"先儒编次不当"，遂向朝廷进献四篇，请置之《关雎》前。丘光庭为《诗》补《新宫》《茅鸱》等。此类以己意解《诗》、删《诗》、造《诗》之为，激发了《诗》学史上怀疑思辨之风。

宋代是《诗》之"宋学"形成与发展的重要时期，从时间跨度上讲，宋代《诗》学当以庆历为转折。北宋仁宗庆历以前《诗》学，实为唐学之余音，治《诗》者多信守注疏，鲜有新意发明。然已有周尧卿怀疑之，说："毛之《传》欲简，或寡于义理，非'一言以蔽之'也。郑之《笺》欲详，或远于性情，非'以意逆志'也。是可以无去取乎？"（《宋史·周尧卿传》）但仅寥寥数种，未成风气。庆历以后，疑古惑经学风盛行，宣告《诗》之"汉学"体系开始崩坍，《诗》之"宋学"正式登上历史舞台。怀疑之风既盛，治学之道日新，诸儒乃能舍训诂而趋义理。自欧阳修《诗本义》始，经刘敞《诗经小传》、苏辙《诗集传》，至晁说之《诗之序论》，一直被视为权威文献的《毛诗序》《毛传》《郑笺》开始受到质疑，学者对于经典的诠释与说解经历诸般转折变动，逐渐迈上新的道路。故此时《诗》学研究，不仅对《毛传》《郑笺》提出批驳，而且对《毛诗序》和经文本身亦均提出不同程度的怀疑，盖宋人不信传注，一揆于"理"，进而议及本经。至南宋，这一传统继续发扬，大胆怀疑、自由研究、注重考证、提出新见，已成为南宋时期《诗》学研究的主要特色。继北宋欧阳修、苏辙之后，《诗》学者始终围绕废《序》和尊《序》展开激烈论争，对《诗》进行全面梳理、考证和阐释。两派之论争，以废《序》派获胜而告终。由此，《诗》学研究进入"理学"时代，统踞《诗》坛达数百年之久。

元、明《诗》学是《诗》之"宋学"的继承和延续，基本上是以朱熹《诗集传》为准则，可谓羽翼《朱传》的时代，而其中尤以元为最盛。元代《诗》学著作，见于史籍载录的有 80 余种。这些著作，或究名物，或考文字，或征故实，或训诗义，或引诸儒之说，或言体例创新，等等，各显神通，各自发挥，延宋之风气，对《朱传》进行补充和完善。

明代，由于《朱传》悬于功令，施于"八股"取士，故其《诗》学研究仍是"宋学"的继续，仍是《朱传》的天下。从其发展历程来看，大致可分为前期和中晚期两个阶段。前期，主要指明英宗以前约 70 年，此时《诗》学研究仍恪守元人学风，以《朱传》为主，为"述朱期"。如胡广等奉敕编撰的《诗经大全》，只是元代刘瑾《诗传通释》的抄袭本。此外，朱善《诗解颐》、孙鼎《诗义集说》、薛瑄《读诗录》等，都可称为"述朱"的代表作。这些著作，多附和《朱传》，或申或补而已。中晚期是指明英宗以后直至明清易代的200年，此时复古之风日益强劲，宗《序》、宗毛、宗郑成为一时风尚，再加之思想上程朱"理学"的统治地位逐渐被阳明"心学"挑战，一些学者开始摆脱《朱传》束缚，或主毛郑，或无所专主，或杂采汉宋，实为《朱传》之反动。如季本《诗说解颐》、李先芳《读诗私记》、朱谋㙔《诗故》、姚舜牧《诗经疑问》、何楷《诗经世本古义》、郝敬《毛诗原解》、吕柟《毛诗说序》、袁仁《毛诗或问》等，都能打破朱说禁锢，开始秉持思辨精神，以己意说《诗》。

有清一代，学术思想异常活跃，其《诗》学研究，重于"复古"和"求真"。所谓"复古"，是"汉学"的复兴；所谓"求真"，是自由研究，讲求实证。故今之学者言清代《诗》学，人都以《诗》之"清学"或"新汉学"名之，并分为前期、中期、后期三个时期。清代前期，即顺治、康熙、雍正时期，是《诗》之"清学"的酝酿时期。此时，官方提倡的仍然是以朱子《诗集传》为中心的《诗》之"宋学"。然"宋学"末流的空疏、注疏的阙疑，已引起学者对《朱传》的不满，并开始用汉儒的观点和方法来纠正"宋学"。这样就形成了清前期《诗》学汉宋兼采的局面。而康熙钦定《诗经传说汇纂》，既以朱子《诗集传》为纲，又一一附录汉唐传、笺、序、疏可取之训解，更是为《诗》家兼采汉宋开辟了道路。此一时期，论《诗》兼采汉宋，几乎是一种普遍倾向。所谓兼采汉宋，大概有两个方面：就整个学术发展面貌而言，《诗》家或坚守朱子《诗集传》，或遵循《毛传》《郑笺》，二者共存共容；就个人论说而言，往往朱子《诗集传》和《毛传》《郑笺》兼而及之，呈现出一种综合兼容的现象。

清代中期，即乾隆、嘉庆时期，是《诗》之"清学"形成和发展时期。此时，随着对"宋学"的批判和对"汉学"研究的日益展开，"汉学"之复兴由萌芽逐渐到取得压倒性地位，乃至达到全盛。学者释《诗》，以古文经学为本，上承顾炎武考证之学，对《诗》之文字、音韵、训诂、名物、典章制度、历史地理、天文历数等进行浩繁之考证，最终形成乾嘉"考据学派"，亦产生一大批成就非凡的考据之作。这些著作宗法毛、郑，崇尚古义，以名物训诂为主，注重考据，成为清代中期《诗》学研究的主流。

清代后期，即道光、咸丰以后，是《诗》之"清学"的转变期。此时，由于内忧外患的政治局势，今文学派逐渐走上思想运动的前哨。他们不满脱离实际的烦琐考据之风，开始以微言大义说《诗》，并对三家《诗》遗说进行搜集研究，实现了今文《诗》学的全面大兴。故清代后期《诗》学的主流是今文《诗》学；古文《诗》学虽在继续发展，但已不复乾嘉风神。

纵观两千余年的《诗》学研究，可谓源远流长，蔚为大观，而其所产生的注释、解说等著述，亦层出不穷、历世无绝。据历代各种文献书目著录，《诗》学文献有 2000 余种，除了散佚的

1000余种外，现存亦有1000余种之多。这些文献从内容上看，有阐述诗旨的，有抒发义理的，有研究训诂的，有校订文字的，有剖析音韵的，有考察名物的，有探讨天文地理的，有讨论典章制度的，有考证人物的，有论述创作手法的，有辨伪的，有辑佚的，还有其他各式各样的专题研究。从文献体式上看，有传、说、记、故、训、注、笺、章句、义疏、集解、集传、纂集、论说、通释、博物、目录、辑佚、讲义、校勘、图解等。从表现形式上看，有文字表述的，有图表说明的。此外，从流派上看，又有鲁、齐、韩三家《诗》和《毛诗》今古文两派。从作者身份上看，亦有儒者、文人、禅士、史家等之分。如此等等，不一而足。

《儒藏》"诗经类"选目充分考虑《诗》学实际，选取《诗》学史上具有代表性的著作70余部入藏，先将《诗》学著作依不同主题归类，每类下以作者时代先后顺序排列，故而"诗经类"文献大致分为传注与通论、诗序、诗谱、音释以及考证、三家诗六类。"传注与通论"即围绕《诗经》经文阐述诗旨及抒发义理的传、注、疏、辨、说、通论之属，"诗序""诗谱"即围绕二者进行专题辨析、辑佚、考订之作，"音释"即剖析音韵之作，"考证"即考察名物、研究天文星象、探讨山川地理、考索人物氏族、讨论典章制度等专题研究之属，"三家诗"即汉代以来按齐、鲁、韩三氏今文家法研究《诗经》之作以及后世对此三家成果的辑佚、考证之作。如此，《儒藏》"诗经类"以类别为经，以时代为纬，兼及不同流派和区域属性的整体布局和选目规划，凸显了《诗》

学研究"辨章学术、考镜源流""统筹兼顾、重点突出"的整理
效果。（李冬梅初稿，舒大刚修改）

5. 三礼类小序

礼者，人道之极而行为之规。人无礼则不立，事无礼则不成，
国无礼则不宁。记礼之书，其古者莫善于《周礼》《仪礼》《礼记》。
自后汉郑玄称此三书为"三礼"后，"三礼"之称谓遂延续至今。
《周礼》详言班朝治军、设官分职，全书共分天、地、春、夏、秋、
冬六官。《冬官》缺，其系统之职官当属事官，掌富国之事。今
本之《冬官》则以《考工记》补之。《仪礼》记冠、昏、丧、祭、
乡、射、朝、聘诸仪节，名物制度繁多，制礼者望而生畏，韩昌
黎已苦其难读。然其为历代礼制之源，故学者特为重视。《礼记》
乃古时礼学资料之汇编，共49篇，篇目编次无义例，各篇之内容，
有对《仪礼》所作之诠释，有对孔子及其弟子言行之记录，亦有
对礼学之通论。

"三礼"所强调之礼乐精神，曾经内化于国民之心，外现于
国人之德，中国之被称为"礼仪之邦、文明之国"者，端赖有此
三书为之先导及教典也。

借考古资料，可知在传说中的"五帝"时代，"礼"在中国
已具雏形。至其文本，则形成于"三王"时期。《礼记·檀弓》曰：
"有虞氏瓦棺，夏后氏堲周，殷人棺椁，周人墙置翣。"《明堂位》
曰："夏后氏牲尚黑，殷白牡，周骍刚。"《论语·八佾》曰："夏
后氏以松，殷人以柏，周人以栗。"考古发现的二里头文化，有

成批之玉器、铜礼器和兵器，证明夏代已有礼之雏形。据甲骨文，可知殷人重祭祀，崇奉神灵众多，祭祀仪式复杂。周因殷礼，周公制礼后方有规范之礼仪制度，然穆王之前尚多沿殷礼。太史公曰："召公为保，周公为师，东伐淮夷，残奄……归在丰，作《周官》。兴正礼乐，度制于是改，而民和睦，颂声兴。"（《史记·周本纪》）周公制礼，寓道德教化于仪式，礼制遂有质的飞跃。《左传》文公十八年，季文子使太史克对鲁宣公曰："先君周公制'周礼'曰：'则以观德，德以处事，事以度功，功以食民。'"礼仪通过文字固定下来，可以参照学习，此乃礼之文本化。《左传》哀公十一年曰"有周公之典在"，又哀公三年，鲁国大火，"子服景伯至，命宰人出'礼书'，以待命，命不共，有常刑"。据诸记载，可知鲁国宫内已有"礼书"。

春秋以前，学在官府，文献典籍由史官掌管。春秋以降，王官失守，学术下移，史官掌管之文献成为"三礼"之素材。春秋、战国时期，有人参考商周时代记礼之文字，制作成"三礼"之文本。《周礼》《仪礼》《礼记》的出现，标志着远古礼仪文本化进入了新时期，礼已突破官府之垄断，可以跨越时空，为众人所传习。

然而"礼经"学的发展也不是一路顺风的，"及周之衰，诸侯将逾法度，恶其害己，皆灭去其籍，自孔子时而不具，至秦大坏"（《汉书·艺文志·序》），及至汉代"礼经"学方有复兴之势。

《周礼》初名《周官》，《周官》之名始见于《史记·封禅书》，《汉书·礼乐志》《汉书·王莽传上》《汉书·郊祀志》中俱载是名。

杨天宇在《关于周礼的书名、发现及其在汉代的流传》一文中指出："《周官》之改名为《周礼》，当在王莽居摄之后、居摄三年之前（公元六至八年）。"）又名《周官经》（见于《汉书·艺文志》），是"十三经"中唯一一部详言班朝治军、设官分职的制度之书，对后世政治制度影响殊大，自北周迄于清末之吏、户、礼、兵、刑、工六部即隐师《周礼》之意。在儒家诸经之中，《周礼》最为晚出，从古至今，《周礼》一书的作者及其成书时代问题聚讼纷纭，莫衷一是。或以为《周礼》系周公所作。西汉刘歆认为"其周公致太平之迹，迹具在斯"（贾公彦《序周礼废兴》引马融《周官传》）。或以为成于战国。如东汉何休指《周礼》为"六国阴谋之书"（贾公彦《序周礼废兴》）。或以为成于春秋。如蒙文通曰："以《周官》为周公致太平之书，固不必然；以为六国阴谋之书，终亦未是，谓写定春秋中叶，殆近之耶！"（蒙文通：《从社会制度及政治制度论〈周官〉成书年代》，《图书集刊》一九四二年第一期。）又有战国、秦、汉之际成书说，西汉早期和晚期成书说，兹不具论。

我们认为，《周礼》与周公制礼作乐有一定关系，但《周礼》最终成书当在战国时代。《礼记·明堂位》曰："武王崩，成王幼弱。周公践天子之位，以治天下。六年，朝诸侯于明堂，制礼作乐，颁度量，而天下大服。七年，致政于成王。"文中言周公"制礼作乐"，所谓"制礼"，很可能包括制定最原初的《周礼》。上引《左传》文公十八年季文子使太史克语"先君周公制周礼曰"云云，亦透露这一信息。

《周礼》首次发现于汉文帝时。《礼记·礼器》"故经礼三百,曲礼三千",郑玄注:"礼经谓《周礼》也,《周礼》六篇,其官有三百六十。"孔颖达疏曰:"经秦焚烧之后,至汉孝文帝时,求得此书,不见《冬官》一篇。"汉景、武之间,河间献王亦得《周礼》。《汉书·景十三王传》:"河间献王刘德……修学好古……所得书皆古文先秦旧书,《周官》《尚书》《礼》《礼记》《孟子》《老子》之属,皆经传说记,七十子之徒所论。"景帝或武帝时,河间献王得《周礼》于民间献书一说,最早见于记载,说有所本,故可信据。汉成帝时,刘向、刘歆父子受命校理秘书,再次发现《周礼》,"始得列序,著于《录》《略》"。王莽居摄,刘歆请将《周礼》"奏以为经,置博士"(《经义考》卷一二〇引汉人荀悦《汉纪》说),《周礼》一跃而成"经"。

东汉时期,《周礼》传习不绝,郑众、贾逵、马融诸大儒纷纷为《周礼》作注,且以《周礼》移释他经。郑玄精研"三礼",而特崇《周礼》。在中国经学史上,郑玄第一次将《周礼》排在"三礼"之首,此之排列方式一直延续至今。唐高宗时期,太学博士贾公彦撰《周礼义疏》五十卷。该书以郑《注》为本,旁征博引,增益阐发,集汉唐《周礼》学之大成。贾氏《周礼疏》受到了后人的高度赞许,如朱熹曾云:"五经中,《周礼疏》最好。"(《朱子语类》卷八六)四库馆臣云:"公彦之《疏》,亦极博核,足以发挥郑学。"(《四库全书总目·经部·礼类一》)清代《周礼》学史上,段玉裁的《周礼汉读考》和孙诒让的《周礼正义》学术价值最高。段氏《周礼汉读考》从文字音义方面对《周礼》做了研究。段氏所阐述的《周礼》汉读三例属创见，获得阮元高度赞赏。阮氏曰："此言出，学者凡读汉儒经子汉书之注，如梦得觉，如醉得醒。"（阮元《周礼汉读考序》）此书于字之正借、声之分合，辨析尤精。孙诒让《周礼正义》是作者集30年之功而成，共86卷，200余万字。此书大体是以字书正训诂，以《仪礼》、大小戴《礼记》正制度，博采汉唐至明清诸儒之经说，参互证绎，发郑《注》之渊奥，裨贾《疏》之遗缺。其训诂之精准、考证之详尽，远超唐宋诸儒。

汉初发现的《周礼》已无《冬官》，汉人遂以《考工记》补之。《考工记》共7000余字，是中国目前所见年代最早的手工业技术文献。该书记述了木工、金工、皮革、染色、刮磨、陶瓷六大类30个工种，还记载了数学、地理学、力学、声学、建筑学等多方面的知识和经验。《考工记》反映了中国早期的科技和工艺水平，在中国科技史、工艺美术史和文化史上都占有重要地位。关于《考工记》的作者和成书年代，学界的看法不一，主要观点有周代遗文说、齐国官书说、战国末期成书说、西汉成书说。

先秦贵族生活中存在各种礼仪专书，当时统称"礼"，如《庄子·天运》云："孔子谓老聃曰：'丘治《诗》《书》《礼》《乐》《易》《春秋》六经。'"这里的"礼"便是各种礼书中最为典要的，后来逐渐凝练成《礼经》。《仪礼》在汉代名《礼》《士礼》《礼记》，《史记·儒林传》："言《礼》自鲁高堂生。""诸学者多言《礼》，而鲁高堂生最本。《礼》固自孔子时，而其经不具，及至秦焚书，书散亡益多，于今独有《士礼》，高堂生能言之。"汉代尚无《仪礼》专名。东晋元帝时，尚书仆射荀崧上疏请求增立郑《仪礼》博士一人。可见《仪礼》正名为东晋人所加。

《仪礼》成书，一说是周公所撰，贾公彦《仪礼疏序》云："至于《周礼》《仪礼》，发源是一，理有终始，分为二部，并是周公摄政太平之书。"一说为孔子所编修，如《礼记·杂记下》云："恤由之丧，哀公使孺悲之孔子学'士丧礼'，《士丧礼》于是乎书。"《史记·儒林传》云："《礼》固自孔子时，而其经不具。及至秦焚书，书散亡益多。于今独有《士礼》，高堂生能言之。"又云："孔子……追迹三代之礼，序《书传》……故《书》传、《礼》记自孔子。"（《史记·孔子世家》）秦代焚书，礼书亦遭秦火之灾。司马迁云："及至秦之季世，焚《诗》《书》，坑儒士，'六艺'从此缺焉。"（《史记·儒林传》）"六艺"之中，礼书受损最重。

据《汉书·儒林传》，可知高堂生所传"十七篇"即《士礼》，经由他的再传或三传弟子瑕丘萧奋授东海人孟卿，孟卿授后仓，后仓授闻人通汉、戴德、戴圣和庆普，《礼》遂有大戴、小戴和庆氏三家之学。三家在汉宣帝时皆立为学官。据《汉书·儒林传》，可知大戴将《礼》传徐良，小戴将《礼》传桥仁和杨荣，于是《礼》又有徐氏、桥氏和杨氏之学。庆氏《礼》又传夏侯敬和庆咸。东汉时期，大、小戴《礼》均衰微，只有庆氏《礼》盛行于世。东汉末年，今古文兼通的郑玄对《仪礼》做了校勘、整理和注释。

郑氏将今古文两种本子进行对照，当发现两个本子用字有异时，便"取其义长者"，或采今文，或采古文。故郑玄之《仪礼注》是一部混淆今古之作。该书考证礼制、解释名物、阐发礼义，集前人经说之大成。

唐永徽年间，贾公彦据齐黄庆、隋李孟悊二家义疏，间及他书，择善而从，增以己意，成《仪礼疏》五十卷。该书对汉唐时期的《仪礼》学做了总结，集汉唐《仪礼》学之大成。宋元明儒治礼，唯重《礼记》，而《仪礼》之学式微。清代治《仪礼》诸家，胡培翚、张惠言、凌廷堪最负盛名。胡培翚参稽众说，精研覃思，积40余年之力而成《仪礼正义》一书。该书集中国古代《仪礼》学之大成，对后人的《仪礼》研究有极大的参考价值。张惠言于《仪礼》各篇之重要仪节皆绘图，成《仪礼图》一书。借此书，《仪礼》所记之名物礼制便可了然于心。凌廷堪《礼经释例》一书荟萃一切礼仪，条分缕析，考其同异，观其会通，皆以例释之。借该书之礼例，读《仪礼》就若网提纲、如衣挈领。

孔子为了阐释《书经》《礼经》的意义和规范，留下了众多说明或阐释性文献，这些文献即是"传"或"记"。这些传记，有的经汉人整理流传下来，有的则无人传授而失传了。关于《礼经》的解释性文献即是《礼记》。汉人所选《礼记》有两种，一是戴德所辑的《大戴礼记》，一为其侄戴圣所辑的《小戴礼记》。

关于《礼记》各篇的来源，古今学人看法不一。有人认为《礼记》来源于《记》百三十一篇，代表人物如钱大昕、李学勤等；

亦有人认为《礼记》来源于《记》百三十一篇、《明堂阴阳记》三十三篇、《孔子三朝记》七篇、《王史氏》二十一篇、《乐记》二十三篇等五种，代表人物如陈邵、陆德明、陈寿祺等；还有人认为，《礼记》各篇不但选自《记》百三十一篇等五种，还选自其他一些文献，代表人物有洪业、钱玄等。

结合出土文献考察，可知《礼记》的来源有三：一是诸子之说。《礼记》选编的材料中，很大一部分为先秦诸子之文，如《礼记》的《月令》出自《吕氏春秋》；《坊记》《中庸》《表记》《缁衣》等选自《子思子》；《大戴礼记》的《曾子立事》等以"曾子"冠题的十篇选自《曾子》。二是先秦到秦汉时期礼学家的《记》文。先秦时期，礼学家们在传习《仪礼》的过程中编写一些参考资料，这种资料被称为《记》。这些《记》的功能是补充和解释《仪礼》。这些《记》在先秦时期很多，非一人一时之作。郭店竹简和上博竹简中的这类文献正是以单篇形式流传的《记》文。三是《礼古经》。《汉书·艺文志》著录《礼古经》五十六篇，除今传《仪礼》十七篇之外，其他各篇均已亡佚。《礼记》的《奔丧》和《投壶》均为《礼古经》之逸篇。

相对其他儒家经典而言，《礼记》的成书较晚。《礼记》成书后出现了不少传本，如刘向对戴圣所纂集的《礼记》进行校勘，遂有《礼记》刘向本。《后汉书·桥玄传》："七世祖仁，从同郡戴德学，著《礼记章句》四十九篇。"《礼记》遂有桥氏本。《后汉书·曹褒传》载曹褒"传《礼记》四十九篇，教授诸生千余人"，

《礼记》遂有曹氏本。东汉时期，一些经师为《礼记》作注，《礼记》遂有早期的训释之作。东汉后期，郑玄在参考众本之基础上，对《礼记》做了校勘和注释。郑玄的《礼记注》是《礼记》学史上一座不朽的丰碑，千百年来，学者们在从事《礼记》研究时，舍此莫由。初唐孔颖达等人依皇侃和熊安生之义疏，并参考南北朝时期其他义疏之作，成《礼记正义》七十卷。是书为《五经正义》中成就较高者。宋代卫湜《礼记集说》"采摭群言最为赅博，去取亦最为精审"，此书自郑注而下所取凡144家，其他书涉于《礼记》者所采录不在此数。四库馆臣认为，此书"可云礼家之渊海矣"。

清代《礼记》学史上，杭世骏编纂的《续卫氏礼记集说》一百卷，亦有集成意味。该书在编纂体例上延续卫氏《礼记集说》。所采解义，自汉至清共200余家。所列自汉郑玄至宋魏了翁凡41家，皆卫氏《集说》已列而采之未备者。又采汉司马迁至宋黄仲炎凡45家，皆在卫氏以前而《集说》未采者。自宋张虙至明冯氏凡55家，皆在卫氏以后。清人孙希旦的《礼记集解》能打破门户之见，汉宋兼采，对《礼记》中除《大学》《中庸》以外的44篇，从篇名到经文，博采宋元以来各家之说，做了详尽的集释，是一部具有很高学术价值的《礼记》注本。此外，朱彬的《礼记训纂》亦是清代《礼记》学的代表作之一。

《左传》有言："国之大事，在祀与戎。"祭祀固古礼之大国，而以祭礼为主要内容的礼书，当然是古典文献的重要组成部分。儒家"十三经"有三部专门言"礼"，号称"三礼"，其重要之地位亦可知矣。《礼经》素以繁难著称，然而事关制度设施、名物度数，甚至行为规范、精神面貌、义理内涵，故《礼经》又历来是"经学"家们研究的重点，产生出大量的注礼文献。据不完全统计，古今留下的"三礼"类文献，多达 10000 余种。

此外，在"三礼"精神感召下，历代王朝改朝换代，例行改正朔，易服色，立制度，订礼仪；民间士大夫之家，也要制订家规、族规和家礼，这也促使更多"礼书"诞生，这些礼书也以"三礼"精神或仪轨为指导和蓝本，亦属广义"礼学文献"。

历代经师注"三礼"，是对经礼进行文献学、经学或义理性的阐释，历代王朝甚至士大夫所订各类实践性礼书，则是从实践、应用角度诠释和弘扬儒家礼乐精神，目前已经属于历史资料。前者属于经学，后者属于史学，故《儒藏》将这两类文献分属于"经部"和"史部"。将经学的"礼学"文献统属"三礼"类；将"史学"性"礼学"文献，归属"史部"的"礼乐"类。

本编所取者，即以"三礼"阐释文献为主，有白文、传说、单篇、专著、图谱等，还有一书而综论"三礼"的综合性文献。各种入选的书目，皆力图选择优秀之传本，各冠简明之提要，以明传本之内容、体例及版本来源。（夏微、潘斌初稿，舒大刚修订）

6. 春秋类小序

《春秋》本是鲁国史书，全文仅 16000 余字，记载自鲁隐公元年至鲁哀公十四年凡 242 年的历史，用今天的史学观点来衡量，它只是一部"大事记"。但由于经过孔子的删修寄寓，就蕴涵有微言大义，拥有丰富的思想内容和政治智慧，是维护中央政权，特别是等级名分、礼乐制度的大纲大法。在中国古代，它俨然是一部政治教科书。《孟子》曰："晋之《乘》，楚之《梼杌》，鲁之《春秋》，其实一也。""其事则齐桓晋文，其文则史，其义则丘窃取之也。"《庄子》遂谓"《春秋》以道义"（《天下》）；董仲舒亦曰"《春秋》正是非，故长于治人"（《春秋繁露·玉杯》）。司马迁更极力推崇："夫《春秋》，上明三王之道，下辨人事之纪，别嫌疑，明是非，定犹豫，善善恶恶，贤贤贱不肖，存亡国，继绝世，补敝起废，王道之大者也。……拨乱世反之正，莫近于《春秋》。《春秋》文成数万，其指数千。万物之散聚，皆在《春秋》。"又说："《春秋》者，礼义之大宗。""有国者不可以不知《春秋》"，"为人臣者不可以不知《春秋》"，"为人君父而不通于《春秋》之义者，必蒙首恶之名。为人臣子而不通于《春秋》之义者，必陷篡弑之诛，死罪之名"（《史记·太史公自序》）。《春秋》蕴涵了中国古代丰富的政治理想，在中国古代政治中起着非常重要的作用，对中国文化影响至远。纬书载子曰："吾志在《春秋》。"盖亦有以矣。

　　《春秋》言简意赅，寓意深远，故其事非传不清，其义非解不明。从其产生到汉代，就形成了解释《春秋》经文宗旨的《左传》《公羊》《穀梁》《邹氏》《夹氏》五种，其中"邹氏无师、夹氏未有书"，都没有流传下来，今所传者《左传》《公羊》《穀梁》三传是也。"三传"不仅流传下来了，而且随着时间的推移也逐步取得了经典地位，又形成规模宏大的"三传"之学。于是《春秋》学的发展一直有两条线索：一是以《左》《公》《穀》三传为主要研究对象，将三者视为《春秋》学研究中的"元典"；二是以《春秋》为"元典"，直探经文的主旨。因此，《春秋》本身与《左》《公》《穀》三传都是《春秋》学与《春秋》学文献的基础和核心。

先秦是《春秋》学的形成阶段，奠定了后世《春秋》学最基本的文献与思想基础。孔子为拨乱反正，在"百国春秋"的基础上裁定"鲁春秋"，"窃取"其中之义而成《春秋》，标志《春秋》学开始形成。《春秋》成书之后，孔子将其作为教材传授弟子，对其中的"义"进行挖掘与阐发，并把自己的思想意识、政治主张等融入其中。孔子去世后，他的弟子及再传弟子们继续研治《春秋》，授徒讲学，并不断把自己的思想主张赋予《春秋》，《春秋》之义不断增加。由于解读方法与所赋之义的不同，《春秋》学形成了《左传》《公羊》《穀梁》等派别。

两汉是《春秋》学发展的第一个高峰。这一时期，由于"邹氏无师，夹氏未有书"（《汉书·艺文志》），退出了《春秋》学的舞台，《公羊》《穀梁》《左传》获得了较大发展，《春秋》学以"三传"为核心的格局形成。《公羊》在西汉时极盛，东汉时因烦琐之弊而成颓势，但终汉一代为官学，故发展较快。西汉有董仲舒对"公羊学"理论的改造与创新，东汉则出现了何休《春秋公羊解诂》等影响至今的集大成之作。《穀梁》因学者本身的能力与"不善谶纬"等原因，仅在汉宣帝时有短暂兴盛，在"三传"中最为式微。《左传》起初私传于西汉，经刘歆大力阐发，王莽当道时立于学官，光武时暂立便废。东汉时，经贾逵、郑众、服虔等人私相推衍阐发，逐渐在"三传"中占据了主导地位，文献渐盛，贾逵《春秋左氏解诂》、服虔《春秋左氏传解谊》等著作对后世影响甚大。

魏晋南北朝是《春秋》学的发展演变时期。《春秋》学的主流仍以"三传"为中心。《左传》学在东汉大兴的基础上，继续向前发展，最终成了《春秋》学的主流，出现了杜预等《左传》学大家，其《春秋经传集解》博采汉魏诸儒之说，对之前的《左传》研究进行了全面的总结，具有划时代和里程碑意义。南北朝时，地分南北，政有互歧，《左传》的南学北学之分也非常明显，表现为南朝以杜预注为宗，北方大体上推崇服虔注。《穀梁》一改东汉不绝若缕的状况，获得较快发展，迎来了发展的第二次高潮，有众多学者治《穀梁》，以范宁为代表，他对之前的《穀梁》学进行了全面的总结，大大推动了《穀梁》学的发展，其《春秋穀梁传集解》集汉魏诸家之大成，是现存最早的《穀梁》注。《公羊》学则失却了汉代的风光，在"三传"中发展最为缓慢。总的来说，这时"三传"之间依然是壁垒森严，讲究师法、家法。但承东汉兼综之风，亦有不少学者兼治"三传"，综论"三传"。

隋唐五代是《春秋》学的转折阶段。隋朝继承了南北朝以《左传》为主体的特点，政治的统一，使北方的服学开始融入南方的杜学，学者众多，以刘炫最为重要，其《春秋述议》为唐孔颖达

《春秋左传正义》的底本。至唐，孔颖达修《五经正义》，《春秋》以《左传》为本，定杜注于一尊，南北《春秋》学得到最后统一，《左传》在《春秋》学中的主体地位更加确立，同时也完成了对汉魏《左传》研究的全面总结。在学术总结、统一的大趋势下，不绝如缕的《穀梁》《公羊》之学亦完成了对汉魏之学的"集大成"，出现了杨士勋《春秋穀梁传注疏》、徐彦《春秋公羊传注疏》。总之，唐代前期，《春秋》学完成了南北统一以及汉魏之学的总结，实现了《春秋》汉学的集大成，进入了前所未有的一统时代。唐中叶以后，政治形势的变化、社会变革思潮的兴起，注疏之学开始向新经学转变。啖助、赵匡、陆淳师弟子兴起，舍传求经，会通三传，折以己意，著《春秋集传纂例》《春秋集传辨疑》《春秋集传微旨》等著作，开启了以《春秋》经为中心，杂采三传、直探圣心的一代新学即《春秋》"宋学"的先声。五代十国时期，政治再度陷入动乱，《春秋》学发展缓慢，此时的学者基本是晚唐的老师宿儒，在研究方法上是晚唐的"三传"融合与"三传"分立并列。

　　在北宋前期政治、经济发展以及相对宽松的学术环境影响下，北宋中期学者们纷纷举起"疑古惑经""直探圣人本意"的大旗，挑战传统，打破权威，创立新说。《春秋》学在这样的学术背景下，完成了质的蜕变：弃传从经、"三传"会通的《春秋》学最终取代了疏不破注、"三传"分立的《春秋》学，成为《春秋》学的主流。孙复《春秋尊王发微》、刘敞《春秋权衡》和《春秋传》、孙觉《春秋经解》等是这一时期的代表作。建炎南渡，南宋偏安一隅，《春秋》中的"尊王""攘夷"等大义是统治者巩固政权、号召民众抵御少数民族政权入侵的有力思想武器。因此，南宋《春秋》学获得了长足发展，产生了胡安国、叶梦得、胡铨、高闶、张洽、家铉翁、吕大圭等许多《春秋》名家和300余种《春秋》学著作。胡安国《春秋传》更在元、明二代成了科举考试的模板，影响《春秋》学达500年之久。宋代《春秋》学以会通"三传"、以己意解经、阐发义理为主流，但为了读懂《春秋》及"三传"，宋人对《春秋》所涉及的地理、世系年代、礼制、历史事件等具体问题也比较重视，因而类编、专题类《春秋》文献大量增加，达100余种，只有清代可与之匹敌。

　　元、明二代《春秋》学是对宋代《春秋》学的继承。因为政治、经济、文化等各方面因素的影响，《春秋》学在元、明二代已没有了宋代的辉煌，逐渐走向衰微。由于程朱理学一统天下，代表程学的胡安国《春秋传》成了元、明两代科举考试的定本，与《左传》《公羊》《穀梁》合称"四传"，取得了近乎经典的地位，为学者所推崇。因此，很多学者以修订、补充、阐释《春秋胡氏传》为务，"尊胡"成了元、明《春秋》学一大派别，以元代俞皋、李廉、汪克宽，明代胡广、姜宝等较为有名，其中汪氏《春秋胡传附录纂疏》专为"胡传"作疏。明初胡广等奉敕修《春秋大全》，几乎全部抄袭汪氏之书。《春秋大全》的出现意味着明代不仅指定科考以"胡传"为本，还为它编定了统一的教材。朱熹是程朱理学的集大成者，他没有《春秋》专著，但他在一些书信及与弟子的谈话中也讨论了《春秋》学中的一些问题。由于朱熹的巨大影响力，他的观点为以后的一些学者所继承，"宗朱"成为元、明《春秋》学的又一派别，主要以元代吴澄、程端学及明代湛若水、王樵等为代表。此外，一些学者亦能不拘泥于胡安国与朱熹之说，自抒己意阐发《春秋》大义，自成一派，以元代黄泽、赵汸、卓尔康等为翘楚。"尊胡""宗朱""自成一派"只是一种大致的划分，三者之间不是势同水火，而是相互交叉、相辅相成的。因为，元、明《春秋》学的本质是舍传求经、会通三传的《春秋》宋学，以己意解经，得圣人本意是其归宿，不管哪一派，为阐发自己的学说，都会兼采众儒之说，而不论其是"胡传"还是"朱说"。

有清一代，经学复兴，汉、宋比肩，是为"清学"。《春秋》学乘着这样的学术东风，迎来又一次发展高峰，进入"《春秋》清学"时期。《春秋》清学是对《春秋》宋学的反动，也是对它的继承与发展。由于政治、经济、文化的发展与变化，清代的《春秋》学可以划分为前期、中期、晚期三个时期。

前期指顺、康、雍时代，汉宋兼采，《春秋》宋学逐渐向《春秋》清学过渡，既有毛奇龄《春秋毛氏传》、焦袁熹《春秋阙如编》等著名的经解类著作，又有顾炎武《左传杜解补正》、朱鹤龄《读左日抄》、张尚瑗《三传折诸》、魏禧《左传经世》、姜希辙《春秋左传统笺》等"三传"文献。

中期指乾、嘉时代，《春秋》清学最终形成并快速发展。这一时期，《春秋》学在文本上重新回到了汉唐的以"三传"为中心；在方法上注重考据，讲求"实事求是"，"无征不信"，论必有据，注意力集中在对《春秋》经传的文字音义、名物制度、历史地理、天文历法等的考证及佚文钩辑上。大量严谨缜密、成绩卓著的考据文献成了《春秋》学文献的主流。如传说类有惠栋《左传补注》《穀梁古义》《公羊古义》、洪亮吉《春秋左传诂》、李贻德《春秋左传贾服注辑述》、孔广森《春秋公羊经传通义》等；文字音义类有李富孙《春秋三传异文释》、赵坦《春秋异文笺》等；专题类则有顾栋高《春秋大事表》、凌曙《公羊礼疏》、汪中《春秋列国官名异同考》、施彦士《春秋经传朔闰表发覆》、沈钦韩《春秋左氏传地名补注》、王文源《春秋世族辑略》、范照藜《春秋左传释人》等。与此同时，在政治与学术双重因素的作用下，《公羊》学开始复兴，常州学派应运而生。常州学派的初祖庄存与，继承董仲舒、何休之学，专力发挥《春秋》中的微言大义，开《公羊》学复兴的先河。庄述祖、庄有可、庄绶甲、刘逢禄、宋翔凤诸人继之，大大推进了《公羊》学的发展，以刘逢禄成就最大。刘逢禄著《公羊何氏释例》《公羊何氏解诂笺》等著作，阐发他的《公羊》学主张；又作《左氏春秋考证》，在前人"疑左"的基础上，论证《左传》本为"左氏春秋"，经刘歆改造后才成为《春秋》之传。刘氏的《左氏春秋考证》否定了《左传》作为《春秋》之传的地位，挑起了清代今古文之争，对后世产生了极大的影响。

　　后期指道、咸以降直至清末，《公羊》学大放异彩，《春秋》

清学风气为之一变。清代晚期，内忧外患的政治局势，使与政治有着密切联系的《春秋》学再度成为时代学术的焦点，而重阐发微言大义的《公羊》学则是其主导，《春秋》清学完成了其演变。《公羊》学经常州学派发扬而大明，但常州学派的《公羊》学与现实政治的联系还没有那么密切。到了晚清，《公羊》学在龚自珍、魏源、康有为等人的发挥下成了政治改革的依据和理论基础，并由此大兴。《公羊》学的兴盛带来了其文献的发展，主要有龚自珍《春秋决事比》，魏源《董子春秋发微》，陈立《公羊义疏》，王闿运《春秋公羊传笺》，廖平《公羊春秋经传验推补证》，康有为《春秋董氏学》等。这些著作大都具有很浓厚的经世致用特色，康氏之作更是成了清末政治变革实践的理论基础之一。另外，在微言大义的发挥上，陈立的《公羊义疏》虽不如其他人的著作，但其博稽群籍，广采唐以前《公羊》古义及清代学者的成果，成为疏释《公羊》最完备的著述，为今治《公羊》者的必读之作。

乘着《公羊》学复兴之风，《穀梁》学也再度为人所重，出现了侯康、柳兴恩、钟文烝、江慎中、廖平等《穀梁》学大师，对《穀梁》进行了全方位的研究。这带来了《穀梁》学文献的全面繁荣，传说、专题、义例、通论等类别无一阙略。主要有侯康《穀梁礼证》，柳兴恩《穀梁大义述》，钟文烝《春秋穀梁注传补注》，江慎中《春秋穀梁传条指》，王闿运《穀梁申义》，廖平《穀梁古义疏》等。这些著作中，钟、廖二人之作为清人所作的《穀梁》新注新疏，为今治《穀梁》的必读之书；江氏之作则会通中西，是当时西学东渐、经学西学化的代表作之一。

　　清代晚期，今文经学兴盛，但并没有独霸学术之林，乾嘉汉学的流风余韵尚存。一些学者仍延续汉学重考证之风，讲求证实，不务空言，从声音训诂、名物制度、历法、地理、人物等入手治《春秋》。这样就使《左传》传说类、文字音义类、专题类文献在晚清的《春秋》学文献中依然具有相当的分量。其中成于刘文淇、刘毓崧、刘寿曾、刘师培四代的《春秋左氏传旧注疏证》，丁晏《左传杜解集正》，俞樾《春秋名字解诂补义》，陈奂《公羊逸礼考征》，罗士琳《春秋朔闰异同》，章炳麟《春秋左传读叙录》，刘师培《春秋左氏传例略》，廖平《春秋左氏古经说疏证》等著作为其代表。

　　综上所述，从先秦至清，《春秋》学经历了先秦儒家、汉学、宋学、清学等几个大的阶段，形成了汉代、宋代、清代等几个发展高峰。这样的发展过程直接影响了《春秋》学文献的种类与内容。具体而言，每个阶段《春秋》学的侧重点不同，或以"三传"为主，或舍传求经、会通"三传"，或重实证、考据，这就使各个时期《春秋》学文献的组成各有区别。大体来讲，汉学以"三传"文献为主；宋学阶段以直接把《春秋》经作为文本对象的文献为主；清学阶段以"三传"文献为主，且有许多是专考历法、地理、人物、礼制等的专题文献。再者，《春秋》学发展的几个高峰，同时也是《春秋》学文献的繁荣时代，《春秋》学文献的数量、影响力等都要超越之前的时代。

　　当然，这只是一种大致的概括，《春秋》学及其文献的发展是复杂多样的，有时也会有例外。比如魏晋南北朝时代虽不是《春秋》学发展的高峰，但这时形成的杜预《春秋经传集解》、范宁《春秋穀梁传集解》都是《春秋》学中的经典文献。再如唐代《春秋》学近乎衰颓，亦产生了孔颖达《春秋左传正义》，杨士勋《春秋穀梁传注疏》，徐彦《春秋公羊传注疏》，陆淳《春秋集传纂例》《春秋集传辨疑》《春秋集传微旨》等对后世产生了巨大影响的不朽之作。

　　《春秋》记事非常简略，这种简略从记载史事的角度而言是一种不足，但对将《春秋》视为经典的历代儒家学者而言，这正是《春秋》的精妙所在，因为他们认为这种简略的背后蕴涵了孔子的微言大义。同时，这种简略在客观上也为他们提供了发挥的巨大空间。所以，历代儒家学者围绕《春秋》及《左传》《公羊》《穀梁》三传进行了大量的发挥，形成了大量的著作，可谓汗牛充栋。四库馆臣也认为"六经"之中，《易》与《春秋》类文献最多（《四库全书总目》卷二六《春秋类序》）。我们根据历代官私目录、各种正史艺文志（或经籍志）及补编、各种地方志、中外各大图书馆馆藏古籍书目及各种文集等资料，考得历代《春秋》学文献实有专著3000多种，现存1000余种。这还不完全包括石经、五经总义、学术笔记、文集及一些史学著作中关于《春秋》之能独立成卷的内容。

　　这些《春秋》学著作的内容与形式多样，从内容上讲有阐发微言大义的，有考察名物制度的，有研究文字、音韵、训诂的，有分析义例的，有探讨地理、世系年代、礼制等专门问题的；形式上有传、注、疏、表、谱、图等。

鉴于上述情况，秉承"辨章学术，考镜源流"的原则，兹编所收，上起先秦，下以清末为断，共收书162种，编排上兼顾内容与时代，分为《春秋》经解、《左传》、《公羊》、《穀梁》、专题、义例、《国语》七类，每类下再按作者时代先后排列。"《春秋》经解"类即为以阐释《春秋》经为中心的传、注、疏、辨、说之属，"左传""公羊""穀梁"三类则分别收入以《左传》《公羊》《穀梁》为阐释对象的传、注、疏、辨、说之作，"专题"类则为考察名物制度、文字音义、地理、世系年代、人物、礼制等的专门之作，"义例"类为分析归纳《春秋》及"三传"义例的著作。《国语》本为史书，但自古称"《春秋》外传"，与《春秋》学及其文献的发展有着千丝万缕的联系，故此专列《国语》一类。

兹编所录，仅及现存《春秋》学文献之十之一二，借以展示《春秋》学成就与《春秋》学发展的历史概貌焉。（张尚英初稿，舒大刚修订）

7. 孝经类小序

《孝经》曰："夫孝，天之经，地之义，民之行也。"又曰"父子之道天性也"，"父母生之，续莫大焉"，"天地之性人为贵，人之行莫大于孝"。中国自古有养老敬亲传统，"二帝""三王"虞夏商周养国老、庶老于学校，一则以赡养孤老，使之老有所养、老有所终，此"孝者蓄也、养也"的最早古训；二则以礼敬贤能，使其教育胄子，传承知识，此"夫孝，教之所由生"的历史本相。中国人又很早就有祖先崇拜的传统，"曰追来孝"，"致孝""致享"，屡见于周代金文及《诗经》。孔子曰"慎终追远，民德归厚矣"，是即"孝敬"。中国又是一个伦理与政治融为一体的社会，孝悌之行与政治功能密切相关，孔子尝引《佚书》："孝乎唯孝，友于兄弟，施于有政。"是即"孝治"。孔子在这些文化传统基础上，提炼加工，形成"敬"与"养"结合、"孝"与"忠"结合、"家"与"国"结合的系统"孝道观"。孝悌是一切善言美行的基础，也是一切仁政德治的首课，"二帝""三王"皆以兹为本务；"三事""五常"（三事：正德、利用、厚生也。五常：仁、义、礼、智、信也），胥由此而发轫。孟子有曰："尧舜之道，孝悌而已矣。"有子曰："孝悌也者，其为仁之本欤！"《孝经》曰："至德要道，以顺天下。""夫孝，德之本也。"皆此之谓也。

孔子以"诗、书、礼、乐"教育人才，弟子身通"六艺"者七十有二人；又以"孝悌"砥砺德行，弟子"入孝""出悌"，彬彬然多君子之士。又以曾子能行孝道而未悟其要，遂因其所请而传之"孝悌之道"，曾子（及其门人）退而书之，遂成《孝经》。《孝经》者，是孔子所述、曾子所受之教孝经典，亦百世贤君移风易俗、淑世济人之政纲也。自孔子创立"孝道观"而国人始有系统"孝悌之道"，自曾子笔录《孝经》而国人始有教孝之经。孔子曰："吾志在《春秋》，行在《孝经》。"此汉唐学人所共识。至北宋疑古风行，乃有"孔子弟子作""子思作""齐鲁间陋儒作""秦汉间人作",甚至"汉昭、宣以后作"诸说兴,这些说法,都与魏文侯作《孝经传》的史实、《吕氏春秋》已有《孝经》的两段引文、出土文献《儒家者言》保存《孝经》说教,以及《史记》《汉书》关于曾子传孔子《孝经》等记载不符,真所谓无中生有,平地起波澜者也。《孝经》言简意赅,提纲挈领,全经不足两千字,却将事亲敬长、立身扬名,以及安上治民、移风易俗之"至德要道"亦即"教之所由"的孝道,言之甚明。随着经今、古文学之兴起,《孝经》亦分今文、古文,今文《孝经》十八章,凡1799言;《古文孝经》多《闺门》一章,又将今文十八章析为二十一章,凡二十二章,共1872言。

自孔子以"孝道"教人、曾子以《孝经》授学,于是形成经久不息、影响深远的"《孝经》学"。孔子教学"首孝悌,次谨信",常与门人讨论孝悌,有若、子路、子游、子夏、曾子、闵子骞、孟懿子、孟武伯,乃至鲁国执政大臣季康子、君主鲁哀公,皆有问孝论孝之事,散见于《论语》《礼记》等文献之中。战国初年,魏文侯撰《孝经传》(蔡邕说),曾子弟子乐正子春也留下《孝行》(见《吕氏春秋》)或《儒家者言》(河北定州市出土)之类的《孝经》解说,为此期《孝经》学文献之代表,从中可见时人对《孝经》原理和功能的普遍认同。既而诸子争鸣,百家竞起,驰说辩难,每每及于孝悌,其中以孟子、荀子两大儒居功甚伟,孟子将孝悌定义为"仁义"的实质内容,并认为是"尧舜之道"的根本法则。荀子则提出"从道不从君,从义不从父",明确反对愚忠愚孝。

秦自商鞅变法，俗尚功利，焚《诗》《书》而毁《礼》《乐》，弃仁义而败孝悌，风俗恶薄，孝悌不兴，《孝经》亦无人传授，乃由曲阜孔氏后人以及河间人颜芝藏于壁中，得以幸免于断绝。幸有吕不韦撰著《吕氏春秋》，两引《孝经》，为《孝经》成书于先秦提供了直接的铁证。

　　汉兴，陆贾为高祖陈古今治乱之迹，首倡"修内""治外"之策，儒家孝悌重又得到提倡；其《新语》屡引《孝经》，拨乱反正，独具前识。汉高祖躬行孝悌，奠定汉代"孝治天下"之局，影响中国政治两千年。后起诸君，察孝廉，举力田，养"三老"，敬"五更"，孝悌遂成时代风气。惠帝除秦人"挟书之律"，颜芝子贞献其家藏《孝经》凡十八章，是为今文。武帝时，鲁恭王坏孔子宅，得古文经书《尚书》《孝经》《礼记》等，《古文孝经》乃与今文《孝经》同见于西汉。汉代将《孝经》与《论语》作为太学以及民间教育普遍学习的基本教材，令蒙学儿童、后宫佳丽，甚至期门羽林之士，俱诵《孝经》《论语》，《孝经》于是成为博士传经的首要内容，形成了长孙氏、博士江翁、后仓、翼奉、张禹等《孝经》专家，著有以诸人氏姓命名的《孝经说》。东汉继轨，孝学大兴，经学大师马融、郑玄皆注《孝经》，对后世影响颇大，特别是《孝经郑注》，在南北朝时期长期行于国学，在唐代和清代更是屡掀讨论高潮，对学术之繁荣与有力焉。然而由于时代久远，两汉诸儒的成果几于片纸无存，所幸者日本保留的《群书治要》和敦煌发现的出土文献，尚存《郑注》遗文，今人始得补葺成编，复见原貌。

魏晋六朝，纷纷乱世，民不堪命，玄学之士、魏晋流风，加以道教尚无，佛教说空，俱遗弃礼法，鄙薄伦理，孝悌之道呈暗淡色彩；然而父子大伦、母子至亲，又何可废邪？帝王卿相、储君宗室，在政权纷更、国祚屡改之际，仍对维系伦理教化之《孝经》是尊是信，或注或讲，形成盛极一时的"皇家《孝经》学"现象；南朝社会"清议"盛行，孝悌不坠，此期正史遂创《孝子传》来记录各地涌现的孝子顺孙。魏晋南北朝的儒学虽然遭到道佛挑战，不如汉朝之独尊，但是儒家经学中的"礼学"和"《孝经》学"却得到迅速发展，这一时期有《孝经》文献 100 余种，并出现玄学家以及道教、佛教人士的《孝经》著述，开辟历史新局，此亦前所未有。特别经由王肃表彰而流行的《古文孝经孔传》，托为汉孔安国所著，其作者未必真，而说理却不误，因此宋及梁、陈，以及隋朝，并立于学官。

隋、唐统一，教化大兴，首倡孝悌，敦励风俗，于是子弟多文雅之士，闾里有礼顺之民。此期学术力倡统一，五经有"正义"，《孝经》有"御注"，然而学术尚称自由，文化也算开放，隋唐两代都出现有关《孔传》和《郑注》大讨论，最终以《郑注》《孔传》"依旧并行"的结局收场，体现出兼容并蓄的博大气象。唐玄宗于开元、天宝年间两注《孝经》，一则推行天下学宫，一则刻之贞石（史称"石台孝经"），且令天下民户"家置一本"，大大促进了《孝经》普及。

　　宋承唐制，广开学宫，君亲躬行，孝道大昌，史称"宋之庙号，若仁宗之为仁，孝宗之为孝，其无愧焉，其无愧焉"（《宋史·孝宗纪》赞）。西夏、辽、金、元，虽崛起于化外，却渐染乎华风，纷纷以本族语言翻译《孝经》，作为其国士民教孝教敬之典，也成为其君亲兵营卫知勇知忠之经，遂使昔日弯弓射雕之民，骎成彬彬有礼之士。宋代《孝经》学，初期仍承袭汉唐旧习，注重今文，邢昺奉诏以唐元行冲《御注孝经疏》为底本，增修成《孝经正义》，至今仍保留在《十三经注疏》中，其书广泛收录汉唐《孝经》遗说，是研究汉唐《孝经》学的资料渊薮。北宋除司马光、范祖禹兼治二十二章《古文孝经》外，皆从今文十八章。但自熙宁年间科举考试用《孝经》被《孟子》取代，于是退居蒙馆讲席，其神圣性和经典性都遭到压抑。朱熹（撰《孝经刊误》）等人乃怀疑《孝经》的作者，并诋毁其内容，刊削其文字，移易其章次，使古来宣扬"至德要道"的经典，被当成小学生习作，随意篡改，惨不忍睹。元承宋制，亦主朱学，吴澄《孝经定本》，虽然说理不诬，然其删经改经之弊，较朱子《刊误》有过之而无不及。流风所扇，荡及明清，从朱从吴，不乏其人，于是形成汉学尊重元典，宋学擅改经文的时代特色。

　　北宋司马光从秘府发得《古文孝经》，以为与《尚书》同出孔壁，其文最正，故撰《古文孝经解》加以表彰。蜀人范祖禹亦据其本撰《古文孝经说》，为中唐以来中绝的《古文孝经》之学续得一脉。二书皆进献宸览，侍读经筵，在今文之外，别树一帜。范祖禹又手书白文《古文孝经》，南宋蜀人刻入大足（今重庆市大足区）北山石刻之中，为我们留下了真正"宋本《古文孝经》"的真相。南宋心学家杨简、钱时等人，亦力挺古文之近真，显斥朱熹之改篡，但又"厘正其篇次"，误将司马光"言之不通也"注文移入"谏诤章"本经，其乱经之陋实与朱氏无别。

降及明、清，无论是起于草莽的洪武皇帝，还是来自关外的清代列宗，都继承了汉唐以来儒家教化的传统，对孝悌之道更加强调。不过，此期统治者提倡孝道乃是以忠居先，以君压亲，传统的以亲亲为基石的孝悌伦理，于此时堕入"愚忠愚孝"深渊。然随着明中后期"阳明学"兴起，学人在以"心学"解经，启发人性自有的良知良能方面，别开生面，多有可观。尤其是清代前期，顺治、康熙、雍正、乾隆等朝，都大力提倡《孝经》，或作"御注"，或著"衍义"，《孝经》学又起高潮。随着"乾嘉学术"崛起，学人在恢复汉儒古学方面业绩突出。这一时期《孝经》学文献大幅度激增，多达270余种，超过以前任何一个时代；其著述体式也多种多样，有七种类型、十三种体裁出现（七种类型，指校勘型、通论型、翻译型、释例型、衍义型、汇刊型、学史型，是处理《孝经》文献的七种方法。十三种体裁，指注体、疏解体、外传体、广补体、集解体、纂集体、辑佚体、考辨体、章句体、札记体、音训体、图解体、问答体，是解释《孝经》文本的十三种体裁。参舒大刚主编《儒学文献通论》，福建人民出版社，2013年，第二册第二编第十一章第123—124页；舒大刚著《中国孝经学史》，福建人民出版社，2012年，第十二章，第422—426页）。这是空前的，也是绝后的。清代在辑佚汉代《孝经》文献，特别是恢复和讨论《郑注》《孔传》方面，也十分热烈，而且研究深入，方法得当，基本上解决了这两个久悬未决的历史疑案。这是清人的重大贡献，不可忽视。

20世纪是重新审视甚至苛责传统文化的世纪，"孝道"和《孝经》也受到重新的审查，一时间，《孝经》作者、成书时代以及内容之可信与否，都受到质疑，《孝经》的价值更遭到无端诋毁，这是《孝经》学史又一个迭宕起伏的时代。许多被混淆的问题虽然还没有得到完全清理，许多新提出的问题也还没有得到彻底解决，似乎研究正未有穷期，探讨也还没有止境，历史还在继续，《孝经》的研究和讨论也不会中断。

随着历代对于孝道的提倡和《孝经》研究的深入，历代产生了许多《孝经》学文献，据不完全统计，从汉代到民国，有关《孝经》的研究著作多达500余种。这些文献既是中国经学研究的重要成果，也是中国文化史的重要载体，也是历代孝子顺孙尽孝尽忠的情感体验，也是历代明君贤相劝善劝爱的心血凝结，整理和研究这些文献既是儒学史研究的需要，也是文化史再现的必要。

在历史上曾经不断有人汇集和整理《孝经》文献，如明朝吕维祺、江元祚都编有《孝经大全》，是古代《孝经》文献最大型的整理。吕氏的著作仿明修《四书五经大全》体例，以一说为尊，而删取众说以为辅翼，实为历代《孝经》释义的集解。江氏一书则系《孝经》学著作的丛书，分甲至癸十集，共收录汉到明的重要《孝经》学著作60余种，这是当时最大的《孝经》文献丛书。此外，明清学人所编丛书，也一定程度收录《孝经》文献，如《四库全书》"经部·孝经类"即收录《孝经》书籍11种，又于《四库全书总目》存目介绍《孝经》文献18种。2011年，广陵书社出版《孝经文献集成》（吴平、李善强、霍艳蓉主编），全书共收录自秦汉至民国时期有关《孝经》文献著作100余种，另外还包括近代日本学者的《孝经》研究著作。这是目前最为齐全的《孝经》文献出版物。当然，这远远不是历代《孝经》成果的全部。近代日本有一位孝子企业家，他所收集的《孝经》版本就达483种、570册，曾经编有目录出版［《家藏孝经类简名目录稿》，田结庄金治编，昭和十二年（1938），日本大阪］，其间可能有中国学人未收之书。然而限于条件，《儒藏》"孝经类"的编纂，基本以《孝经文献集成》为基础，补充此书未及收录的重要版本和出土文献，每书各加提要，附以考辨，都为一辑，以飨读者。

8. 四书类小序

"四书"者，《大学》《论语》《孟子》《中庸》也。

《大学》与《中庸》，分别列属《小戴礼记》第四十二、第三十一篇。《礼记》编成于西汉时期，而其所收多为春秋战国时文。学者以为，《大学》乃孔子之言、曾子述之，《中庸》则子思承续孔子之意而作。宋以前，《大学》无别行之本，"以其记博学，可以为政也"（郑玄《礼记注》），人多视为治国兴邦之作，唐韩愈《原道》始引其证帝王治国先须正心诚意，肇《大学》心性论之端。《中庸》之别行则远较《大学》为早。《汉书·艺文志》有《中庸说》二篇，《隋书·经籍志》载南朝宋戴颙著《礼记中庸传》二卷，南朝梁武帝作《中庸讲疏》一卷，其臣子朱异等撰《私记制旨中庸义》五卷附和。北宋司马光有《大学广义》一卷、《中庸广义》一卷，开《大学》单行之先，已在二程之前，惜其书不传。范仲淹尝戒张载从戎之心，劝以读《中庸》。可知宋代《大学》《中庸》之倡远有端绪，非仅始于洛闽诸儒。然《学》《庸》之为学界所重，仍不得不称"二程"，其表彰之力尤甚、论说之语特详，直以《大学》为初学"入德之门"，《中庸》"终身用不尽"。朱熹承二程之绪，特为二篇作"章句"，平生用力《大学》最多，推《中庸》为"孔门传授心法"，是以二篇地位几与"五经"等。元明以后科举取士，甚行朱子《四书章句集注》，《学》《庸》之学乃寖假而超"百子"越"五经"，为天下第一学术矣。

《论语》与《孝经》乃"圣人言行之要"，历代皆为显学。汉文帝时置有《论语》博士；武帝罢传记博士，置五经博士，《论语》《孝经》与"五经"通习。魏晋以后国学造士，《论语》皆列于学官。唐代统一经说，成《九经正义》，其科举试士，"明经科"亦于"九经"中，择其二经、三经、五经以试，而《论语》《孝经》则为必试之"兼经"，《论语》之成为士人必读者，终古以之。两宋承继唐九"正经"、两"兼经"、一《尔雅》之例，又升《孟子》为经，而后形成"十三经"格局。元明渐次固定，至清校定唐宋"疏义"，终定《十三经注疏》体系。

　　《论语》为孔子答弟子问及时人所及闻于夫子之语，言简意明、场景亲切，故其传者众、流布广，而其传本与师授亦因以异。汉代前期，已有《鲁论语》二十篇、《齐论语》二十二篇之分。景帝、武帝之际，鲁恭王扩建宫室而坏孔子宅，于夹壁之中得古籍数种，即有《古论语》焉。三者内容大致不殊，然细节亦互有不同，而《鲁论》尤其近《古》，然学者喧喧，莫衷一是。汉元帝时张禹为太子师，据《鲁论》篇次，兼采《齐论》，删其繁惑，是为《张侯论》。该本讲于宫闱，传于民间，遂传为正宗。后来三国何晏作《集解》，南朝梁皇侃撰《义疏》，宋邢昺定《正义》，皆袭"张侯"之家。而《古论语》则流入民间，不为官方所重。东汉郑玄兼采今古文，其注《论语》以《张侯论》为底本，复校以《古论》，由是《论语》不复有今古之别。南宋时期，陆九渊、杨简、钱时复倡《鲁论》者，亦以其近古，而卒莫能兴其学。

　　自汉至清，《论语》传习不辍。两汉之时，三家《论语》终归张侯，文本既定，后世以有准的。六朝注疏稍有规模，史籍所载有目者逾八十种，然传世者寥寥无几。足以称道者，一为何晏《论语集解》，汉魏数百年讲论大意，赖得以存；一为皇侃《论语义疏》，以何《集》为本而汇通诸说，并援玄、老、释解《论》，清通简要。隋唐列于九经，然逢此经学统一之世，习者悉从官学而鲜有发挥，唯陆德明《经典释文》中《论语音义》，考音释义，断析句读，并梳理唐以前学史，有助后人观瞻。至宋邢昺等作《论语注疏》，既承汉晋唐之遗风，又略附精微之论，"汉学、宋学兹其转关"（《四库全书总目》）。既而有程颐作《论语解》，虽只得半部，已开义理新风。及朱熹《论语集注》，博采众说、通经明理，章句之学与义理之学相得益彰，并定元明《论语》学基调，金履祥《论语集注考证》及明代《论语集注大全》等皆为其羽翼。晚明王学盛，始有驳理学之作出，而刘宗周《论语学案》则颇有会通朱王之意。清人学风履实，而尤精于考证，刘宝楠《论语正义》自是精详赅博，考据翔实，义理疏通，于旧注中最为上乘。综其学史流变，曰：两汉定其文本，六朝注疏初具，隋唐辅翼九经，宋明大倡性理，清集前代大成而尤重于训诂考据焉。

司马迁著《史记》，列孟子、荀卿于一传，将其与淳于髡、慎到、驺奭等稷下学人同列。初，文帝置"传记博士"，《孟子》与焉；武帝罢之，《孟子》书犹得引以论事。东汉赵岐尊其为"亚圣"，然唐以前未有应声者。中唐韩愈、李翱倡言"道统"，以尧、舜、禹、文王、武王、周公、孔子、孟子之传为儒家正宗，原来"周孔"同尊，一变而为"孔孟"并崇；杨复、皮日休诸人复以《孟子》升经为请，遂导夫宋人尊孟之路。宋真宗大中祥符五年（1012）诏令孙奭等校勘《孟子音义》，自此掀起"尊孟""抑孟"之争。熙宁四年（1071）王安石改革科举之法，令举子于《易》《诗》《书》《周礼》《礼记》中择试一经，而兼试《论语》《孟子》，此为《孟子》入于科场之始。宣和中，成都府学将《孟子》刻入《蜀石经》，《孟子》遂成为"十三经"之一。南宋朱熹将《孟子》编入"四书"，尤袤《遂初堂书目》将《孟子》列入经部，元代以降，《孟子》一跃而在"五经"之上。其间虽疑斥之声不断，然《孟子》终已超子入经。北宋元丰六年（1083），孟子封赠"邹国公"，从祀孔庙，自此以至于清末逾 800 年，虽尝为明太祖朱元璋所弃，然由于科场遵用"四书"，孟子亚圣之位，终无以动摇。明世宗嘉靖九年（1530），遂由皇帝颁旨，正式承认孟子"亚圣"封号。

孟子成圣之路曲折如此，《孟子》之学亦有起有伏。汉唐之间可以观者，唯赵岐《章句》，其中既诠名物制度，亦解微言大义，虽无如后来者精密，然足为垂世模板。北宋有关《孟子》其书议论纷纭，疑者如司马光、李觏、苏轼等，各作《疑孟》《常语》相驳；尊者如欧阳修、王安石、二程，而旧题孙奭所作《孟子正义》，学者固病其"缠绕赵岐之说"（朱熹，《朱子语类》卷一九），但其为最早立于学官之《孟子》注本，意义重大。南宋朱熹《孟子集注》熔铸汉晋唐宋诸儒群言，以科场准的行世数百年，清焦循《孟子正义》以前无出其右者。焦疏集前人所成，详于文字训诂，并断析中肯，堪称清人经疏模范。又有戴震《孟子字义疏证》，藉由字义训诂发明义理，自与宋儒不同，在乾嘉考据之风中亦属匠心之作。

以"四书"名《学》《庸》《论》《孟》者，始于朱熹。其倡始渊源，又应回溯至二程。程颐尝云，学者应以《大学》为入德之门，舍此而外，莫如《论语》《孟子》。又云《论语》《孟子》既治，"六经"可不治而明。二程之论本散布于《语录》《文集》等著作中，未成系统，至朱熹则拎出一线，串零珠而为联贝，使人"先读《大学》以定其规模，次读《论语》以立其根本，次读《孟子》以观其发越，次读《中庸》以求古人之微妙处"（《朱子语类》卷一四）。又云，学者须先读"四书"，然后再入《诗》《书》《礼》《乐》。"四书"之出，变"五经"之繁难煌巨为简明易捷，转汉唐经学名物训诂之墨守枯燥为宋明理学心性功夫之哲思涵泳。儒学历经汉末经学之衰微、受迫隋唐佛道之兴盛，终由宋儒辟此新境界，由朱熹开此新风气，元明清三朝莫不承其流风余韵，以造世淑人。

元仁宗延祐年间，"四书"定为科举必考之目，隐然超于"五经"。明代永乐年间颁行《四书大全》《五经大全》《性理大全》，而前者又据朱熹《四书章句集注》为根底，国家取士之资、科场试第之准皆本于此。明清"四书"学在官方为"大全"之流所囿，故修身明理之书，渐成求取功名之器，去朱熹本意远甚。然经此三朝表彰，其经字字句句，皆已家传户诵，是遵是行，其于中国古代文化教育之影响，固亦深且远矣。而在民间，尚有能跳脱"大全"藩篱者，如王夫之《读四书大全说》，立意高远，析理极精，颇可深入研究。又有潜心名物典故者，如阎若璩《四书释地》及其三续，以地理说经，兼及人、物，必使所辨明确谛当，虽有过执己意之嫌，然可据者十之七八。至如毛奇龄《四书改错》专攻朱子之失，戴大昌《驳四书改错》又斥毛氏之谬，当事人或有意气之争，书中所论瑕瑜互见，然亦有益于昌明经义。

　　“四书”在目录书中立有专目，当起于《明史·艺文志》。明黄虞稷《千顷堂书目》仍将《大学》《中庸》附于礼类下，欲尊古义；清朱彝尊《经义考》有“四书”之目，但仅收总论四书之类，《论语》《孟子》则另立门户。《明史·艺文志》源自黄目而有所不拘，盖因元明以来相关疏解皆出于“四书”典范，人皆以为惯例。且宋以前，惟《论语》注疏较多，《孟子》虽有十数家，流传至今者更不过一二，难以别立例类。清乾隆间编修《四库全书》，乃从《明史》之例，后世编目者，无以易此。今《儒藏》列分“三藏二十四目”，“经藏”之属，亦设“四书”，由汉魏至清，共选录文献122种，或有专论其一者，或有悉陈四义者，据其所论，分系于总义、论语、大学、中庸、孟子五类之下，以备观览。（钟雅琼初稿，舒大刚修订）

　　9. 群经总义小序

　　“群经总义”乃合解多经的文献，包括通论、通释、通考，或杂论、杂考、札记、校勘、摘要、类编、音义等。《左传》僖公二十七年“《诗》《书》，义之府也；《礼》《乐》，德之则也。德、义，利之本也”之语，似为最早的《礼》《乐》《诗》《书》“四经总论”。《史记·滑稽列传序》引孔子“‘六艺’于治一也：《礼》以节人，《乐》以发和，《书》以道事，《诗》以达意，《易》以神化，《春秋》以道义”，以及新出郭店楚简《六德》载孔子言“观诸《诗》《书》则亦在矣，观诸《礼》《乐》则亦在矣，观诸《易》《春秋》则亦在矣”，《庄子·天下》篇曰“《诗》

以道志，《书》以道事，《礼》以道行，《乐》以道和，《易》以道阴阳，《春秋》以道名分"，其后《荀子·儒效篇》《礼记·经解》以及汉代董仲舒《春秋繁露·玉杯》、司马迁《太史公自序》、翼奉《上成帝书》等，都有"六经"内容和功能的讨论，为"群经总义"雏形。

刘歆撰《七略》，每略都对本类图书源流演变加以序论，其"六艺略"序论就构成完整的"群经概论"。《汉书·艺文志·六艺略·孝经类》录有《五经杂议》十八篇，自注"石渠论"，是汉宣帝甘露二年（前52）石渠议礼的产物。《旧唐书·经籍志》载"刘向撰"《五经杂义》七卷、《五经通义》九卷、《五经要义》五卷，王应麟曰："刘向辨章旧闻，则有《五经通义》。"（《玉海》卷四二"汉五经杂议"条）然《五经通义》《五经要义》在阮孝绪《七录》、《隋书·经籍志》均有著录，未注作者，不知《旧唐书》何所据而言。

东汉诸儒多通"五经"，于是产生群经总义。《后汉书·郑众列传》："建武中，皇太子（即后来的明帝）及山阳王（明帝同母弟刘荆）聘（郑）众，欲为'通义'。"此《五经通义》即是群经总义专书。考王应麟及清人辑《五经通义》，其内容乃"五经"名物、制度、礼仪、道理之解释。班固《白虎通义》、许慎《五经异义》、郑玄《六艺论》、晋王肃《圣证论》、三国谯周《五经然否论》、程曾《五经通难》《演经杂论》、晋束皙《五经通论》、戴逵《五经大义》等，观其名义，俱属"五经"制度或义理之综合阐释。

南北朝时期，国异政，方殊俗，经异文，师异说，经学领域出现了许多异本、异文、异义、异说、异音等等，于是出现了综合讨论各家音义、各种异文的文献，以陆德明《经典释文》为最。随着高谈有无、名实、言意的"玄学"和繁复论证的"义学"的兴起，群经总义文献数量激增，体裁也有所增多。阮孝绪《七录》载有王氏《通五经》、周杨《五经谞疑》、贺场《五经异同评》《五经秘表要》、无名氏《五经义略》。《隋志》著录：沈文阿《经典大义》《经典玄儒大义序录》、何妥《五经大义》、无名氏《五经通义》、无名氏《五经义》、雷次宗《五经要义》、邯郸绰《五经析疑》、元延明《五经宗略》、孙畅之《五经杂义》、梁简文帝《长春义记》《大义》、张讥《游玄桂林》、鲍泉《六经通数》、后周樊文深《五经大义》《七经义纲》《七经论》《质疑》《玄义问答》，观其"义""玄"诸题名，旨意可知矣。又有专讲五经音义、文字的，如徐邈《五经音》、刘炫《五经正名》等。

唐代"群经总义"又有新气象，一是产生了文字校勘、字体校正类文献。如《五经定本》《匡谬正俗》《五经文字》《九经字样》等。二是出于实用考虑，产生了经典格言类文献。如唐太宗"欲览前王得失"，令秘书监魏徵等"爰自六经，讫于诸子；上始五帝，下尽晋年"（《玉海》卷五四"唐群书治要"条引），举凡经典名篇、子史精华，都为《群书治要》。此外，唐穆宗初立，韦处厚等合抄《诗》《书》《易》《春秋》《礼》《孝经》《论语》，

"掇其粹要"，"以类相从"，题为《六经法言》（《新唐书·韦处厚传》）。唐敬宗嗣位，崔郾等"抄撮六经嘉言要道，区分事类"，成《诸经纂要》十篇（《新唐书·崔郾传》）。此外有颜真卿《五经要略》、李适《九经要句》、慕容宗本《五经类语》、李袭誉《五经妙言》、郑澣《经史要录》等。唐人还有表明学术渊源的图谱性文献，韦表微有感于"学者薄师道，不如声乐贱工能尊其师"（《新唐书·韦表微传》），于是著《九经师授谱》。刘悚亦有《授经图》。此是宋以后"渊源录""传经表""学案"等学谱文献的主要来源。

宋人治经善于宏观思考，群经总义文献在此时呈现形式多样、体制完备的状况。《宋史·艺文志》著录宋代"经解类"文献30余种，《千顷堂书目》又为补录7种，两宋共有群经类文献40种左右。或辨析疑义（刘敞《七经小传》、王居正《辨学》、张纲《六经辨疑》《确论》、无名氏《六经疑难》），或新释经义（黄敏求《九经余义》、程颐《河南经说》、张载《经学理窟》、杨会《经解》、刘彝《七经中义》、项安世《家说》、李舜臣《诸经讲义》、黄榦《六经讲义》）；或讲明音义（许奕《九经直音》《正讹》《诸经正典》）。为适应"明经科"考试撰写"经义"文章的需要，宋人编有《九经经旨策义》（不知作者）；为解释经书中比较专门的疑难，王应麟撰有《六经天文编》（解决天文问题）；为适应"四书学"普及的需要，陈应隆撰《四书辑语》等。为突出道统之学，宋人有《汉儒授经图》、无名氏《授经图》、李焘《五经传授图》等。

　　金元时期，群经总义沿袭宋人体例，钱大昕《补元史艺文志》著录此期群经总义50余部，另有四书总义文献76部。特别是为便于少数民族快速掌握儒家经典，撰著出更多经典精华摘要书籍。如至元三年（1266），姚枢、窦默、王鹗、杨果、商挺共纂《五经要语》一书，凡分28类。皇庆年间，欧阳长孺亦纂《九经治要》，张萱介绍其书"采九经之要，辑为一书，自君臣以至朋友，自治心以至治天下，分为六门，凡七百九十三章"（《经义考》卷二四六引）等。李用初藏《六经图》尤有特色，朱善序："豫章李君用初家藏《六经图》甚古，予尝得借是图而观之。以天文，则中星有《尧典》《月令》之异同；以地理，则疆域有《禹贡》《春秋》之沿革；以人文，则仪礼之有详略、官制之有繁简；城郭、宫室、宗庙、井田、会同、军旅、冠昏、丧祭、衣裳、弁冕、旌旗、车辂、笾豆、簠簋、圭璋、琮璜，凡文质之有损益；以物理，则昆虫、草木、鸟兽、鱼鳖之细微，又于《诗》为特详。"

　　明清时期群经总义数量超出此前之总合，种类也最繁富。《千顷堂书目》于经部"经解类"著录明代群经总义128种（《明史·艺文志》删存43种）；《清史稿·艺文志》经部"群经总义"类著录166种、《清史稿艺文志补编》补录80种、《清史稿艺文志拾遗》又拾遗补缺567种，共计清代有813种，比从汉至宋元同类著作的总和还多。

　　明清群经总义呈现以下突出特征。

　　首先是解释群经义例的文献多种多样。由于学术转型，明清时期出现一大批力矫朱子之失，独标"心学"之帜的著作。如王恕《石渠意见》（正编二卷、《拾遗》一卷、《补缺》一卷），"其书大意以五经、四书传注列在学官者（程传朱义等），于理或有未安，故以己意诠解"（《四库全书总目》卷三三）。王崇庆《五经心义》五卷，苏祐谓其"深体往哲之精，颇定后儒之惑"（《经义考》卷二四八引）。此外，还有王守仁《五经臆说》四十六卷、吕柟《经说》十卷、丁奉《经传臆言》八十二卷、王世懋《经子臆解》一卷、徐常吉《遗经四解》四卷、陈禹谟《经言枝指》十卷等。

其次是承袭汉学传统，发明经书训诂、句读。明陈深《十三经解诂》、邵宝《简端录》、朱睦㮮《五经稽疑》等，多"考证古义"。清武亿《经读考异》、钱东垣《十三经断句考》（无名氏《考补》）、王念孙《读书杂志》、王引之《经义述闻》、俞樾《群经平议》等，皆依汉学家法，辨析考订群书文字音义。

其三，明代中叶，考据之学萌芽。杨慎首开其端（著《丹铅录》系列），梅鷟（辨《古文尚书》）、陈耀文（订正杨慎之说）、胡应麟（著《四部正讹》）、焦竑（《澹园集》《笔乘》）、陈第（《毛诗古音考》）、方以智（《通雅》）等相继弘扬；至顾炎武（《日知录》《音学五书》）而成熟；及乎清代乾嘉，乃达于极盛。在这一风气下，也产生出一批风格迥异于前的群经考据著作，如讨论经书虚词者，有王引之《经传释词》、吴昌莹《经词衍释》、孙经世《经传释词续编》等。

其四，清人还对各类名物制度进行专题考证。如陈懋龄《经书算学天文考》、雷学淇《古经天象考》及《图说》，均论天文历算；王显文《群经宫室图考》，则考证宫室。郭柱《经义类考》，讨论群经掌故。戴清《群经释地》、周翼高《群经地释》，讨论群经地理。宋代兴起的以图解经方法，在明清时期得到极大发扬。明有胡宾《六经图全集》、陈仁锡《六经图考》、杨维休《五经宗图》，清有焦循《群经宫室图》、毛应观《经图汇考》等。

其五，群经类编在明清也得到更大发展。明有杨芳联《群经类纂》、陆元辅《十三经注疏类抄》、沈存珩《十三经文钞》，清有何兆圣《十三经类语》、周世樟《五经类编》、秦伯龙、秦跃龙《五经类纂》等。

其六，清代还产生群经"集解"性文献，如赵贤《五经汇解》，多达 270 卷。阮元《经郛》，仿陶宗仪《说郛》（荟萃说部小道）之例，荟萃经说大义。

其七，群经总义还包括经学源流类著作：一是"传经表"：有明朱睦㮮《授经图》、清洪亮吉《传经表》附《通经表》、汪大钧《传经表补正》附《经传建立博士表》、周廷寀《儒林传经表》。二是"经学史"，如周廷寀《西汉儒林传经义》、赵继序《汉儒传经记》《列朝崇经记》、江藩《汉学师承记》、方东树《汉学商兑》、康有为《新学伪经考》、廖平《今古学考》、皮锡瑞《经学历史》等。三是"经例"类，如清皮锡瑞《经学通论》、廖平《群经凡例》、李滋然《群经纲纪考》、孙乔年《七经读法》、江藩《经解入门》等。四是"石经"类，如彭元瑞《石经考文提要》、严可均《唐石经校文》、桂馥《历代石经略》、冯登府《石经补考》等。

至于对"群经总义"的著录，《汉志》时代"五经"通论较少，只将其归入《孝经》类中。东汉及魏晋南北朝，虽然群经总义文献已有很大发展，但《隋志》仍将其与《孔丛子》《孔子家语》等统附《论语》类，但《隋志》在小序中有"五经总义"之称。《旧唐志》在经部设"经解"，后来诸家因之（如《宋史》）。《明史》于经部立"诸经类"。清初徐乾学等辑《通志堂经解》，又将此类文献题为"总经解"。《四库全书总目》采《隋志》"五经总义"的说法，将群经解说类文献称为"五经总义"。朱彝尊《经义考》采刘勰《文心雕龙》意见，改题"群经"，《清史稿·艺文志》亦用"群经总义"为称，可谓名副其实，今取则焉。

10. 尔雅类小序

《尔雅》是我国现存最早的训诂专书，亦是儒家经典"十三经"之一，在我国经学史、语文学史、文献学史、科技史甚至文化史上，占有十分重要的地位。《尔雅》汇集了大量先秦时期的古语、方言和名物等词汇，反映了当时的科技水平、社会结构、政治形势、民情风俗等方面情况，对我们阅读先秦古籍、辨识名物、了解典章等方面有着重要的辅助作用。特别是《尔雅》的词汇主要以《诗经》等儒家经典为主，又是研究儒家经典的必读工具之书。《尔雅》保留了许多秦汉以前亲属称谓的辞语，更是当时家庭婚姻制度、社会结构历史之孑遗，是我们认识古代社会、复构古代历史的宝贵资料。这就远远突破了单纯语言学和训诂学的范围，使其在更广泛的社会史、科技史、人类发展史等领域里凸显重要的学术价值。

关于《尔雅》作者和成书时代，历来众说纷纭，未有定论。《尔雅》最早著录于《汉书·艺文志》，但只言"《尔雅》三卷二十篇"，并未指明其撰人和成书时间。最早讨论此问题的是三国时魏人张揖，其《上〈广雅〉表》云："臣闻昔在周公，缵述唐虞，宗翼文武，克定四海，勤相成王，践阼理政……六年制礼，以导天下，著《尔雅》一篇，以释其意义。"后世多数人如唐人陆德明、张怀瓘、宋人陆佃、郑樵、清人邵晋涵、王念孙、钱大昕等，皆认为《尔雅》始作于周公，而后人又进行了增补。或有以为由孔子门人所作，代表人物是东汉杰出经学家郑玄。其《驳五经异义》云："玄之闻也，《尔雅》者，孔子门人所作，以释六艺之文，盖不误也。"（孔颖达《诗·黍离正义》引，又贾公彦《周礼·大宗伯疏》引）赞同此说的还有南朝梁刘勰，唐刘肃、贾公彦，宋高承等。因《尔雅》中有很多解释的是《诗经》的内容，唐司马贞则更进一步地指出《尔雅》为子夏所作（司马贞《史记索隐》卷六〇："相承云周公作以教成王，又云子夏作之以解诗书也。"）。折中地看，《尔雅》作为一部训诂专著，其目的是为解读古籍、洞明典章、解析方言之用，在私学兴盛、百家争鸣之时，必然会作为读书教学的工具。随着时代发展，人们的认识水平和词汇意义也随之变化，为了使用的方便，或有人又加以增补。因此，我们认为《尔雅》并非一人一时之作，而是在春秋战国时期学术交流、教学实践过程中渐编而成。

　　"尔雅"一词，最早见于《大戴礼记·小辨》。孔子与鲁哀公对话，云："是故循弦以观于乐，足以辨风矣；'尔雅'以观于古，足以辨言矣。"北周卢辨注谓："尔，近也。谓依于雅颂。"这里"尔雅"只是一个复合词，还不是书名。作为书名的《尔雅》，最早见于《汉书·艺文志》。其卷三〇云："《尔雅》三卷，二十篇。"对于《尔雅》书名之义，历来说法不一，其中影响最大的是刘熙《释名》的诠释。《释名·释典艺》称："尔，昵也；昵，近也。雅，义也；义，正也。五方之言不同，皆以近正为主也。""尔雅"云者，即近正之言也。近人黄侃则以为"雅"是"夏"的借字，"雅言"即夏言。夏言相当于所谓的"正言""官话"，大致相当于我们现代意义上的普通话。

　　今本《尔雅》共十九篇（案：《汉书·艺文志》载三卷二十篇，今本则十九篇，相差一篇。清以前没有人提及，至清代，才有人发现传本与《汉志》记载不同。有人以为加前面《序》，共二十篇；有人以为《释诂》分上下篇；还有人以为古《尔雅》当有《释礼》一篇，后散亡。对于这个问题的讨论，窦秀艳《中国雅学史》有详细的叙说，可参详其书第24至27页。济南：齐鲁书社，2001年），即《释诂》《释言》《释训》《释亲》《释宫》《释器》《释乐》《释天》《释地》《释丘》《释山》《释水》《释草》《释木》《释虫》《释鸟》《释鱼》《释兽》《释畜》。前三篇释一般词语，《释亲》以下十六篇则为专门词语。全书10819字，条目2091，收词4300

余条（据胡朴安《中国训诂学史》），其内容十分广泛。若从现代学科视角来看，它涵盖语言、伦理、建筑、服饰、风俗、音乐、天文、地理、矿产、植物、动物等学科范畴。其编排体例细密有致，分类也较为科学合理，充分体现了儒家的人文精神和情怀。

前三篇解释一般性词汇，反映了汉语词汇的一词多义性，展现了当时丰富的语言表达范式。第四篇以后，则为专有名词，大致顺序是人属、天地、山川、草木、虫鱼、鸟兽，这种先人后物、先天地后万类的编排模式，体现了儒家以人为贵、敬天爱物的文化精神。尤其值得注意的是，这些专有名词不但有深刻的文化意义，还体现了丰富的人文情怀。如《释亲》《释宫》《释器》《释乐》，反映了先秦时期家族构成、生活习俗以及礼仪礼范。又如《释天》《释地》，反映了当时对天地的认识与敬畏。即便对山川草木、鸟兽虫鱼的解释，也都体现了敬畏与温情。

《尔雅》在汉文帝时就同《论语》《孝经》《孟子》一起被立为博士职，作为学校教学的主要科目（东汉赵岐《孟子题辞》云："汉兴，除秦虐禁，开延道德，孝文皇帝欲广游学之路，《论语》《孝经》《孟子》《尔雅》皆置博士，后罢传记博士，独立五经而已。"又王国维《观堂集林》卷四《汉魏博士考》："汉人就学，首学书法，其业成者，得试为吏，此一级也。其进则授《尔雅》《孝经》《论语》，有以一师专授者，亦有由经师兼授者。"）后虽废《尔雅》博士，但其仍为儒家经典中的重要学习内容（《汉官旧仪·补遗》云："取学通行修、博识多艺、晓古文《尔雅》、能属文章为高第。"见《四库全书·史部·政书类》)。古文经学兴起后，《尔雅》作为辑录了大量先秦儒家典籍词汇并进行训释的工具性专书，备受重名物诂训的古文经学家们的重视，成为他们注经说经的重要参考和工具。东汉王充《论衡·是应篇》云："《尔雅》之书，五经之训故，儒者所共观察也。"道出了当时儒生对其依赖之貌。《尔雅》不但是儒生读经注经的重要工具，还是其他各家各派的重要参考书。晋郭璞《尔雅注·序》云："夫《尔雅》者，诚九流之津涉，六艺之钤键，学览者之潭奥，摛翰者之华苑也。"当时使用《尔雅》之盛，可见一斑。然而，那时的《尔雅》还被视为说经注经的传注之书，不是儒家经典。李唐王朝建立后，以科举取士招揽人才，立"明经"一科，《尔雅》因此在开成年间与《周易》《尚书》《诗经》等儒家经典一起，铭勒碑石，跻身经典，再未废绝。北宋宣和时期，蜀地刻成"十三经"，固化了《尔雅》的经典地位。

西汉文帝时，《尔雅》以传述经典，辨识百物之著，立为博士。刘歆《七略》、班固《汉书·艺文志》将《尔雅》附于《孝经》之后，视《尔雅》为小学所教的内容。古小学所教为六书，其目的在于识字，即要求掌握字的形、音、义。《汉书·艺文志》小学类书有《史籀》等10家45篇，故刘、班视《尔雅》之学为经学附庸，归入"小学"一门，后世墨守，相沿不改。

随着学术发展，"小学"的范畴也有所变化。《隋书·经籍志》于小学类增加了金石刻文，两《唐书》又增加书法、书品类，掺入艺术。降至南宋，赵希弁《读书附志》遂把《弟子职》一类童蒙训并入"小学",更显芜杂。清修《四库全书》,更幼仪之书入"儒家"类,论笔法之书入"杂艺"类,童蒙教育之书入"故事"类,记诵入"类书"类,于是"小学"一门,仅限于训诂、文字、音韵,这便与现代语言学之内容相吻合,成为中国传统学术极为重要的一门分支学科。

《尔雅》相关研究在汉代就出现了,最早如犍为舍人为之作注,后继者不绝。两汉魏晋之际,就有大量有关释义、注音、图释、仿作等研究著述。特别到了清代,由于考据学的兴盛,《尔雅》的研究获得巨大发展,不但传统研究范式得到深化,而且新的研究领域也不断开拓,大大推动了《尔雅》学的发展。如对《尔雅》学史、《尔雅》体例、《尔雅》内容等方面的研究,都出现了影响很大的重要著作。尤其值得注意的是,《四库全书》把《尔雅》作为经部的一种,并归附音韵学、文字学相关著作,"小学"一门形成专业化的学科,这为传统历史语言学向现代语言学转型提供了重要学术准备。从现存文献状况上看,随着经学研究的发展,研究《尔雅》的著作也越来越多,现存目录书记录西汉时期《尔雅》研究类著述有10种,而到了清代,就达到了300多种。至于传抄、翻刻、译介等,更是难以估量。

《儒藏·经部》立《尔雅》一类,并附之以小学书,仍《四库》之分类而成。小学之书,无虑千种,数量之大,难以并包,故《儒藏》择其精要,以类相从。欲以"辨章学术,考镜源流""分别部居,不相杂厕",则分此部为九类:首曰传注,即精选为《尔雅》作注的书，共收 7 种。其代表著述有《尔雅》郭注、《尔雅》郭注邢昺疏、清郝懿行《尔雅义疏》。其次曰杂考，即研考《尔雅》古音古义、专释物名体例等书。共收 8 种。代表作为清马国翰辑《尔雅犍为文学注》等 13 种、钱坫《尔雅古义》、周春《尔雅补注》、陈玉树《尔雅释例》、程瑶田《果臝转语记》等。三曰仿尔雅，即仿《尔雅》而作的训诂著作，收书 9 种。如汉孔鲋《小尔雅》、三国魏张揖《广雅》、明方以智《通雅》、清王念孙《广雅疏证》等。四曰释名，即考释事物得名之由的著作，收书 1 种，即汉刘熙《释名》。五曰方言，即释秦汉以前五方之言的著作。收书 3 种，即汉扬雄《方言》、清戴震《方言疏证》、杭世骏《续方言》。六曰说文，许慎《说文》及其相关注释之书，共收 8 种，代表著作有清段玉裁《说文解字注》（附《六书音韵表》）、桂馥《说文解字义证》、王筠《说文释例》、朱骏声《说文通训定声》。七曰训诂，即诂训群经的著作。收书 4 种，代表作为宋贾昌朝《群经音辨》、清阮元《经籍籑诂》、王引之《经义述闻》。八曰韵书，即考释经籍声韵的著作。收书 12 种，代表作如宋陈彭年等《广韵》、吴棫《韵补》、杨伯嵒《九经补韵》，明陈第《毛诗古音考》、清江有诰《群经韵读》、戴震《声韵考》等。九曰集部小学论，新辑集部之中论小学之单篇小文，以补右八类之阙者。

　　《尔雅》作为"十三经"之一，在经学史、文化史上的重要地位，不是一两句话就能说尽的。首先，《尔雅》是儒家经典中的一种，长期以来为儒生说经解经提供了十分重要的参考资料，为儒家学术思想的发展，做出了重要贡献。南朝梁刘勰《文心雕龙·练字》：
"《尔雅》者……《诗》《书》之襟带也。"又唐陆德明《经典
释文序录》："《尔雅》者，所以训释五经，辨章同异。"又清
戴震《尔雅注疏笺补序》："《尔雅》，六经之通释也。"这些
文化史上的名流巨公都充分肯定了《尔雅》在说经解经中的重要
作用。其次，从历史语言学的角度看，《尔雅》记录了大量先秦
时期的古语时言，这些语词从不同层面反映了当时社会风貌、政
治形势、科技水平、自然物产等，是考察和研究当时历史社会的
重要辅助文献。宋林光朝《艾轩诗说》："《尔雅》一书，六籍
之户牖，学者之要津也，古人之学必先通《尔雅》，则六籍百家
之言皆可以类求也。"再次，《尔雅》作为训诂专书，保存了大
量先秦古汉语词汇，并对它们做了初步辨析，为研究古汉语共同
语和方言词提供了重要的原始材料。再次，《尔雅》记录了大量
天文地理以及动植物名称，这不但反映了当时物种存在和分布状
况，还反映了当时人们认识世界的科技水平。尤其值得注意的是，
《尔雅》的分类编纂思想，对后世辞书编纂产生了很大影响。即
使在现代学科和文化背景下，《尔雅》依然在中国文化领域体现
出重要的学术价值，发挥着十分重要的梯航作用。

　　在中国文化复兴的当代，我们不但要吸收西方文明成果，还
要梳理传统文化中的优秀文明成果，挖掘儒家文化传统精神，重
塑中华文化的东方地位。为了更为切实地反映传统文化的优秀文
明成果，梳理传统经典的解释历史，发挥传统解经著作的梯航作

用，是《儒藏》经部纂辑"《尔雅》"一门的主要原因。（霞绍晖初稿，舒大刚修订）

11. 谶纬类小序

西汉前期的经学，多是以经本为依据的简单、朴素的训诂之学。此种学术方式发展到成熟极致后，学术内部便要求新的变化。西汉儒者开始以儒家"天人合一"思想为核心，结合阴阳五行、天文历法等学问，开辟出一种儒家经典阐释新路数，即谶纬之学。儒者以谶纬学解释社会变革、朝代更迭，将政治与灾异、预言密切联系起来，既可作为批评政治的工具，又可论证现实政治的合理性，具有极强实用性。因此谶纬之学在西汉中后期产生以后至东汉时十分兴盛。

"谶"与"纬"原本有别。"谶"指对未来的神秘预言。如《史记·秦始皇本纪》载燕人卢生"奏《录图书》曰'亡秦者胡也'"，"亡秦者胡"即谶语，《录图书》即谶书。又如贾谊《鵩鸟赋》云"发书占之，谶言其度，曰'野鸟入室，主人将去'"，所引也是有预言功能的谶书。但在《河图》《洛书》流行以后，"谶"大多专指《河》《洛》文献，故《说文解字》云"谶，验也。有征验之书。河、洛所出书曰谶"。又由于谶书隐秘，故刘熙《释名》云"谶，纤（缬）也，其义纤微也"。

而"纬"是相对经而言，《四库全书总目·易类》案语："纬者经之支流，衍及旁义。《史记自序》引《易》'失之毫厘，差之千里'，《汉书·盖宽饶传》引《易》'五帝官天下，三王家天下'，注者均以为《易纬》之文是也。"刘咸炘《校雠述林·经传定论》认为："经之本训为织之纵丝，织物先立纵丝为本，而后加横线，则名为纬，经、纬之名因含正、副之义。"

谶是预言，多一语、一诗，或附一图；纬则长篇大论，多援经立论，其间有虚妄之说，但也有义理之论，体制显然有别。后来纬中引谶，谶语附纬，谶与纬又合流。不过亦有与经无关的谶，如后世《推背图》等属道教或其他方术文献。

《汉书·李寻传》载李寻说王根"太微四门，广开大道，五经六纬，尊术显士"，此处经、纬都指星象而言。范晔《后汉书》有"图纬""谶纬""七纬"等名称，这是汉以后的史家叙述。其他有关东汉的史料大多皆称"谶书""图谶""春秋谶""诗谶"；东汉早期著作如王充《论衡》、班固《白虎通义》等，也都不见"纬书"之称，此名称到东汉末才流行起来。纬书最初只指与六艺有关的经谶，与经无关的谶如《河图》《洛书》之类并不称纬。约自汉魏之际始，纬有时也包括《河》《洛》谶书。以纬指汉代的"经谶"，以谶指纬以外的《河》《洛》等其他谶书，就是现在流行的谶纬概念。

预言性的"谶"产生很早，但系统的依附经典的"纬"却产生偏晚。"谶"的起源可追溯到周秦以前，与上古巫史传统有渊源，如姜忠奎《纬史论微》云"人天鬼物，正变感应，其迹与术，尽在于斯矣"，"诸官之世业而史氏之遗籍也"；刘师培《左盦外集》之《谶纬论》亦云"盖史官失职，方技踵兴，故说杂阴阳，仍出羲和之职守，而家为巫史，犹存苗俗之遗风，是为方士家言，实与儒书异轨"。

附经或托圣而作的"纬"之出现，即形成系统的谶纬学及其文献，当在西汉哀帝、平帝时期。这时经学之中有齐、鲁学和今、古文学纷争，论争双方均需援引新的典籍依据来作为自己论点的支撑。同时社会面临许多矛盾，解决矛盾的方法众说纷纭，于是大量假托圣人而作的谶言、纬书就出现了。《四库全书总目》说："盖秦汉以来，去圣日远，儒者推阐论说，各自成书，与经原不相比附。如伏生《尚书大传》、董仲舒《春秋阴阳》，核其文体，即是纬书。特以显有主名，故不能托诸孔子。其他私相撰述，渐杂以术数之言，既不知作者为谁，因附会以神其说，迨弥传弥失，又益以妖妄之辞，遂与谶合而为一。"

从西汉末到东汉，谶纬对于当时的政治和学术都产生了巨大影响。自汉武帝后期起，西汉王朝就显出没落的趋势，昭帝、宣帝时有儒者公然要求刘氏禅让，《汉书·谷永传》记载谷永上书言"贱人将兴""王道微绝之应"。在这种汉家气运已衰的社会心理阴影笼罩下，王莽利用丹书白石、金匮铜符的预言之说制造舆论，最终替代了西汉政权。东汉光武帝刘秀建立政权也同样如此，《河图赤伏符》说"刘秀发兵捕不道，卯金修德为天子"，刘秀据此而起事、称帝。建武三十二年（56），光武帝又据《河图会昌符》《河图合占篇》中的谶文举行封禅大典，并于当年"宣布图谶于天下"。

此后光武帝命官制礼，也往往依图谶决嫌疑，并成为东汉一代的风气。在经学方面甚至以通"七纬"者为内学，通"五经"者为外学，当时之论咸以内学为重。如《隋书·经籍志》载汉明帝时，"诏东平王苍正五经章句，皆命从谶"。又如建初中诸儒于白虎观考详五经同异，章帝亲称制临决，讨论结果撰集为《白虎通义》，其中往往称引《孝经钩命决》等纬书，还多有无书名的经谶内容，说明当时讨论也以谶纬为标准。东汉献帝末年，曹魏群臣仍利用谶讳为曹丕代汉制造舆论。故可说谶纬之学于东汉最为鼎盛。

汉代一些古文学者反对谶纬，如桓谭认为图书谶记是当时巧慧技数之人所造，以欺惑贪邪，诖误人主（《后汉书·桓谭传》）；张衡认为谶书绝非圣人之言，是虚伪之徒所造，建议收藏图谶并禁绝之（《后汉书·张衡传》）。但不少古文学者也往往引谶纬为说，如贾逵上书言《左氏》与图谶合；郑玄尝从马融受图纬之学，并为之作注。而今文经学则与谶纬关系密切，如郑玄《六艺论》说"《公羊》善于谶"，何休作《公羊解诂》也多引《春秋纬》。汉代今文经说大部分已散亡，故纬书是我们今天了解汉代今文经学的重要资料。

灾异谴告说在后世的儒家话语中一直延续。但因谶纬是一把双刃剑，汉以后统治者出于政治需要，多次禁绝民间传习，所以谶纬文献大多亡佚。如《晋书·石季龙载记》云"禁郡国不得私学星谶，敢有犯者诛"；《魏书·高祖纪》云太和九年（485）诏"自今图谶秘纬及名为《孔子闭房记》者，一皆焚之，留者以大辟论"；《隋书·经籍志》云"宋大明中始禁图谶，梁天监已后，又重其制。

及高祖受禅，禁制逾切。炀帝即位，乃发使四出搜天下书籍与谶纬相涉者，皆焚之，为吏所纠者至死，至是无复其学，秘府之内，亦多散亡"。以上均可见从晋到隋对民间传习谶纬的禁绝情况。到宋代欧阳修还曾上书朝廷请求删去《九经正义》中的谶纬之说，于是谶纬文献逐渐散亡殆尽，直到元明以后方有博学好古者拾遗补阙、采辑佚文。

谶纬文献内容博杂，举凡天文、地理、历法、数术、制度、训诂等无所不包。东汉前期得到普遍承认的谶纬文献有八十一篇，其中《河图》《洛书》四十五篇，纬书三十六篇。此外还有《尚书中候》及《论语》《孝经》等杂谶纬。具体的篇目有《易纬》之《稽览图》《乾凿度》《坤灵图》《通卦验》《是类谋》《辨终备》，《书纬》之《璇玑钤》《考灵曜》《刑德放》《帝命验》《运期授》，《诗纬》之《推度灾》《氾历枢》《含神雾》，《礼纬》之《含文嘉》《稽命征》《斗威仪》，《乐纬》之《动声仪》《稽耀嘉》《汁图征》，《孝经纬》之《援神契》《钩命决》，《春秋纬》之《演孔图》《元命包》《文耀钩》《运斗枢》《感精符》《含诚图》《考异邮》《保乾图》《汉含孳》《佑助期》《握诚图》《潜潭巴》《说题辞》，《尚书中候》之《敕省图》《握河纪》《运衡》《考河命》《题期》《立象》《义明》《苗兴》《契握》《洛予命》《稷起》《我应》《洛师谋》《合符后》《摘洛戒》《霸免》《准谶哲》《觊期》，《论语谶》之《比考谶》《撰考谶》《摘辅象》《摘衰圣》《素王受命谶》《崇爵谶》《纠滑谶》《阴嬉谶》。至于《孝经》杂谶，数量更多，达数十种。

元明之际陶宗仪《说郛》一百二十卷本中辑有纬书《尚书纬》《春秋纬》《易纬》《礼纬》《乐纬》《诗纬》《孝经纬》等七经纬及《河图》《洛书》共35种。明代孙瑴《古微书》开谶纬专书辑佚之先河，辑有七经纬及《论语谶》《河图》《洛书》共70种。清代有赵在翰辑《七纬》，以七经纬35种为主，并有《总叙》一篇，《叙录》7种，《叙目》37种。又有乔松年辑《纬攟》，辑七经纬及《尚书中候》《论语谶》《河图》《洛书》共131种。今人辑佚以日本学者安居香山、中村璋八所辑之《纬书集成》较为完备，除辑七经纬及《尚书中候》《论语谶》《河图》《洛书》共177种外，还附有篇题解说和《历代史书和笔记中的谣谶》《中国大预言九种》。

《儒藏》"经部·谶纬类"收入的文献有5部，均是元明以后的辑佚之作，至此我们可以归纳本节之要点：谶纬作为汉代经学的一个组成部分，对当时政治、文化产生了极大影响，形成不少文献。晋南北朝以后，由于官府禁令和学术转向，谶纬文献逐渐澌灭。明清以来，一些学者搜奇好古、辑佚考存，对已散亡的谶纬文献做了搜集整理工作。这上5种辑佚文献基本可以包含现存谶纬文献。《儒藏》经部将其收入，保存了珍贵的文献资料，以为深入研究汉代经学、理解儒学的不同面貌之研究基础。（汪舒旋初稿，舒大刚修订）

五、"论部"叙论

（一）"论部"分序

　　"论部"著录儒学诸子类、理论性文献，包括传统目录"子部"的儒家类，以及其他部类中以"论"的形式出现的文献，诸如讨论礼教、政治、哲学、伦理，乃至史学、文学等理论性著作。无疑，《论语》《孟子》是儒家诸子文献之鼻祖，亦属"儒论"文献，但《论语》在汉代已入"六艺略"，《孟子》在宋代已入"经部"，均为"十三经"之一，因此本编不再收录。

　　"儒论"文献是一个动态发展的过程。《庄子·天下篇》曰："《诗》以道志，《书》以道事，《礼》以道行，《乐》以道和，《易》以道阴阳，《春秋》以道名分。其数散于天下而设于中国者，百家之学时或称而道之。"明确道出"六经"向"诸子"转化的过程。其中"百家之学"即是包括儒家在内的诸子著作。

　　自孔子创立儒学，后学沿波，历 2500 年，其间流派众多，学术各异。孔门四科有“德行、言语、文学、政事”之别。《韩非子·显学》说孔墨之后，“儒分为八、墨离为三”。《荀子》亦有“非十二子”之说。自后“子学”演为“经学”，“汉学”变为“宋学”，宋学之中又有“朱陆之争”，心学之内又有“陆王之别”，时代既异，学术亦变，道既不同，谋亦异趋。古之儒者，立身行己，诵法先王，通经致用而已。后世学人，自命圣贤，穷性尽命，务极造化，遂蹈于虚玄之境。于是“性理”与“道命”日兴，“心学”与“理学”呈能。于是言道德者有之，言政事者有之，言性理者亦有之，言经学者亦有之。自昔孔门有“君子儒、小人儒”之分、“尚思派、博学派”之别，孔子之后又生“实用家、玄学家”等派，儒学风格既变，儒家理论亦繁，儒家的子部文献在数量上也是日益激增，在内容上、主题上都异常丰富。

自从汉代“罢黜百家”后，儒学理论由一个观念性、学术性的伦理道德思想体系，逐渐具有了国家意识形态性质，成为封建统治者用以维护社会等级秩序、协调人际关系从而保障社会稳定的基本理论工具。与儒学的国家意识形态性质相一致的，是儒学功能的广泛扩展，从内政外交到礼仪刑制，从职官设置到风俗器物、政治、经济、法律、文化、教育，乃至人们的衣食住行，无不渗透并体现出儒学思想理论的规范和影响，从广泛的意义上说，经、史、子、集四部中的大部分著作，都与儒学理论相关。《汉志》说，诸子百家“合其要归，亦六经之支与流裔”，虽然说的是先秦诸子状况，对于后世诸学亦复如是。《隋志》将兵谋、术数与乎医方等书皆归子部，视其为"圣人之道"在"治世"时表现出来的"圣人之政"，儒之影响中国文化者固亦深且远矣。

《汉书·艺文志》"诸子略"所录儒家著述，率以"德行、政事、言语、文学（即经学）"为主旨，是时"儒家"诸子尚以讨论道德、政事等基本问题为主。进入魏晋以后，儒学诸子一方面积极入世、热情救世，其理论探讨日益深入，遍及社会、政治、礼仪、教化等各个领域，同时由于玄、佛、道等浸淫，使儒家最关注的课题产生变化，涌现出许多专题性、玄理性文献。此时儒学子书（或保存在其他文献中的儒学著作），无论数量上还是主题上，都大别于前，已不宜只用一个"儒家"来概括了。编纂《儒藏》如果只笼统以"儒家类"（或"儒学类"）来收录，势必杂乱无章，主题不明，著录无序，使利用的读者求书无门。

《汉志》"儒家类"著录《子思》《曾子》至《刘向所序》《扬雄所序》51种，所录书籍皆以姓氏称，表明该作品系作者一生著述之集成，余嘉锡有言，"古之诸子即今之文集"也。不过这种情况在汉代已有改变，《汉志》所录"儒家"诸子已出现专题文献和个人丛书等情况，据班固自注，《周政》系"周时法度政教"，《周法》系"法天地立百官"，《河间周制》"似河间献王所述（周时制度）"，《谰言》系"陈人君法度"，《功议》系"论功德事"。又据颜师古注，《周史六弢》系"言取天下及军旅之事"，桓宽《盐铁论》系"孝昭与诸贤良文学论盐铁事"。据此可知，《汉志》所录已经不是纯粹的先秦儒家思想性子书，而兼及旧史、官制、法度、政事、经济等内容了。此外《汉志》还将个人所著丛书如"刘向所序""扬雄所序"也列在"诸子略"的"儒家"中，"刘向所序"共67篇，内含《新序》《说苑》《世说》《列女传颂图》；"扬雄所序"38篇，内含《太玄》《法言》及三篇《乐》和两篇《箴》，内容已经显与先秦子书有很大区别。

唐初修《隋书·经籍志》，"子部·儒家类"在著录《曾子》至《志林新书》《要览》《正览》等传统子书的同时，还著录《诸葛武侯集诫》《众贤诫》等格言汇编，和《女篇》《女鉴》《妇人训诫集》《妇姒训》《曹大家女诫》《贞顺志》等闺训。自后儒家著述，都是历代艺文经籍志子部首当著录的内容，其数量和内涵都越来越多。《旧唐书·经籍志下》有"儒家"子书80部，《新唐书·艺文志》有92部，马端临《文献通考·经籍考》有90种，郑樵《通志》有124种，《宋史·艺文志》有169部。

后世儒家诸子著作，不仅数量庞大，而且主题和类别也日益繁赜。特别是宋代之后，儒者刻意标新立异，文献激增、主题纷繁，层出不穷。《四库全书总目》谓："至宋而门户大判，仇隙相寻，学者各尊所闻，格斗而不休者，遂越四五百载。"《明史·艺文志》仅录有明一代儒家子书，已达140部。《四库全书》精选历代儒家类著作，入录者112部，存目者307部，共计400余部。《中国丛书综录》仅录收入丛书的儒学子书，共计1100多种，由于先秦与后世子家旨趣各别，编者不得不分"儒家"（传统儒家）、"儒学"（性命理义）两类来处理之。

　　大致而言，在大量儒论文献中，既有"诵法先王之道"的儒家所写"成一家之言"的理论高深的书籍，也有出于教化和经世目的而针对君臣、吏员、民众和童蒙的政论、官箴和训蒙文献，呈现出由"雅"到"俗"、从"论"而"治"的扩展规律。郑樵《通志》"儒术类"，除传统的儒家诸子外，还有家训（如《颜氏家训》《诫子拾遗》《司马温公家范》《先贤诫子书》等）、心性（《至性书》《四部言心》等）、政论、官箴（《序志》《帝范》《天训》《臣轨》《百寮新诫》等）、谏书（《魏徵谏事》《谏苑》《谏林》等）、格言（《诸经纂要》《经史要录》等）、法语（《五经妙言》《六经法言》《群书治要》等），已远远突破《汉志》《隋志》的传统"儒家"范围。

　　为符合儒学文献的历史实际，《儒藏》"论部"首先要考虑儒家子书的具体类型，努力构建"儒论文献"新体系。根据上述"儒论文献"内容和范围，《儒藏》"论部"所收书籍，已经突破传统四部中"子部·儒家"的范围，而将散布于四部各处。就此而言，传统"子部"著录体系只有参考价值，不能照搬硬套，否则难以自适其例。如果只就四部子部来选录儒论文献，那么被《隋书·经籍志》著录在经部"《论语》类"的《孔丛子》《孔子家语》，和经部"小学类"的蔡邕《劝学》、晋束皙《发蒙记》、晋顾恺之《启蒙记》等蒙学文献，著录在"史部·传记类"的明岌《明氏家训》；被《明史·艺文志》著录在"经部·小学类"的周思兼《家训》、孙植《家训》、吴性《宗约》《家训》、杨继盛《家训》

等训蒙文献，和洪武敕编《女诫》、王敬臣《妇训》、黄佐《姆训》、王直《女教续编》等女诫文献，以及著录在"史部"的《御制官箴》《为政要录》《醒贪简要录》《臣戒录》《存心录》《省躬录》《精诚录》等政治理论、为官之道等文献，便统与"儒论"无缘矣。至于著录在"四部"分类法"子部·儒家类"的著作，自来缺乏专题分类，更是传统目录书普遍存在的问题，这极不利于真实客观地反映儒论文献的实际，也不利于儒学专题研究的深入进行。

郑樵曾言："类例既分，学术自明。"儒学研究亦是如此。儒家是承前启后、研旧开新之学，欲凸显和发展儒家"祖述尧舜，宪章文武"的传世功能和学术特征，我们必须讲明儒家以专经研究为途辙的经部文献。欲继承和弘扬儒家"助人君，顺阴阳，明教化"的应用功能和济世目标，我们必须清理和探讨儒家讨论政治、教化、心性、礼乐等方面的著述。这就必然突破传统子部儒家类的范围，必须进行儒论文献著录体系的新探索。

《儒藏》编纂作为儒学文献的专题整理，首先应对儒学各类文献进行专题性清理和探讨，以便客观反映儒学文献的历史实际。同时还必须适应当代学术研究的需要，向读者和研究者提供方便实用的专题资料。为此，我们借鉴佛藏、道藏著录体系的有益要素，将"儒论文献"分成五大类别予以著录。

历代沿袭先秦儒家"游文六经，留意仁义"特征的著述被归于"儒家类"；宋代之后专讲心性、命理的儒学理论著作归为"性理类"；以礼乐教化为内容的著作归为"礼教类"（其下又分"蒙学""劝学""女教""家训""俗训""乡约"等）；以儒理议政言治的著作归结为"政治类"（包括"政治理论"和"为官之道"）。而将主题不一，内容不纯，或议及百科，或事涉三教的著作归入"杂论类"（此类下又分"杂说""杂考""杂论"。参见舒大刚：《试论〈儒藏〉"论部"的分类方法》，载《古籍整理研究学刊》2006年第1期）。

从文献分布上看，"儒家类""性理类"大致相当于传统目录"子部·儒家类"。"政治类"中讲政治理论的多著录在子部，讲为官之道的则多著录在"史部·政书类"。"礼教类"的"蒙学""劝学""女教"多在经部小学类，"家训""俗训""乡约""劝善"等则在子部儒家类。"杂论类"的"杂说"多入子部杂家，"史论"分散在史、集二部，"杂考"则多在"史部·杂史类"。以上是就儒学理论专著而言的，由此编成的将是专题性儒家子学丛书。此外，还可以根据这一分类方法，将分散在集部的儒学论文辑编成专题论集，如《劝学集》《家训集》《闺训集》《劝善集》《乡约乡规》《忠谏集》《君道集》《臣事集》《诸儒鸣道集》《儒学博考》等，既为前贤保存更多的专题性理论文献，也为研究者从事专题研究提供更多的求书方便。《儒藏》"丛书"兼"类书"的编纂体例，在"论部"可以得到更加充分的发挥。

（二）"论部"小序

1. 儒家类小序

"儒家"者，孔子创立并其后学总称之学派也。《庄子·天下》云："古之人其备乎！配神明，醇天地，育万物，和天下，泽及百姓，明于本数，系于末度，六通四辟，小大精粗，其运无乎不在。其明而在数度者，旧法世传之史尚多有之。其在于《诗》《书》《礼》《乐》者，邹鲁之士、缙绅先生多能明之。……其数散于天下而设于中国者，百家之学时或称而道之。"其所谓"邹鲁之士缙绅先生"，即儒家；"百家之学"即是诸子。《庄子·渔父》又通过子贡之口评价孔子说："夫仲尼者，性服忠信，身行仁义，饰礼乐，选人伦，上以忠于世主，下以化于齐民，将以利天下。"可见儒家是有经典、有理论、有徒众的学派。

儒家学派形成之前，古代社会贵族和自由民分别通过"师"与"儒"来接受传统的社会化教育。贵族教育以《诗》《书》《礼》《乐》德行为主："顺先王《诗》《书》《礼》《乐》以造士。春、秋教以《礼》《乐》，冬、夏教以《诗》《书》。"（《礼记·王制》）"以乐德教国子：中和、祗庸、孝友。以乐语教国子：兴道、讽诵、言语。"（《周礼·春官·宗伯》）"教三行：一曰孝行，以亲父母；二曰友行，以尊贤良；三曰顺行，以事师长。"（《周礼·地官·司徒》）平民教育以"乡三物"为主："以乡三物教万民而宾兴之：一曰六德，知、仁、圣、义、忠、和；二曰六行，孝、友、睦、姻、任、恤；三曰六艺，礼、乐、射、御、书、数。"
（《周礼·地官·司徒》）春秋时代，周王室衰微，皇族子弟之
师及贵族成员散落民间，或以教授经书为生，或因谙习礼仪而成
为人家婚丧嫁娶、祭祀或其他礼仪之襄礼（司仪），当时习称"儒"，
而非学派。《周礼·天官》："四曰儒，以道得民。"孔子曾对
子夏云："汝为君子儒，毋为小人儒。"（《论语·雍也》）《扬
子·法言》云："通天地人曰儒。"《说文解字》："儒，柔也，
术士之称。"《汉书·司马相如传》颜师古注云："凡有道术者
皆称儒。"均以知识技艺名之。孔子论次《诗》《书》，修起《礼》
《乐》，赞《易》，作《春秋》，通过复兴周朝礼乐官学传播王
道之教，下学而上达，君子小人节以德行而区别，象征性地打破
了旧统治阶级垄断教育的局面，"学在官府"下移为"有教无类"
之"学在民间"，使传统文化教育播及到整个民族及周边地区。《礼
记》有《儒行》篇，或为孔子后学自我标榜为儒家之最早记录。

　　《汉书·艺文志》"诸子略·儒家类"曰："儒家者流，盖
出于司徒之官，助人君顺阴阳、明教化者也。游文于六经之中，
留意于仁义之际，祖述尧舜，宪章文武，宗师仲尼，以重其言，
于道为最高。"《汉书》定义的儒家，全盘继承了孔子的主体精
神。综合二者可见儒家的基本风格：儒家的功能是帮助人君（"助
人君""忠于世主"）、顺应天地之道（"顺阴阳"）、宣明道
德教化（"明教化""选人伦""化齐民""利天下"）；儒家
所研习的经典是"六经"（"饰礼乐"），儒家宣扬的纲领是"仁

义"（"服忠信""行仁义"），儒家继承的道统是尧、舜、禹、汤、文王、武王和周公，其创教祖师则是孔子。可见，儒家以经典为本、仁义为纲、忠信为行、民众为对象、继承传统文化的特色，具有明显的历史继承性、现实关怀和实践智慧。后世儒者，或侧重诂经，或侧重玄谈，或侧重义理，或醉心考据，于是而有经学、玄学、理学、朴学之别，以因应时代问题，而于体现通经致用、淑世济人本真精神的孔孟之道，或有所失落，或有所偏颇。

今所谓"儒家类"者，即孔孟一派传统儒家，此外儒学之他类，则传统儒家之流衍嬗变。《儒藏》于论部专列儒家类一目，将保持孔孟传统儒家本来特色的儒学文献归入"儒家类"，置于论部之首，而将其他儒论文献另归他目，如将宋元以来致力"心性"探讨的儒学文献归入"性理"类，如此等等，皆明儒学传承首在表彰孔孟之道者也。

关于儒家群体的记录和评价，至战国时已经成气候，从他们的描绘中，不难看出先秦儒家类学术的规模和雏形。《荀子·非十二子》批判先秦各学派代表人物它嚣、魏牟、陈仲、史鳅、墨翟、宋钘、慎到、田骈、惠施、邓析、子思、孟轲等12人，而推崇仲尼（孔子）、子弓（孔子弟子）之学说。《韩非子·显学》认为"世之显学，儒、墨也"，"儒之所至，孔丘也"，"孔、墨之后，儒分为八，墨离为三"，并详述先秦儒家学术传承："自孔子之死也，有子张之儒，有子思之儒，有颜氏之儒，有孟氏之儒，有漆雕氏之儒，有仲良氏之儒，有孙氏之儒，有乐正氏之儒。"

《荀子》所称子思、孟轲、子弓和《韩非子》所言八派儒家后学，后世皆归为儒家类。而孔子与包括儒家后学在内之战国诸子，皆有所区分。

《史记》开辟了正史中为儒家立传的修史传统。《孔子世家》以诸侯王规格为儒家宗师孔子立传，《仲尼弟子列传》为孔子弟子立传，《孟子荀卿列传》为孟子、荀子等先秦儒家代表人物立传，《儒林列传》为西汉儒家诸子立传，还为儒家叔孙通、陆贾、贾谊等和包括文翁在内的儒家教化楷模循吏专门立传。然而《史记·太史公自序》所载司马谈《论六家要旨》，"阴阳、儒、墨、名、法、道德"六家，对前五家各有褒贬，其论儒家云："儒者博而寡要，劳而少功，是以其事难尽从；然其序君臣父子之礼，列夫妇长幼之别，不可易也。"而独称颂道家集众所长："道家使人精神专一，动合无形，赡足万物。其为术也，因阴阳之大顺，采儒墨之善，撮名法之要，与时迁移，应物变化，立俗施事，无所不宜，指约而易操，事少而功多。"又比较儒道之优劣："儒者则不然。以为人主天下之仪表也，主倡而臣和，主先而臣随。如此则主劳而臣逸。至于大道之要，去健羡，绌聪明，释此而任术。夫神大用则竭，形大劳则敝。形神骚动，欲与天地长久，非所闻也。"盖武帝"推明孔氏、表章六经"之前，黄老思想为时代文化主导，之后则代之以儒家思想。

将儒家类文献作为专门著录，最早出现在《汉书·艺文志》。刘向、刘歆父子校书，《别录》《七略》相承，班固《汉书》录之，于是以儒家核心经典列为《六艺略》，而儒家诸子著录列为《诸子略》之首。其中除《晏子》之外，皆孔子弟子后学、儒家学者著述，计53家，836篇。通过对儒家著作的整理和叙录，《汉志》对儒家的基本特征进行了较准确的定义。

隋唐以后，“经史子集”四部分类法正式确立。从唐代所修《隋书·经籍志》直至清代《四库全书》，儒家类著述皆列为子部之首。然而典籍或有散亡，儒家经典范围或有拓展，或著录原则变化，著录书籍有所变动。《孟子》在宋代随“四书”升格为经，《孟子》即从子部转入经部。《孔子家语》在《汉书·艺文志》中归入《六艺略》的《论语》类，而清修《四库全书》归入儒家类。《隋书·经籍志》儒家有《太玄经》，而《四库全书》不录。

《四库全书》“子部·儒家类”小序云：“古之儒者，立身行己，诵法先王，务以通经适用而已，无敢自命圣贤者。王通教授河汾，始摹拟尼山，递相标榜，此亦世变之渐矣。迨托克托等修《宋史》，以道学、儒林分为两传。而当时所谓道学者，又自分二派，笔舌交攻。自时厥后，天下惟朱、陆是争，门户别而朋党起，恩雠报复，蔓延者垂数百年。明之末叶，其祸遂及于宗社。惟好名好胜之私心不能自克，故相激而至是也。圣门设教之意，其果若是乎？今所录者，大旨以濂、洛、关、闽为宗。而依附门墙，藉词卫道者，则仅存其目。金谿、姚江之派，亦不废所长。惟显然以佛语解经者，则斥入杂家。凡以风示儒者无植党，无近名，无大言而不惭，无空谈而鲜用，则庶几孔、孟之正传矣。儒家类一百十二部，一千六百九十四卷，皆文渊阁著录。儒家类三百零七部，两千四百七十三卷，内二十部无卷数，皆附《存目》。"

又其按语云："故王圻《续文献通考》，于儒家诸书，各以学派分之，以示区别。然儒者之患，莫大于门户。后人论定，在协其平，圻仍以门户限之，是率天下而斗也，于学问何有焉。今所存录，但以时代先后为序，不问其源出某某，要求其不失孔、孟之旨而已。各尊一继祢之小宗，而置大宗于不问，是恶识学问之本原哉！"其收书集儒家类书籍大成，著录原则但以不失孔孟之旨，然彼时虽欲去门户之见，仍有当时鲜明官学立场取舍，非儒家诸子著述之总集也。

《儒藏》亦于三藏之一《论部》之首设"儒家类"一目，以《四库全书》"子部·儒家类"著录为基础，增以晚近辑佚儒家书籍，扩以儒家出土文献和《四库全书》编纂之后大儒名著，去其重复，取其善本，收入 90 部儒家类著作，以反映 2000 余年孔孟传统儒学一脉诸子著述概貌。（吴龙灿初稿，舒大刚修订）

2. 性理类小序

"性理"之名，其来远矣，而专指人性与天理，则自宋儒始。

自孔子创立原初儒家，思、孟继统，荀子异趣，董、韩嗣音，传统儒学经历先秦兴盛，两汉独尊，魏晋式微，隋唐渐起，其间与佛、道二教此消彼长，相互融合，逐渐弥补了自身思辨性不足之先天缺陷，终于迎来了宋明理学的崭新阶段。宋儒突破孔子"性与天道，不可得闻"之藩篱，言必举理称性，直究天人，实现了理论形态上的变异。虽然究其源头，皆承袭原初儒家而来，故又称"新儒学"，然在宗旨体系上毕竟已经脱胎换骨，面目迥异。故《宋史》列传于"儒林"之外，首列"道学"之目，虽遭非议，良有以也。

与依本经典、讲明仁义为本体的儒家经学异趣的是，"性理"诸儒是以明理（或明道）为本位，故又称"理学"或"道学"；这种学术正式形成于宋代，又称"宋学"。"性理之学"还包含元、明二代以及清之"新宋学"。宋儒继承发展中唐以来"新文学""新史学"和"新经学"思潮，形成宋人自己的学术风格。在理论方面，建立了新的儒学"心性论""理气论""功夫论"，以抗衡佛、道二教的挑战。在经学方面，舍弃繁琐的章句注疏，直探经典的本义，重视对儒学义理的阐发；并对儒家经典展开辨疑，清除其中的"伪经""伪说"。在方法上，儒家汉学治经重章句训诂之学，注重师法、家法；宋儒则趋向义理探索，不太重视名物训诂、经师旧说。在经典体系上，宋儒重视传记类经学文献，真宗、仁宗朝已将《礼记》之《儒行》《大学》《中庸》抽出分赐新科举子，司马光率先著有《大学说》《中庸说》，至二程乃将《大学》《中庸》与《论语》《孟子》并列，构成"四书"体系，推为士人入德之门、读经之阶；朱熹更用平生精力为"四书"撰写"集注""章句"，同时对《孝经》大加删削贬低，彻底改变了汉、唐以来形成的由《论语》《孝经》而"五经"的治经路径。在学术传承上，宋人也改变汉唐以来周孔、孟荀、董扬、贾马、许郑之传，超越汉唐诸儒而上之，直接尧舜、禹汤、文武、周公、孔孟，形成新的"道统"传承。在文献上，与汉唐儒重视"注疏"文献不一样，宋学更重视便于阐发自己思想学术的"说经体"和"语录体"。清人汇刻的《通志堂经解》以及丰富多彩的"语录"文献即"宋学"成就之代表。

这些风气一直影响于元朝，盛行于明朝，其流风余韵直至清之末叶。有元国祚不长，理学正宗地位却得以建立。其初期得宋、金之遗献遗贤，如元好问、姚枢、赵复、王谔、赵孟頫、许衡、吴澄、程钜夫诸人，皆俨然有大儒气象，他们通过居家讲学或学校传授，首开元代儒学之局。特别是赵复其人，对朱子之学传入北方、最终取得统治地位功劳最大。蒙古贵族通过他们接触到以朱子为代表的儒学，从而有助于蒙古族的汉化，也有助于朱子"理学"成为中国儒学的正宗；但相对于汉唐经学的精深，宋代理学的多样，元世却远远不及。

明代儒学，承宋元之绪，以程朱理学为正统。洪武十七年（1385）规定，乡、会试《四书》义以朱熹《集注》，经义以程颐、朱熹等注解为准，程朱之学由是全方位成为官方学术。明成祖也提倡程朱理学，命胡广等采摘宋儒一百二十家著作，编成《性理大全》，阐发理学观点；又命纂辑《四书大全》《五经大全》，作为士人应试科举者的必读之书，皆是以程朱注义为本。明初著名儒学家有宋濂、方孝孺、曹端、薛瑄、吴与弼、胡居仁等，皆是理学的中坚；特别是明之科举，定朱子《四书章句集注》及二程学说为准的，理学更成为衡士标准、真理典则，更加深入人心。直至明朝弘治、正德年间，王守仁远承宋儒陆九渊"心学"，倡导"心外无理"，以向朱子理学开战，形成"王学"，突破朱学一统天下、控制人心之局面。同时，出于对"八股""讲章"之学的反动，对汉儒征实学风的回归，嘉靖、隆庆以后，杨慎等人号为博雅，常常引据古说以驳难宋儒。至明末，钱谦益倡言古注疏之学，特别是顾炎武等由明入清的硕儒，将此风极力扇扬，渐成气候，实开乾嘉考据学之风气。

清代儒家"经学"与宋儒"性理学"并行。一方面，清人正统思想依然是"宋学"，清代官方意识、科举考试和官学教育，仍然维持程朱理学独尊格局；另一方面，在民间书院、岩壁山野和学人书斋中，却推崇自明末清初以来形成的朴学风格，他们崇尚许郑、讲究实证，于是在性理学特色之外形成了笃实厚重的"新汉学"，此是后话。

与此相应，在文献著录上，亦有如明永乐中将传统儒家五经文献和性理文献编为《五经大全》和《性理大全》之举，《续文献通考》也将儒学文献"各以学派分之，以示区别"。《中国丛书综录》也将传统儒家文献和性理类文献分列于子部"周秦诸子之属·儒家之属"和"儒学类·性理之属"，阅读研究，称方便焉。

今编纂《儒藏》，沿袭先贤成例，于"论部"下分列"儒家""性理"二类，前者收录先秦以下历代沿袭儒家"游文于六经之中，留意于仁义之际"为特色的著述，后者收录以宋、明儒为代表的"究心于心性气质，畅言乎天理道命"的作品，庶几名副其实，以示区别。

本类选收自宋至清性理类要籍 135 种，而以清末民初刘师培《理学字义通释》殿焉。逐种精加整理，各冠提要，以便使用。虽仅九牛之一毛，然亦全豹之一斑。读者详之。（郭齐撰稿，舒大刚审定）

3. 政治类小序

"政治"一词，在中国经典古籍中出现甚早，《尚书·毕命》："三后协心，同底于道，道洽政治，泽润生民。"《孔传》云："三君合心为一，终始相成，同致于道。道至普洽，政化治理，其德泽惠施，乃浸润生民。"此"政治"之义，乃谓"政事教化与治理"。《周礼·遂人》："凡事，致野役，而师田作野民，帅而至，掌其政治禁令。"此"政治"之义，则谓治理国家所施行的各种措施及典章制度。

上述中国古代典籍所载"政治"之含义，与现代意义的"政治"一词，在内容和范畴上虽然不尽相同，但亦有相当的关联。就中国古代政治的内容而言，涉及国家、权力、典章制度以及各类政治现象、政治行为、政治体系诸多方面，其内容极为宽泛，举凡权力之争夺，政权之巩固，政策之制定与法律措施之颁布，以及建立制度、设官分职、教化百姓、军事战争、对外交往以及政治思想等等，皆属政治之范畴。

以此观之，传统四部书目中史部著录之典籍，皆可视为政治史史料，马端临《文献通考·总序》在论述古代史学的范围时说："太史公号称良史，作为纪、传、书、表，纪、传以述理乱兴衰，八书以述典章经制，后之执笔操简牍者，卒不易其体。"而《四库全书总目》史部的类目设置，正是遵循这样的原则，所谓"今总括群书，分十五类，首曰正史，大纲也；次曰编年，曰别史，曰杂史，曰诏令奏议，曰传记，曰史钞，曰载记，皆参考纪传者也；曰时令，曰地理，曰职官，曰政书，曰目录，皆参考诸志者也；曰史评，参考论赞者也"。由此可见，中国古代史籍，不论是载人、叙事、记载典章制度乃至道德伦理，皆紧紧围绕着"政治"这个核心展开。简而言之，古代政治史的内容，主要包括"治乱兴衰"和"典章经制"两个方面。然类而别之，上述政治类的文献，盖又有所谓形而下者之"器"与形而上者之"道"的差别，所谓"器"者，就是记载政治事件、政治制度、历史人物等客观材料；所谓"道"者，则是以儒家为主体的各代学者等议政言治亦即阐述其政治主张、政治思想的资料，属思想系统之范畴。《儒藏》"论部·政治类"所收录的有关政治方面的文献，即属后者。

众所周知，儒家学派自诞生之日，就高度关注和积极参与现实政治之中，所谓"助人君顺阴阳、明教化"（《汉书·艺文志》）。孔门四科：德行、言语、政事、文学。"政事"即"经世先王"之志，力倡"仁政德治"之说，为儒家一贯不二之法门。《庄子》概括儒学为"内圣外王"之道，正是孔门"德行""政事"二科进一步发展的结果。具体到儒学在现实社会生活中之作为，德行即谓修身齐家，政事即谓治国平天下。故"政事"乃儒门四科之一，"治平"乃《大学》至高之教，《周官》《为政》曾载于周公之《书》，《周制》《周法》亦著于《汉书》之"志"，说政言治固为儒者专门，因此，儒学不仅仅是修己安人之学，更是关注社会政治的学问。如《论语》所反映的孔子的政治主张、伦理思想、道德观念等，以及孔子在政治生活中的诸多作为，对中国古代政治和社会以深刻的影响。后世文事日兴，制度愈密，儒学政治思想的影响亦更加广泛和深入。

纵观中国古代政治思想史，儒学作为对中国政治走向影响最为深远的学术思想，深深地渗入国家政治生活之中，由此形成了儒学主导下的政治学说和政治制度，成为中国古代政治学说的主流。因为，儒学政治思想是整个儒学学术思想体系不可或阙的一个方面，亦是儒学经世致用的具体体现。儒学有关政论性的文献，正是构成《儒藏》文献的一个重要方面。具体言之，《儒藏》"论部·政治类"包括"政治理论"和"为官之道"两方面的主题，亦即儒家政治理论及官箴性文献。

政治理论文献。此类文献涉及的内容极为广泛，代表了历代儒家学者对历史和现实政治中有关经济、政治、社会、文化、军事、外交等方面的基本观点和价值取向，而这些观点和价值取向，又对中国古代社会的政治演变及历史发展进程产生了重大的决定性影响。

就内容而言，《儒藏》"论部·政治类"中之政治理论文献大致包括如下两个方面：其一，从总体或某一方面论及国家政治、经济、军事等大政方针的文献。如汉桓宽《盐铁论》，虽名为盐铁会议的文献汇编，但它涉及了当时国家大政方针如经济、政治、社会、军事等诸多领域的议题，很多中国政治史及经济史上的重大问题如本与末、官营与私营、集权与分权，以及德刑、义利、御边等，皆涵盖其中，是研究汉代社会状况以及政治和经济思想的重要文献。又如东汉荀悦《申鉴》"其所论辨，通见政体"（《后汉书·荀悦传》），吴兢《贞观政要》"于《太宗实录》外，采其与群臣问答之语，作为此书，用备观戒，总四十篇。……太宗为一代令辟，其良法善政，嘉言媺行，胪具是编，洵足以资法鉴"（《四库全书总目》卷五一）。《太平经国书》"发挥《周礼》之义，其曰《太平经国书》者，取刘歆'周公致太平之迹'语也。……皆以周官制度类聚贯通，设为问答，推明建官之所以然，多参证后代史事以明古法之善"（《四库全书总目》卷一九）。明辛全《衡门芹》则专论治天下之法，而清初黄宗羲《明夷待访录》对封建的专制集权体制做了全面深刻的批判，将儒家的民本思想提高到一个崭新的高度。类似的文献如唐张九龄《千秋金鉴录》、元苏天爵《治世龟鉴》、明陆燿《切问斋文抄》、陈建《治安要议》、陈龙正《政书》、朱健《古今治平略》、鲁论《仕学全书》、杨昱《牧鉴》、吕坤《实政录》，清陆次云《山林经济策》、包世臣《齐民四术》、王韬《治安八议》、薛福成《筹洋刍议》、郑观应《增订盛世危言新编》、陈虬《治平通议》、贺长龄和魏源《皇朝经世文编》等。

此外，比较集中、全面阐述儒家政治、经济、军事等思想的是诏令奏议类文献。此类文献历来被视作历史研究之史料，故目录学家多隶史部（奏议亦隶集部），然正如《四库全书总目·诏令奏议类序》所说："夫涣号明堂，义无虚发，治乱得失，于是可稽，此政事之枢机，非仅文章类也，抑居词赋，于理为亵。《尚书》誓诰，经有明征，今仍载史部，从古义也。"按诏令为封建皇朝以皇帝名义所发布之文书文告，历代政典朝纲、国政民情，悉载其间，具有法律的强制性、内容的多样性及资料的原始性之特征，它所蕴含在治国方略中的一系列政治思想，体现了历朝占统治地位的官方的政治意识形态，以及中国古代政治制度和政治思想发展的大势，是探讨儒学思想渗入现实主流政治的最直接亦最丰富的史料。

现存较有代表性的诏令文献有北宋宋敏求所编《唐大诏令集》一百三十卷，林虑编、楼昉续编《两汉诏令》二十三卷，南宋无名氏编《宋大诏令集》二百四十卷等。奏议文献不仅从更为宽广的领域展现了中国政治发展的进程，而且蕴含了更多元、更丰富的儒家政治思想。特别是伴随着自隋代以来科举制度的不断完善和发展，越来越多的受到儒家思想文化熏陶的士大夫进入了中央和地方权力阶层，形成了独具特色的文官政治体制。任职于各级政府机构中的儒家士大夫，以儒家学说为指导，结合任职所处的具体情形，在政治、经济、军事、法律、外交、学术文化等诸多领域提出了各自主张，构成了内容广泛、纷彩夺目的儒家政治思想，体现了儒家政治学说中经世致用、与时俱进的时代特征。

　　奏议类文献数量极多，其中具有代表性的如唐陆贽《唐陆宣公奏议》；宋范仲淹《政府奏议》，欧阳修《欧阳文忠公奏议》；元许衡《许文正公奏疏》；明于谦《少保于公奏议》，刘宗周《刘蕺山奏疏》，王恕《王端毅公奏议》；清汤斌《汤子遗书》，林则徐《林文忠公奏议》，曾国藩《曾文正公奏议》，张之洞《张文襄公奏议》等，以及具有总集性质的奏议文集如宋赵汝愚编《宋名臣奏议》，明杨士奇、黄淮等编《历代名臣奏议》等。需要特别说明的是，由于书籍体制原因，诏令奏议类文献有很大部分归入传统四部法的集部之中，尚需研究者进一步的分类整理和发掘。

　　其二，论述为君为臣之道的文献。君臣关系是儒家政治学说中的重要内容，是儒家礼制学说在现实政治中的具体体现。齐景公问政于孔子，孔子说："君君、臣臣、父父、子子。"（《论语·颜渊》）孟子提出"民为贵，社稷次之，君为轻。"（《孟子·尽心下》），这些主要都是立足于政治关系来说的。东汉荀悦所撰《汉纪》，提出了六主、六臣论，将君臣关系作为一种政治现象来考察。可见，君臣关系作为儒家政治学说的一个重要组成部分，是儒家学说运用于现实政治中的具体体现。如唐太宗所撰《帝范》，是他结合自己的政治实践，从丰富的历史经验中提炼出为君之道的一些重要的理论性认识，其内容包括君体、建亲、求贤、审官、纳谏、去谗、诫盈、崇俭、赏罚、务农、阅武、崇文等，集中反映了唐太宗的政治思想。武则天《臣轨》，则论为臣者正心、诚意、爱国、忠君之道。类似的文献如宋范祖禹《帝学》，陈模《东宫备览》；元王恽《承华事略》；明朱棣《圣学心法》，朱瞻基《历代臣鉴》，朱祁钰《历代君鉴》，马顺孙《帝王宝范》，张居正、吕调阳《帝鉴图说》，汪循《帝祖万年金鉴录》；清尹会一《君鉴录》《臣鉴录》，蒋伊《万世玉衡录》，清世祖《御定人臣儆心录》，清乾隆四十八年敕撰《钦定古今储贰金鉴》等。

官箴性文献。此类文献起源甚早，南朝梁代刘勰《文心雕龙·铭箴》中云："斯文之兴，盛于三代。夏、商二箴，余句颇存。"根据现存文献的考证，箴文之体肇于夏代，而夏、商、周时期产生了大量的箴文。文献中所见最早的官箴有《虞人之箴》，《左传》襄公四年载："昔周辛甲之为大史也，命百官官箴王阙。于《虞人之箴》曰：'芒芒禹迹，画为九州，经启九道，民有寝庙，兽有茂草，各有攸处，德用不扰。在帝夷羿，冒于原兽，忘其国恤，而思其麀牡，武不可重，用不恢于夏家。兽臣司原，敢告仆夫。'"注云："辛甲，周武王大史；阙，过也。使百官各为箴辞，戒王过。"以此考之，《虞箴》之文，其君主乃为箴诫对象。汉代扬雄仿《虞箴》作《十二州二十五官箴》，《后汉书》卷七四《胡广传》载："初，扬雄依《虞箴》作《十二州二十五官箴》，其九箴亡阙。后涿郡崔骃及子瑗又临邑侯刘騊駼增补十六篇，广复继作四篇。文甚典美，乃悉撰次首目，为之解释，名曰《百官箴》，凡四十八篇。"此"官箴"之义，乃是为官之箴言，即对为官者儆戒训诰之词，重在为政者之自我警省，与“官箴王阙”之义相去甚远。徐师曾《文体明辨序说》概括云：“古有《夏》《商》二箴，见于《尚书大传解》及《吕氏春秋》，然余句虽存，而全文已缺。独周太史辛甲命百官箴王阙，而《虞人》一篇，备载于《左传》，于是扬雄仿而为之。其后作者相继，而亦用以自箴。故其品有二：一曰官箴，二曰私箴。大抵皆用韵语，而反复古今兴衰理乱之变，以垂警戒，使读者惕然有不自宁之心，乃称作者。”宋以后大量的官箴文献，正是“重在为政者之自我警省”，它的出现，正是源于儒家倡导经世致用、入世从政以求立功、立言、立德的政治理念，以及由于科举制度的不断发展和日益完善，大量具有儒家政治理念的士人源源不断地进入中央和地方政权的结果。无疑，官箴文献是中国古代儒家文化与官僚政治发展的产物，蕴涵着丰富的儒家政治思想，同时也是对中国古代政令法典特别是职官制度的重要补充，《四库全书总目》将之归入史部职官类，正说明了这点。因此官箴文献是极具价值的政治、经济、法律和社会文化史料，其内容主要论述官员应具备的品德、从政原则以及从政的职责和艺术等，涉及忠君爱民、修身养性、教化百姓、施行仁政、谙熟律令等做官为吏的方方面面。

如宋陈襄《州县提纲》卷一有“洁己、平心、专勤、奉职循理、节用养廉、勿求虚誉、防吏弄权、同僚贵和、防闲子弟、严内外之禁、防私觌之欺、戒亲戚贩鬻、责吏须自反、燕会宜简、吏言勿信、时加警察、晨起贵早、事无积滞、情勿壅蔽、四不宜带、三不行刑、倖给无妄请、防市买之欺、怒不可迁、盛怒必忍、疑事贵思、勿听私语、勿差人索迓"，卷二有"判状勿凭偏词、判状勿多追人、示无理者以法"等条目；又吕本中《官箴》开篇即言："当官之法，唯有三事，曰清、曰慎、曰勤。知此三者，可以保禄位，可以远耻辱，可以得上之知，可以得下之援。"真德秀《政经》"采典籍中论政之言列于前，而以行政之迹列于后，题曰传以别之。末附当时近事六条，谓之《附录》。其后载德秀帅长沙谘呈及知泉州军事时劝谕文、帅长沙时劝民间置义仓文、帅福州晓谕文诸篇"（《四库全书总目》卷九二）。许月卿《百官箴》"仿扬雄《官箴》，分曹列职，各申规戒"。

　　类似的文献如宋李元弼《作邑自箴》，朱熹《朱文公政训》，真德秀《真西山政训》《谕僚属文》，胡太初《昼帘绪论》，张镃《仕学规范》；元张养浩《牧民为政忠告》，苏霖《有官龟鉴》，叶留撰、陈相注《为政善报事类》，徐元瑞《吏学指南》；明朱瞻基《御制官箴》，佘自强、王肯堂《治谱》，傅履礼、高为表《廉平录》，廖道南《文华大训箴解》；清牛天宿《百僚金鉴》，郑端《政学录》，李铸《言官录》，叶燮《己畦琐语》，李容《司牧宝鉴》，陆陇其《莅政摘要》，吴仪《仕的》，田文镜、李卫《钦颁州县事宜》，尹会一《健余先生抚豫教条》，陈弘谋《从政遗规》《学仕遗规》《在官法戒录》，高鹗《满汉吏治辑要》，刘振清汇梓、李元春评阅《居官寡过录》，刘衡《州县须知》，刘衡《庸吏庸言》，璧昌《牧令要诀》，王景贤《牧民赘语》，徐栋辑、丁日昌重编《牧令书辑要》，无名氏《公门不费钱功德录》等。

如果说，宋以前之官箴文献还比较单一的话，那么越到后来，特别是明清时期，官箴文献呈现出细密复杂的特征，形式上有道德说教型、专业技术型、案例辑录型、从政经历型、档案实录型等，而内容不外"治吏"和"治民"两个方面，上述所列宋以来之官箴文献，皆具备了这些特征。（王智勇撰，舒大刚审）

4. 礼教类小序

礼教传统起源于虞夏，成熟于西周。根据《周礼》，宗周设有"保氏之官"，职掌即"养国子以道，乃教之六艺：一曰五礼，二曰六乐，三曰五射，四曰五驭，五曰六书，六曰九数"（《周礼·地官·司徒》）。宗周官学中保氏之官以及司徒、司乐、师儒、乐师等以礼乐教化"国子"（贵族子弟）。春秋以后，官学失守，礼乐流入民间。孔子开创私学，继承了周公以来的礼教传统，"以《诗》《书》《礼》《乐》教"，"弟子三千"。

孔子最大的理论贡献是"以仁释礼"，建立了"仁学"。而"仁学"是孔子儒学最重要的理论基础。通过以仁释礼，仁、礼互为根据：有了礼，仁便落到了实处，不再空疏；有了仁，礼便有了新的根据，不再冷酷。孔子说："人而不仁，如礼何？"（《论语·八佾》）还说："克己复礼为仁。一日克己复礼，天下归仁焉。为仁由己，而由人乎哉？"（《论语·颜渊》）在孔子看来，约束自己，使自己的言行都合乎礼的要求，即做到"非礼勿视、非礼勿听、非礼勿言、非礼勿动"（《论语·颜渊》），就是仁。如果一个人能够这样做，就会成为仁人。在人格修养层面，孔子强调每个人都应当遵礼、守礼、行礼，成为仁人君子。

在政治层面，孔子提倡以礼治国，教化为先。孔子说："导之以政，齐之以刑，民免而无耻；导之以德，齐之以礼，有耻且格。"（《论语·为政》）强调以德治国，尤其重视礼教的作用。

周公、孔子开创的礼教传统为后世儒家所继承。《礼记·经解》："恭俭庄敬，礼教也。"无论主张"性善"的孟子，还是主张"性恶"的荀子，在对礼乐教化作用的认识上其实并无不同。这不仅是因为礼乐教化是儒家学说的核心内容，而且还在于，儒家思想需要通过教化的途径，才能由理论上的价值系统转换为现实的社会存在。《大学》之道，"在明明德，在亲民，在止于至善"。所谓"亲民"，即亲近民众，通过礼乐教化，移风易俗，使民德归厚，风俗淳美，社会和谐。

从汉代以来，儒家学说便在政治上确立了它的独尊地位。这除了它本身适应了大一统国家需要和一般民众的需求之外，儒生、官吏对它的着力宣扬传播，也是一个十分重要的原因。在数千年的历史长河中，形成了大量的礼教类文献。这些文献对于儒家思想向民间普及传播起到了重要作用，可以说是圣人之学走向民间、影响民间的桥梁，故历代儒者致力礼乐教化不遗余力。

礼教类文献体裁不一，内容丰富。礼的内容至广，下而童蒙之教，上而君臣之礼，外而社会风俗，内而家庭伦理，莫非礼也。故士有蒙训、劝学，女有女教、闺训，家有家法、家规，乡有乡规、乡约，美风俗则见之俗训之篇，正人心则见诸劝善之书。从而构成一个从人心到风俗、从家庭而社会的移风易俗、淑世济人的高度自律自觉的礼教体系。大体而言，我们将以礼乐教化为内容的著作，包括历代"蒙学""劝学""女教""家训""俗训""乡约""劝善"等，称为"礼教类"儒学文献，以便更专门、更具体地展示儒家礼教的内容和成果。这类文献特色比较鲜明，相对于经典儒学而言，更突出基础教化功能，具有大众性、通俗性、普及性的特点。

《汉书·艺文志》"六艺略"："古者八岁入小学，故《周官》保氏掌养国子，教之六书。"遂将文字学著作、识字课本概称为"小学"，而列在"六艺略"。又将《弟子职》等蒙训书籍列在"孝经类"，亦属"六艺略"。这一分类方法为后世目录所继承。马端临《文献通考·经籍考》在"经部·小学类"著录"《弟子职》等五书"，陈振孙谓："漳州教授张时举以《管子弟子职篇》、班氏《女诫》、吕氏《乡约》《乡礼》、司马氏《居家杂仪》合为一篇。"黄虞稷《千顷堂书目》《明史·艺文志》也将蒙训读物列在"经部·小学类"。至清修《续文献通考》，根据思想内涵，将礼教类著作改入"子部·儒家"。其《经籍考》"经部·小学类"序说："马端临《通考》'小学类'自训诂、音韵、字学各书之后，如《兰亭考》《十七史蒙求》《弟子职》等书皆列焉。今续辑此门，惟训诂、字书、韵书以类相从。余如《帖考》则归'目录类'，《蒙求》则附'类书'。其有关于养正闲家者，皆入'儒家类'，庶区分部别，不使错杂云。"这一分类法较之以前更为合理，《中国丛书综录》在"儒学类"特设"礼教之属"，并分成"鉴戒、家训、妇女、蒙学、劝学、俗训"等六目。《儒藏》继承这一传统而稍事损益，特立"蒙训、劝学、女教、家训、俗训、劝善、乡约"等目，而成"论部"的"礼教类"。

蒙训类。《易》曰："蒙以养正。"训蒙为修身之端。我国蒙学读物最早可以追溯到周宣王时期，相传太史籀以大篆编成四字为句的字书《史籀篇》。《管子·弟子职》是先秦时期最有代表性的礼仪伦理蒙学文献，主要讲述了儿童的学习、生活的规则和态度，尊师敬学、待人接物的礼仪和规范。秦统一后，采取"书同文"的政策，这一时期，新编了许多字书，如李斯《仓颉篇》、赵高《爰历篇》、胡毋敬《博学篇》等，汉代又有人将这三部书合并，题名为《仓颉篇》。汉代影响较大的字书还有司马相如《凡将篇》、史游《急就篇》等。南北朝时期，周兴嗣所编《千字文》，是一本以识字为主兼有常识教育和道德教育的综合性蒙学文献，和宋代出现的《三字经》《百家姓》合称为"三、百、千"。隋唐五代时期的蒙学文献的数量虽然不多，但内容和形式相对丰富多样。这个时期新编的蒙学文献主要有《初学记》《俗务要名林》《杂字》《太公家教》《蒙求》《兔园策》《女论语》等，其中以《太公家教》《蒙求》《兔园策》影响最大。北宋以后，蒙学文献空前繁荣。宋元明清时期的蒙学文献主要包括四个门类：第一，综合类蒙学文献，主要有《三字经》《百家姓》《名贤集》等；

第二，知识类蒙学文献，主要包括《十七史蒙求》《叙古千文》《史学提要》《名物蒙求》《龙文鞭影》《幼学琼林》等；第三，伦理道德类蒙学文献，主要有《训蒙诗》《小学》《少仪外传》《童蒙训》《童蒙须知》《性理字训》《小学诗礼》《小儿语》《续小儿语》等；第四，诗歌属对类蒙学文献，主要有《千家诗》《神童诗》《对类》《声律启蒙》《唐诗三百首》等。蒙学读物的主要目的，包括宣扬儒家道德伦常，教授基本的文字、音韵、对仗知识，传授一定的自然知识、生活知识和历史知识；为进一步的经学学习及科举考试做准备。

劝学类。儒家文化中的"劝学"是指中国古代儒家以一定的形式，来鼓励个体或群体践仁、修礼、尚德、学习，它主要以"学则"及"教规"等形式存在。《管子·弟子职》《礼记·学记》《荀子·劝学篇》是先秦儒家的劝学文献，对后世影响深远。宋代朱熹《白鹿洞书院揭示》，鲜明体现了理学教育重视人伦、重视践履，注重人格培养，强调道德实践的特点。明清时期涌现出大量的教规、学规、学训，多以朱子《揭示》为蓝本。

家训类。又称家诫、家规、家范，本是名臣世宦、世族大家训诫子孙及族人，为后世子孙所规定的立身处世、居家治生的原则和教条。《易》有《家人》之卦，《书》有训诰之篇，为反映家庭关系的最古文献资料。儒家文化素来重视家庭关系，强调家正然后国治。家训的基本内容一般包括道德修养与治家守业两个方面，尤其侧重于家庭成员的伦理道德、人伦关系教育。汉代士大夫已有训诫子弟的家训，但都是单篇文献。最早成书的家训是由北齐入隋的颜之推撰写的《颜氏家训》，旨在以修身、治家、处世、为学之法训教子弟，流传至今。宋代司马光《家范》采辑可为后代法则之史事，间有己论，作为家教课本与后学准绳。清人朱用纯《朱子家训》，仅522个字，但道理精深，内涵丰富，精辟地阐明了修身治家之道。

女教。儒家重视妇女教育。《易》有咸恒二卦，《礼记》有《内则》一篇，内容为在家庭内部父子、男女所应遵行的规则，为女教文献的雏形。东汉班昭作《女诫》，之后又有荀爽《女诫》、蔡邕《女训》《女诫》等，基本上是在《内则》基础上，结合时代的需要进行发挥。唐代出现了《女论语》《女孝经》等专书文献。宋代以后，由于理学在民间的流传，更出现了大量的女教著作。明代帝王、后妃重视女教，并亲自提倡和撰写，女教文献数量较前代大幅增加。仁孝文皇后作有《内训》《女教篇》，兴献蒋皇后作有《御制女训》，影响广泛。还出现了专门的女教丛书，如王相的《女四书》，对女教的普及有很大的作用。清代"四库馆臣"将明仁孝文皇后的《内则》、解缙《古今列女传》等书收入子部儒家类。清世祖还御撰《内政辑要》和《内则衍义》，颁行天下。民间女教文献不下数百种，超过历代之和。影响较大的有任启运的《女教史传通纂》、尹会一的《女鉴录》、秦云爽的《闺训新编》、钟镂的《女范淑烈集》，以及通俗女教作品，如《女儿经》《女三字经》《女千字文》等。此外，女教丛书也大量刊行，如陈宏谋编《教女遗规》、贺瑞麟《女学七种》、张承燮《女儿书辑八种》等。

乡约俗训类。我国古代社会小农经济占主导地位，形成宗法社会，具有某种程度的有限自治权。《周礼》有所谓的读法之典，这应当是乡约的雏形。《周礼·地官司徒》云："令五家为比，使之相保；五比为闾，使之相受；四闾为族，使之相葬；五族为党，使之相救；五党为州，使之相赒；五州为乡，使之相宾。"这里的"相保""相受""相葬""相救""相赒""相宾"，都含有邻里之间互相帮助、团结友爱的一面，而后代的乡约也是如此。北宋蓝田吕大忠、吕大钧、吕大临、吕大防于神宗熙宁九年（1076）所制订和实施的《吕氏乡约》，即以《周礼》"六乡"为依据，规定德业相劝、过失相规、礼俗相交、患难相恤。后世纷纷效法，朱熹曾进行修订，明代王守仁曾仿《吕氏乡约》订《南赣乡约》。直到 20 世纪 30 年代，梁漱溟还曾仿《吕氏乡约》于山东邹平倡办"农乡学校"。至于"俗训"，是古代帝王、官僚或儒生对民众进行教化、训诫的文告，其内容多为提倡忠君敬上、孝亲睦邻、遵纪守法、惩恶扬善、移风易俗的道德劝诫。《汉书·地理志》云："凡民函五常之性……好恶取舍，动静亡常，随君上之情欲，故谓之俗。"《尚书》中有"诰"，后来演化为"圣谕""圣训""谕俗文"等形式。汉代的"循吏"对民众多有"教民以孝悌，劝民以农桑"的活动，但多以口头的方式进行。宋代以后，一些官吏、儒生特别重视向民众宣传儒家思想，如北宋张载在任云岩令时，"政事以敦本善俗为先，每月吉，具酒食，召乡人高年会县庭，亲为劝酬，使人知养老事长之义，因问民疾苦，及告所以训诫子弟之意"（《宋史》本传）。乡约、俗训的目的，在于把抽象、理性的儒家生活秩序和生活伦理道德通俗化或规范化后，劝导民众遵循，以达到化民成俗的目的。

《儒藏》收录礼教类文献，以全面、集中地反映 2000 多年来的教化传统，系统展示源远流长的儒家教育思想。（杨世文撰，舒大刚审）

5. 杂论类小序

"杂论类"儒学文献，包括"论杂"或者"体杂"的儒家理论著作。"论杂"是指其书主题不一，内容不纯，议及百科，事涉三教；"体杂"是指其书撰述体例没有成宪，著作方法也不系统，这两类文献虽然无法归入儒家类、性理类、礼教类和政治类，但又具有鲜明的儒家理论特色，对于儒学发展亦有相当影响，因此用"杂论类"文献来对它们进行归并。

班固《汉书·艺文志》"诸子略"列有"杂家"一目，收录《孔甲盘盂》《大禹》《伍子胥》《尉缭》《尸子》《吕氏春秋》《淮南子》等"兼儒墨、合名法"的著作。事实上自战国以来，诸子百家即相互影响、融合。汉代之后，儒术定于一尊，诸子之学虽未消亡，但已经式微。魏晋之后，除道家、兵家等子部仍有著作，其他诸子已极少有人问津。与此同时，学随世变，议论丛生，虽然宗旨大多归本于儒，但又不囿于儒，于是"杂说""杂论"生焉。此外，随着历史发展，文献积累渐多，义理亦有歧义，学理不辨不明，掌故不考不清，于是又出现了"杂考""杂纂"一类文献。

历代目录大多沿袭《汉志》，将战国秦汉的"杂家"列于"诸子类"。至明黄虞稷编《千顷堂书目》，亦设"杂家类"，但在概念上发生了改变，以为"前代《艺文志》列名、法诸家，后代沿之。然寥寥无几，备数而已。今削之，总名之曰'杂'。"黄氏的"杂家"已经不专指"义兼儒墨、学包名法"的杂家了，而是将后世已经不传其学而空存其书、虽有其目却文献太少的墨家、名家、法家、纵横家统归在一起视为杂家了。《明史·艺文志》子部从之。"杂家"概念从《汉志》所录兼"儒墨名法"之说，变为兼收诸子之书了。

清修《四库全书》，对《千顷堂书目》的分类有继承也有扬弃，一方面批评："其墨家、名家、法家、纵横家并为一类，总名'杂家'，虽亦简括，然名家、墨家、纵横家传述者稀，遗编无几，并之可也。并法家删之，不太简乎！"（《四库全书总目·千顷堂书目提要》）但是另一方面又不得不承认，诸子百家，后世"绝续不同，不能一概。后人著录，株守旧文，于是'墨家'仅《墨子》《晏子》二书，'名家'仅《公孙龙子》《尹文子》《人物志》三书；'纵横家'仅《鬼谷子》一书，亦别立标题，自为支派。此拘泥门目之过也。黄虞稷《千顷堂书目》于寥寥不能成类者并入'杂家'。'杂'之义广，无所不包。班固所谓'合儒墨、兼名法'也。变而得宜，于例为善，今从其说"。故《四库全书总目》的"杂家类"也是将名、墨、纵横合而为一类。

不过《四库》的"杂家"范围更加广泛，共有六小类："以立说者谓之'杂学'，辨证者谓之'杂考'，议论而兼叙述者谓之'杂说'，旁究物理胪陈纤琐者谓之'杂品'，类辑旧文途兼众轨者谓之'杂纂'，合刻诸书不名一体者谓之'杂编'，凡六类。"（《四库全书总目·杂家类序》）六类之中，杂学、杂考、杂说、杂品是就著作的内容而言，杂纂、杂编是就文献的体例而言，举凡"子部"其他各类无法包容的图书都可以统统归入"杂家"之中。参照《四库全书》的做法，并加以损益，我们将"杂论类"儒学文献分杂说、杂考、杂论三个小类。

杂说。我们将儒家著作中内容不纯一（或论儒学义理，或论儒者轶事，或论儒林掌故等）而又不可分析改编的著作，归在"杂说"之下。先汉之"儒"或"儒家""儒学"，主要相对于道、法、墨诸家而言；魏晋之后之"儒""儒家"或"儒学"，往往与道家、佛家对立。学术史中这样的情况，使"杂说类"儒学文献根据内容的不同，又呈现为三种情况：一为兼说诸子百家，以儒家学说为主的儒论文献，如三国刘劭《人物志》，用儒家标准品评人物；明刘基《郁离子》，以儒为归，"其用意谓天下后世若用斯言，必可底文明之治耳"（徐一夔《郁离子序》）。二为三教论衡，申扬儒学的儒论文献，如明曹端《夜行烛》，采经传格言切于日用者，辑为一编，谓人处流俗中如同夜行，常看此编则如同烛引之于前。明熊伯龙《无何集》，选录王充《论衡》中驳斥谶纬神学言论重新编排，参以他论，附以己见，辟神怪祸福之说。三为杂糅诸子、道、释，而又不离儒学的文献，如近代谭嗣同《仁学》，杂糅儒、释、道、墨各家学说与西方科学、哲学，向旧学挑战，自叙谓"初当冲决利禄之网罗；次冲决俗学若考据、若词章之网罗；次冲决全球群学之网罗；次冲决君主之网罗；次冲决伦常之网罗；次冲决天之网罗，终将冲决佛法之网罗"。如此之类议论不纯、体裁各异的文献，皆入"杂说"。

杂考。我们将以儒为归，重在考证名物故实、文献百科者，归入"杂考"。如东汉蔡邕《独断》考订典制，兼及前代礼乐。应劭《风俗通义》"其书因事立论，文词清辩，可资博洽"（《四库全书总目》）。宋人洪迈《容斋随笔》涉及经、史、百家、医、卜、星、算诸学，对宋代典章制度记述尤详。王应麟《困学纪闻》以考论经学为重点。全书包括"说经"八卷，"天道""地理""诸子"二卷，"考史"六卷，"评诗文"三卷，"杂识"一卷。明代杨慎《丹铅录》系列，考据与义理并重；清初顾炎武《日知录》，积30余年读书札记而成，取《论语·子张》"日知其所亡，月无忘其所能，可谓好学也已矣"之意为书名，以示好学之笃。大体按经义、政事、财赋、世风、礼治、科举、史地、兵事、艺文等以类相从，条列子目。其书对清代学术影响深远。诸如此类文献，列入"杂考"。

杂论。杂论文献包括儒者论史、儒者评文或以史辅儒、以文辅儒的著作。在儒者论史的著作中，有的著作以评论史书的编撰为主，如唐刘知幾《史通》、清章学诚《文史通义》之属；有的以评论史事为主，如王夫之《读通鉴论》《宋论》之属。而更多的著作，则既有对史事的评论，又有对史书的评论。儒者评文的著作，如南朝梁刘勰《文心雕龙》，以原道、宗经、征圣为评文的指导原则，体现了儒学理论对于古代文论的重要影响。此外如宋人黄震《黄氏日钞》，书中前68卷为黄震读经论史之札记，以儒学为准衡。

　　如此之类著作，虽议论驳杂，体兼众长，要皆以儒为宗，故列入儒学杂论，择要收入"论部"。（杨世文撰，舒大刚审）

六、"史部"叙论

（一）"史部"分序

在中国历史上，设史官、修史书的传统甚早。《世本》曰："仓颉作书。"仓颉即"黄帝之史"，可见中国文字成型于史官。《尚书·多士》载："惟殷先人，有册有典。"所谓"册""典"，便是记事之书。周代有"五史"：一曰大史、二曰小史、三曰内史、四曰外史、五曰御史。《汉书·艺文志》说："古之王者，世有史官，君举必书，所以慎言行，昭法式也。左史记言，右史记事；事为《春秋》，言为《尚书》，帝王靡不同之。"《礼记·玉藻》也有类似记载："动则左史书之，言则右史书之。"左史、右史分职之说，自汉唐以来，人们皆信而无疑，然清代章学诚却提出了质疑，认为"其职不见于《周官》，其书不传于后世，殆礼家之愆文与？后儒不察，而以《尚书》分属记言，《春秋》分属记事，则失之甚也"（《文史通义·书教上》）。但古有史官则是明确的。

而且这一传统一直延续下来，渐成气候，形成特色，中国之号称"史官文化"，实远有端绪。

"史"者，从右持中，盖秉持中道以记事者。周代以前，凡职司记事的人，都称为"史"；那些为帝王记事的，地位稍高，常称为内史、大史。除王室自置史官外，还向诸侯各国派遣史职，《左传》记各国史官的活动甚繁。各国也都有史书，故墨子称"周之《春秋》，燕之《春秋》，宋之《春秋》"（《墨子·明鬼》），又称"百国春秋"，孟子称"晋之《乘》，楚之《梼杌》，鲁之《春秋》"（《孟子·离娄下》）。孔子取三代史官所记，删为《尚书》，又依鲁史记作《春秋》。

秦汉时期，有"太史令"世司史职。《汉书·艺文志》称"太史令胡毋敬"作《博学》七章，可见秦时便有太史令之称。司马迁说他的先世"世典周史"，是史官世家。据《汉仪注》说："天下计书先上太史公，副上丞相，序事如古《春秋》。"东观、兰台既为藏书之地，又为修史之所。自汉以后，历代皆重史官之设，形成了比较完善的史官制度与修史传统。魏晋以降，秘书、著作专掌史职。北齐始设史馆，唐代确立史馆制度，历代沿袭。宋时史馆分为国史院和实录院，起初都隶属于秘书省，后来分立。国史多以宰相兼领，下有提举国史、监修国史、提举实录院主管。史馆设有修国史、同修国史，史馆修撰、同修撰以及编修官、检讨官等职。元世祖中统二年（1261），翰林兼国史院。自史馆确立以后，史馆就主持编纂了大量的史籍。以史籍的性质区分，有纪传体的正史、编年体的实录以及典志、方志、类书诸类，此为官修史书。

三代之时，史官世掌典籍。其时学在官府，官师合一，无私人著述。至春秋末世，王官失守，学下民间。孔子观书周室，因鲁史记修《春秋》，寄意仁义，"窃取"国史以为教典，但亦首开私家修史之先例。司马迁效孔子修《春秋》之法，成为私家修史的典范。司马氏父子虽然世为史官，但司马迁著《史记》是继父遗志，有意而作。他自比孔子，其述先人之言曰："'自周公卒五百岁而有孔子。孔子卒后至于今五百岁，有能绍明世，正《易传》，继《春秋》，本《诗》《书》《礼》《乐》之际？'意在斯乎！意在斯乎！小子何敢让焉。"（《史记·太史公自序》）可见，司马迁实际上是继承孔子私家修史之风，寓论断于行事之中，成一家之言，以求"藏之名山，传之其人"。班固因其父作而修《汉书》，也是一部私人撰述。此后私史猬兴，历代继踵，真是汗牛马而充栋宇焉。

魏晋南北朝时期是私家修史的极盛时期。《隋书·经籍志》著录史部书800余种13000余卷，其中属于官修者不过十之一二，而私家之史十居八九。唐、宋以降，至于明、清，虽官修史书数量众多，然私家修史，也成就不菲，涌现出大批有影响的史家、史著，创造了各种新的史书体例。其贡献和成就，远超官史。在这些数量众多的官私史籍中，有大量的内容跟儒学史相关。

儒家历来重史，从某种意义上说，儒即起于史。孔子论次《诗》

《书》，修起《礼》《乐》，赞《易》，修《春秋》，将记载"先王之陈迹"的"旧法世传之史"改造成为具有"仁义"内涵的"六经"，正是通过对历史文献的整理与诠释，传承了三代以来的礼乐文化和仁义精神，寄托了自己的政治理想，从而形成儒家的经典体系（"六经"）。"六经"之中，《尚书》与《春秋》是比较典型的史书。

《庄子》称："《书》以道事，《春秋》以道义。"《书》是一部记录尧、舜、禹、汤、文、武、周公以迄秦穆文诰为主体的政治文献汇编。春秋时代，人们在日常的言谈中经常引用《诗》《书》中的语句，从中可以看到《夏书》《商书》《周书》等一些篇章的片言只语，这说明《书》在当时也是以单篇流行，还没有集合成书。孔子将《书》用来作为教育弟子如何为政的历史材料，因此，孔子对当时散佚的三代政治历史文献加以搜集、整理，使之汇为一编，从而形成了《书》的第一个原始版本。对此，司马迁说："孔子之时，周室微而礼乐废，《诗》《书》缺。追迹三代之礼，序《书》传，上纪唐、虞之际，下至秦缪，编次其事……故《书》传自孔氏。"（《史记·孔子世家》）班固也说："《书》之所起远矣，至孔子纂焉。上断于尧，下讫秦，凡百篇，而为之序，言其作意。"（《汉书·艺文志》）按班固的说法，孔子整理的《尚书》有百篇，并有解释性的序。

《春秋》则是孔子通过"是非二百四十二年"诸侯历史以为教典的历史教科书。孟子称："世道衰微，邪说暴行有作，臣弑

其君者有之，子弑其父者有之。孔子惧，作《春秋》。《春秋》，
天子之事也。是故孔子曰：'知我者，其惟《春秋》乎？罪我者，
亦惟《春秋》乎？'"（《孟子·滕文公下》）孔子修《春秋》，
通过寓褒贬、正名分，寄托自己的王道理想，并达到"使乱臣贼
子惧"的政治目的。正因为经过孔子整理的"六艺"倾注了孔子
的政治期望和王道理想，故与普通的史书性质不同，被尊崇为
"经"，包含了天地古今的所有真理，经天纬地，是修齐治平的
教科书。《书》《春秋》如此，其他四经，亦是孔子继承和修定
前代文献以成之经典，就其大源而言，盖亦"史"之流也。前人
矜言"六经皆史也"，殊不知"六经"亦经亦史，是史非史，源
于史而高于史，端在其点石成金，化史为经矣！

　　儒者化"史"为"经"，因经成学，而学之流传复化为史，
是即儒学史。儒学在中国已有2500余年的历史，经历了发生、发展、
兴盛、转化、衰落和复苏的过程，呈现出"先秦子学""汉唐经
学""宋明理学"及"清代朴学"等形态，其历史资料，也从零
星评议、单篇记录，发展为专著记载和系统总结。自有儒学以来，
即有儒学之史。早期儒学史是以孔子弟子的撰述为主，内容是记
录孔子的言行与学术思想。《论语》一书，由孔子弟子或再传弟
子编纂，以记言为主，可以看成是一部反映孔子及其弟子生平与
学术的史料汇编。而《汉志》所录《孔子三朝记》《孔子弟子籍》
则分别是有关孔子及其弟子事迹的记录。此外，儒学在中国的发
展史，也是其接受学人世世代代评说的历史，在百家争鸣的"子

学时代"，就有《庄子·天下》《荀子·非十二子篇》《韩非子·显学》等学术史文献，儒家也在其中受到批评，并得到初步总结。汉代司马谈《论六家要旨》《淮南子·要略》也是这一传统的延续。

秦汉以降，史学独立，史体众多，各类儒学史志也不断产生。特别是汉武帝实行"罢黜百家，表章六经"政策，儒学大兴，儒生众多，司马迁在《史记》中用专篇来记录儒学历史。如关于孔子生平、子孙后裔（自伯鱼至孔安国及子印、孙骧）的传衍历史，《史记》有《孔子世家》，反映了"至圣"孔子起自布衣，创立儒学，"传十余世，学者宗之"的历程。关于孔门弟子，则有《仲尼弟子列传》，记录了颜回以下七十七位及门弟子的事迹。《史记》又有《儒林列传》，综合叙述"孔子卒后七十子散游诸侯"以下迄于汉武帝时，儒学的兴衰史，特别是对于汉初的专经传授着墨最多。《史记》对于像孟子、荀卿、陆贾、晁错等这样的大家名儒，又各立有专门《列传》，如《孟子荀卿列传》《屈原贾生列传》《郦生陆贾列传》《袁盎晁错列传》等等。

班固《汉书》也继承《史记》这一传统，不仅有类传性的《儒林传》，还有专传记录立言名儒和立功之儒；复于《艺文志》中设《六艺略》专纪儒家经学之书，于《诸子略》"儒家类"中记儒家诸子著作。自是之后，历代"正史"都自觉配合"以儒治世"的基本国策，将儒学历史纳入自己撰述的视野。于是传道授业、著书立说之儒，则有"类传"（如《儒林列传》或《儒学传》《道学传》，个别还见于《文学传》《文苑传》《忠臣传》《孝友传》

《循吏传》等）；其"学优而仕""用经学以润饰吏事"的治世之儒，则各有自家专传。儒家经学、子学诸文献，则入《艺文》（或《经籍》）之志。儒学在教育上、选举上的制度和成绩，又在《选举》（或《学校》）等志中得到反映。不仅"正史"如此，他如记录典制的"三通"（《通典》《通志》《文献通考》）或"十通"和历朝《会要》，以及与"正史"辅翼而行的"别史""杂史""方志""地理""野史"和私家"笔记"等著述，也无不给儒学人物、儒学文献、儒教制度和儒林轶事以相应的篇幅。

自魏晋南北朝以下，各地兴起撰修"先贤传""耆旧传""高士传""名士传"和"文士传"的热潮，儒学人物也是其中的主角。更有文人雅士之诗文、书信，官僚主司之策论、奏章，以及儒林人物之墓碑、行状、祭文、年谱等等，也常常关系斯文、反映儒史，这类材料大多分见于历代文人的别集和总集之内。在以儒术经世的时代里，儒学史文献几乎处处都有，比比皆是。

儒学史资料除了分见各书成为其中的一部分外，历代儒者还撰有各种类型的儒学史专书。继《汉书·艺文志》的《孔子三朝记》《孔子弟子籍》之后，在南朝时期就出现了《先圣本纪》《孔子弟子先儒传》等儒林传记专书。至于宋代，随着儒学"道统""学统"观念的加强，有关儒家师传授受和学术渊源的内容也备受关注，于是以朱熹《伊洛渊源录》为代表的各类"渊源录""师承记"和"宗传"书籍便应运而生了。

在明代，这类"渊源录"与当时盛行的"语录""语类"体结合，并参考佛家《传灯录》体例，于是产生了以黄宗羲《明儒学案》为代表的专门学术史——"学案体"。"学案"以"辨章学术，考镜源流"为职志，既重视儒学人物活动的记录，也重视儒学流派和学术渊源的探讨，还注意儒学成就和学术精华的摘录，有的还辅以"师承表"，并"附录"评论和考辨资料，兼有学术流派史、学术成果荟要和研究资料类编等多重功能，对儒学成果的总结，学术流派的梳理和学术体系的构建，功能最全，作用也最大。中国古代学术史的编纂，至此而臻于完善。

　　唐宋以后，随着儒学教育的普及特别是书院的广泛兴建，还出现了各种形式的学校志和书院记。大致而言，有关书院的文献，在唐代以诗歌题咏为多，宋代以篇章记录为主，至元明乃有专门《书院志》。如唐代卢纶《宴赵氏昆季书院》（"诗礼挹余波，相欢在琢磨""咏雪因饶妹，书经欲换鹅""仍闻广练被，更有远儒过"）、《同耿拾遗春中题第四郎新修书院》（"得接西园会，多因野性同""学就晨昏外，欢生礼乐中"）、顾非熊《夏日会修行段将军宅》（"爱君书院静，莎覆藓阶浓"）、于鹄《赠李太守》（"捣茶书院静，讲易药堂春"）、杨发《南溪书院》（"茅屋住来久，山深不置门""曾逢异人说，风景似桃源"）、贾岛《田将军书院》（"笋迸邻家还长竹，地经山雨几层苔""行背曲江谁到此，琴书锁著未朝回"）（卢纶以下各篇，依次见《文苑英华》卷二一五、卷三一七、卷二一六、卷二五六、卷三一七）等等，皆是诗咏。至宋代，则有宋王禹偁《潭州岳麓山书院记》（《小畜集》卷一七）、杨亿《南康军建昌县义居洪氏雷塘书院记》（《武夷新集》卷六）、吕祖谦《白鹿洞书院记》（《东莱集》卷六）、张栻《岳麓书院记》（《南轩集》卷一〇）、朱熹《石鼓书院记》（《晦庵集》卷七九），等等，皆以文纪也。

“书院志”专著有可能在宋代已经出现，但无传世者。方大琮《铁庵集》卷一七提到江万里（古心）《白鹭书院志》、欧阳守道《巽斋集》卷二二提到李文伯《莱山书院志》，不知是否专书？由于史志无录，今亦无书，故不可考详。其可明确为书院专书者，以《明史》所录刘俊《白鹿洞书院志》六卷、孙存《岳麓书院图志》一卷为较早。

清代，学术史研究日益发达，儒学史与经学史研究也渐归系统，朱彝尊《经义考》三百卷，是汇录先秦至清初经学文献之大型目录。至于皮锡瑞的《经学历史》，则又标志着系统地研究中国儒学的通史性著作的诞生。后之刘师培有《经学教科书》、日本本田成之有《支那经学史论》，皆是皮氏此举之继响。

百家多言儒学，文献浩如烟海。但是由于儒学本身自古无“藏”，儒学史料迄今未得系统整理，也没有专门的著录体系。先秦两汉史书不多，史书还没有专门的目录分类。《汉书·艺文志》将史书附在《六艺略》“《春秋》类”下，儒学史料只随所在各书编入各自类目之中，如《孔子世家》《儒林列传》《仲尼弟子列传》《孟荀列传》等，都随《太史公》（即《史记》）列在“春秋类”。其他如《孔子三朝》《孔子徒人图法》等明显的儒学史料，也只列在"《论语》类"，还没有被视为史书。

晋代荀勖《中经新簿》为史书立有专门——"丙部"，以记史记、旧事、皇览簿、杂事等书籍。南朝阮孝绪《七录》"记传录"亦记史书，分成 12 类：国史、注历、旧事、职官、仪典、法制、伪史、杂传、鬼神、土地、谱状、簿录。由于二书久佚，其中有多少儒学史著作尚难考定。

《隋书·经籍志》史部共分 13 类：正史、古史、杂史、霸史、起居注、旧事、职官、仪注、刑法、杂传、地理、谱系、簿录，从此奠定了中国目录书史部的基本框架，后世目录都以《隋志》为基础来增删损益。不过，这些目录的分类所面对的都是各种类型和各种内容的史书，没有特别在意儒学史著作，更没有将"儒学史"设为专目。

历代目录学著作囿于综合性目录的编纂体例，儒学史料只分散杂录于综合性史部之下，如《隋书·经籍志》将可与儒家经典相互补充的《逸周书》、何承天《春秋前传》及《春秋前杂传》、乐资《春秋后传》和刘绍记载圣贤事迹的《先圣本纪》等，统统与《战国策》《楚汉春秋》《越绝记》等同隶"杂史"。又将以儒学人物为主要内容的魏明帝《海内先贤传》、无名氏《先贤集》《兖州先贤传》《徐州先贤传》、陈寿《益部耆旧传》、白褒《鲁国先贤传》，无名氏《蜀文翁学堂画赞》、皇甫谧《高士传》，梁元帝等的《孝子传》《孝德传》《忠臣传》《显忠传》，甚至《孔子弟子先儒传》《王朗王肃家传》等，仍与《列女传》《列仙传》

《名僧传》《美妇人传》之类杂书同归"杂传"。

即使在儒学史著作已经大量涌现和广泛流行的宋、元、明、清时期，诸家目录也没有为儒学史单立一目。一些纯粹讨论儒学历史或学术渊源的著作，如《东家杂记》《孔子年谱》《孟子年谱》《伊洛渊源录》《明儒学案》《宋元学案》《关学编》《洛学编》《元儒考略》《理学宗传》《圣学宗传》《闽中理学渊源考》和《学统》《阙里文献考》等等，体例不可谓不纯，内容不可谓不正，数量也不可谓不多，却仍然被笼罩在"史部·传记"之下。不仅其内容和价值未得应有彰显，而且与释家、道流、方士、神仙合编一处，学术源流也混淆不清。至于其他尚载在别集、总集之中的儒学传记、碑刻、品题、学录等史料，更成艺海尘珠，不见天日。

由于得不到系统收录和整理，许多儒学史料不仅未能充分重视和利用，而且不少有价值的史书，如前述刘绍《先圣本纪》、无名氏《孔子弟子先儒传》等，也在人们的疏忽之中亡佚了。如何系统地将分散各处的儒学史料搜罗起来，建立合理的著录体系，并在此体系下加以科学地整理、编录和出版，既是目前从事《儒藏》编纂不可回避也不能回避的问题，也是从事儒学史和儒学文献研究者责无旁贷的主题。

当年梁启超《新史学》论史书分类，曾提议在史部设"学史"一目，著录学术史著作，"如《明儒学案》《国朝汉学师承记》等"。又设"史学"目来统"史学理论类著作"，如《史通》《文史通义》等；再设"事论"目来统史评著作，如《读通鉴论》《宋论》等。

可惜当时并没有得到目录学家的回应。

　　根据梁氏"学史"的设想，我们认为，"儒史文献"研究应当对儒学史文献进行系统梳理、分类和著录。根据"学史"这一特点，我们就会发现历史上的许多文献其实都是重要儒学史研究资料。如：关于孔孟及其家族、门人弟子的文献，有补于先秦儒学传播史的研究。关于历代儒学人物生平传记的文献，如正史中"儒林传"（"儒学传"或"道学传"）和大儒专传，历代儒林传记专书，包括各种合传、独传、言行录、碑传集、年谱等，自然是研究儒家名流的重要史料。有关儒学师承、学术渊源的文献，包括历代学案、学统源流、经学师传、经籍艺文等，当然更是全面系统研究儒学发展衍变史的系统史料。还有关于古代教育机构、考试制度的文献，其中也蕴含了大量儒家教育的信息。至于记载儒家礼乐制度以及反映儒家礼制思想的礼乐文献，如正史的礼志、历朝的礼典以及民间礼书、谥讳文献等等，也是研究儒家礼乐文化不可或缺的史料。此外，还有杂录儒学其他方面的杂记和杂考文献，也足资儒史面貌的探讨和勾勒。

　　根据以上儒学文献的实际，本编大致按"孔孟史志""儒林学案""儒林碑传""儒林史传""儒林年谱""学校""礼乐""杂史"等类别，分别对这些儒学史文献的源流及其要籍，举要钩玄，作一通览。

（二）"史部"小序

1.孔孟史志小序

孔子是儒学的创始人，孟子是儒学的光大者，唐宋以后，"孔孟"并称。本编《孔孟史志》收录历代记录、考证、研究孔孟及其家族、门人生平事迹、孔庙崇祀沿革典礼、圣门掌故等方面的著作。

孔子名丘，春秋时鲁人。父纥字叔梁，曾为郰邑大夫，不幸早逝。孔子"少也贱"，尝"为贫而仕"，作过乘田、委吏等小官，故"多能鄙事"，并精通礼、乐、射、御、书、数。鲁定公时，作过鲁国司空和大司寇，他锐意改革，"欲去三桓"以"张公室"，未竟全功。遂周游列国，到过齐、卫、宋、陈、蔡、楚等国，备历艰辛，曾畏于匡，厄于陈、蔡，流亡14年，"干七十余君"而无所遇。于是返鲁，授徒教学，论次《诗》《书》，修起《礼》《乐》，赞《易》，修《春秋》。及门弟子3000，身通六艺者70余人。孔子学说，经门弟子子夏、子张、曾子及裔孙子思等人传扬，至战国孟子、荀子而张大，成为显学。汉武帝时表章儒术，定为一尊，儒学遂成为中国正宗思想，孔子也成了万古景仰的圣人。

孟子名轲，战国邹人。少而孤弱，幸得贤母"三迁""断机"之训。及长，受业于子思之门人，得孔子正传。倡言"仁政"，主张"性善"，设教授徒，攘异端，辟杨、墨。周游列国，到过齐、宋、梁、滕、薛等国，行迹极类孔子。孟子生逢讲求"耕战"和"功

利"的战国之世，却独标"王道"，以"仁义"为本，故其所至
辄不合。于是退而与弟子公孙丑、万章之徒述尧、舜、禹、汤、文、
武、周、孔之意，作《孟子》七篇。

孔子及其门人的言行，记录于《论语》一书中为多。其次是《史
记》，有《孔子世家》和《仲尼弟子列传》。又有《孔子家语》一书，
记事复多于前，但学人怀疑曾经王肃窜乱，颇不之信。后世研究
孔子及门人，多以《论语》《史记》为准。孟子及门人的生平事迹，
除《孟子》一书和《史记·孟子荀卿列传》外，史文无多，文献
难征。故关于孟子的事迹，历代众说纷纭，莫衷一是。其关系较
大者，如孟子"受业子思之门"抑或"受业子思之门人"之疑案，
适梁、适齐顺序之后先，孟子门人之数量，从古以来，皆无定说。

孔、孟生前不遇于时，身后则倍受尊荣、享崇祀。鲁哀公
十七年，已为孔子立庙于孔氏旧宅。汉高、光武二帝皆以太牢祀
阙里。文翁治蜀，尝绘孔子及七十二贤像，日夕礼拜。其后诸郡
邑间有作孔子庙者。汉平帝追谥曰"宣尼公"。唐贞观四年，诏
州县皆立孔子庙。宋大中祥符中，加圣像冕九旒、服九章、圭用玉。
崇宁四年增冕十二旒。明嘉靖中改称"至圣先师孔子"，用木主，
不设像。随着孔子被尊崇，孔子的弟子也享受陪祀、配食之礼，
从而又形成孔庙从祀以及礼乐隆杀之制度。孟子的被尊崇也与孔
庙的陪祀制度有关。由于宋儒对《孟子》一书的提倡，宋神宗封
孟子为"邹国公"，配食孔庙。至元文宗时，封孟子为"邹国亚
圣公"，从而确定了孟子仅次于孔子的"亚圣"地位。

在尊崇孔、孟的同时，孔、孟、颜（回）、曾（参）的家族后裔也受到历代统治者的特别礼遇。北宋以下，孔子嫡孙世袭"衍圣公"。明清时期，孟、颜等圣贤嫡孙也世袭"五经博士"，在政治、经济、文化上都享有特权。

关于孔子、孟子和孔孟弟子在历代的尊荣和崇祀，孔氏、孟氏、颜氏、曾氏后裔的传衍与兴衰，历来都是学术史研究所重视的内容。此类文献历代皆有著录，《汉书·艺文志》"六艺略·论语类"即有《孔子三朝》七篇和《孔子徒人图法》二卷，《隋书·经籍志》亦著录《孔子弟子先儒传》十卷，惜皆不传。自宋胡仔《孔子编年》、孔传《东家杂记》，金孔元措《孔氏祖庭广记》以后，此类文献又丰富起来，构成了研究孔子、孟子乃至整个中国儒学史的重要内容。故兹别为一目，首加甄录。

本编所收文献，大体上可以分为四类。第一类：儒门人物志，如《孔子弟子传略》《孔门儒教列传》《孔子弟子考》《孟子弟子考》《孟子弟子考补正》《孟子事实录》《孟子游历考》《圣门人物志》《圣贤像赞》等。第二类：儒门家族志，如《东家杂记》《孔氏祖庭广记》《阙里志》《阙里广志》《阙里述闻》《阙里文献考》《陋巷志》《闵子世谱》《仲志》《宗圣志》《三迁志》《孟志编略》《孔孟颜三氏志》等。第三类：儒门礼乐志，包括《圣门礼志》《圣门乐志》《圣节会约》《圣域述闻》《文庙从祀弟子赞》《文庙从祀位次考》《文庙从祀先贤先儒考》《文庙丁祭谱》《文庙礼乐考》《文庙贤儒功德录》《学宫辑略》等。第四类：儒门综合志，包括《圣门志》《圣迹图》《孔圣家语图》《孔圣全书》《洙泗考信录》《洙泗考信余录》等。另有一些著述也事涉孔、孟，却未能收入本类，则将在"别史"和"杂史"中收录。（杨世文撰，舒大刚修订）

2.历代学案小序

中国儒学流派众多，异彩纷呈。从历史的大视野看，经历了先秦之子学、两汉之经学、魏晋之玄学、隋唐之义疏学、宋明之理学、清代之朴学。经学之中，大的方面有汉学、宋学、清学；小的方面，汉学之中又有今文学、古文学、郑学、王学，清学之中又有吴学、皖学、扬州学、常州学等等。每一个学派、每一部著作、每一种学说，必定有其发生、发展、变化的过程，有其产生的时代背景和授受渊源。中国学人自古以来就有重视学术流变史研究的传统。先秦时代的《庄子》《荀子》《韩非子》等书对当时的学术流派即进行过评论，可以说是中国学术史研究的滥觞。此后"正史"中的《儒林传》（或《儒学传》《道学传》）、《艺文志》（或《经籍志》）都带有学术史的性质，南北朝出现的"先儒传"（或"先贤传""耆旧传"）则初具学术专史的规模，学术源流史研究遂成为中国古代学术的一个重要分支。不过，无论是"正史"的《儒林传》（或《儒学传》《道学传》），还是"先儒传"（或"先贤传""耆旧传"），都只能部分反映各朝各代儒学研究和发展的情况，至多反映出主要儒学家的生平概略，而无法全面、系统地展示一代儒学发展的源流正变、主要儒学家的学术贡献。在这一点上，"学案"体有其自身的优势。

　　"学案"是一种编纂和研究传统学术思想史的著述方式。"学"，即学者、学术，主要指儒学人物之生平事迹、学术活动、学术贡献；"案"即评论和考订，即"辨章学术，考镜源流"。"学案"之名，正式出现于明代中后期，耿定向撰《陆杨二先生学案》，刘元卿编《诸儒学案》，是以"学案"名书的早期著作。但"学案"这一著述形式的起源，至少可以上溯到佛家的《传灯录》和朱熹的《伊洛渊源录》。这以后，此类著述逐渐增多。明代有周汝登的《圣学宗传》，孙奇逢也撰有性质、体例相近的《理学宗传》，都是较好的学术源流史著作。但真正内容系统完整、体例严密成熟的"学案"体著作，应以黄宗羲《明儒学案》和由黄宗羲创始、经全祖望纂定的《宋元学案》二书为最善。

　　"学案"的体例，一般是每一学派设立一案（其中卓然成家的大师又别为立案），前有"序录"，叙述学术渊源、学术特点，略当小序。其次是案主"小传"，传后是案主的"语录"及重要学术观点"摘要"。以下再根据与案主的关系，分列流派中人的传记和语录。全祖望续补的《宋元学案》，在每一学案前又列"学案表"，备列该派师友、传人之关系，旁行斜上，一目了然。最后还增设"附录"，摘录逸闻佚事、后人评论。

　　如《宋元学案》卷一"安定学案"，首有"安定学案表"，罗列胡瑗的师友传承；次为"安定学案序录"，概述胡瑗的学术特色及其在宋学中的地位。然后是胡瑗的传记，传记之后摘录胡瑗的学术资料，最后是附录，摘录与胡瑗学术思想密切相关的遗闻轶事。接下来是"安定学侣""安定同调""安定门人"等各类人物附案，一时间与胡瑗讲论、过从或持论相同、相近之人，以及传胡氏之学的门人或再传弟子，他们之间的往来关系和学术观点，大体上都清晰地反映出来了。这是其他各类史书体裁难以做到的。

正因为"学案"体著作在反映学术流变等方面有着其他史书无法替代的优势，故继黄宗羲、全祖望之后，作者继踵。清儒江藩有《汉学师承记》《宋学渊源记》，唐鉴有《清儒学案小识》，唐晏有《两汉三国学案》，徐世昌有《清儒学案》。至于其他同类著作，如《闽中理学渊源考》《江西理学考》《台学统》《皖学编》《关学编》《浙学宗传》《蜀学编》等地方性学案，如《实学考》《颜氏学记》等专门性学案，更是多不胜举，从而构成了庞大的学术流派史著作体系。

本编收录唐晏《两汉三国学案》，黄宗羲、全祖望《宋元学案》，冯云濠、王梓材《宋元学案补遗》，黄宗羲《明儒学案》，徐世昌《清儒学案》，共有5种，为卷500。它们都是体例完备、内容齐全、资料充实、名符其实的儒学全史。除了先秦、魏晋、南北朝、隋唐、五代等段的学案正在新编之中，目前尚付阙如外，五个《学案》蝉联而下，中国儒学中"汉学"与"宋学"的代表时期，都有"案"可稽了。加之"学案"类书籍一般都卷帙浩大，字数繁多，仅此五书文字已达千万有奇，足可构成中国学术史之

"泱泱大国"。至于其他有"学案"之名而无其实，或虽有其实而无"学案"之名的书籍，以及一些规模较小、体制不备的学术史著述，则统统归入"别史类"中。（杨世文撰，舒大刚修订）

3. 儒林碑传小序

碑传相对于史传而言，指行状（又称"行述"）、墓志铭（又称"墓志"或"墓铭"）、墓碑（"方者为碑"，又称"神道碑"）、墓表（又称"阡表""殡表""灵表"）、墓碣（"圆者为碣"）等。其述人物生平事迹，巨细备载者谓之"行状"。"行状"相当于"实录"，其文多出门生故旧，资料原始，内容详尽。当时或牒考功太常以请议谥，或上史官以求编录，或致其人以书志表，其所投献者皆"行状"之属。至于文献中所见"事状""行述"等称谓，则为"行状"之变体或异称。其记死者之世系、名字、爵里、行治、寿年、卒葬年月与其子孙之大略，勒石加盖埋于圹前三尺，以防异时陵谷变迁者，有志有铭，是为"墓志铭"（其有志无铭者谓之"墓志""圹志"，有铭无志者谓之"墓铭""圹铭""埋铭"）。既为墓志以藏之幽壤，复为石碑以揭橥墓外，或称"碑""碣"，或曰"表""文"，与"墓志"幽显相映，详略互参，这又是对"墓志"的一大补充。

秦汉而下，流行石刻；东京以还，渐行碑状。人之云亡，树碑立传，或故吏叙旧，或门生述恩，皆与传主知交甚深，叙事不爽，为研究儒学史之第一手资料。儒者"疾没世而名不称"，故于此道尤重。这些传记资料，或葬之幽冥，或树之墓旁；或曾上之太史，为国史立传所本；或仍载在文集，为品题人物之资。亦有将其类编成集以永其传者，如杜大珪之《琬琰集》、焦竑之《献征录》、钱仪吉等《碑传集》三编等。但更多的是尚散见各处，无人统综，有的甚至还藏在山崖水涘，无人知晓，读者欲一见而不能得，更遑论其研究利用。

今兹广搜史志、别集、总集、兼及金石文类、考古文献，将历代儒学人物的各类碑传，广采慎择，予以汇录。

由于自从汉武帝"罢黜百家，表章六经"后，传统知识分子无不读经，无不业儒，他们大体皆可称为"儒生"，这就为我们选辑"儒林碑传"增加了难度。不过，我们为本辑制订的选择标准是，除历史上公认的、对儒学发展做出过重要贡献的大儒、名儒在所必收外，其他则着重发掘那些有儒学事迹、有儒学著作，而又鲜为人知的儒学人物的碑传资料，希望从更广阔的角度全方位地反映中国儒学发展演变的真实面貌和历史轨迹。同时，考虑到儒学有一个由个别到普及，由局部到全面，由华夏到边裔的渐进传播过程，特别是儒学文献也是前少后多、前疏后密。

为反映儒学的发展历程，照顾儒学文献的具体实际，我们对唐以前的儒人碑传，尽量从宽，举凡其人有治经通经、明经中第、兴学重教、传经授徒之内容者，都在收录之列。对于宋代以后的碑传，除辽、金、元收录较宽外，其他王朝都收录较严。大体上形成前松后紧，上宽下严，少数民族宽，汉族学人严，辽金元宽，宋明清严的取舍格局，从而起到轻重适度，内外有别，先后兼顾，古今互补的作用。

自两汉迄于清末，共搜得碑传文章4000余篇，涉及传主3400余人。大体按时代为编，以生卒为序，凡为7书：《两汉魏晋南北朝儒林碑传集》《隋唐五代儒林碑传集》《宋儒碑传集》《辽金儒林碑传集》《元儒碑传集》《明儒碑传集》《清儒碑传集》。共分14册，文字不下1000万。历代儒学人物的碑传资料，大体荟萃于兹矣。（杨世文撰，舒大刚修订）

3.儒林年谱小序

"年谱"作为一种特殊的传记文献，兼有编年、传记二体之长。如果考察其渊源，上可始于先秦；而论其完备的体例，则以两宋为最。及至明、清和近世，年谱的撰著尤为流行且发达。宋人所编本朝人的年谱大约有100余种、前代人的年谱大约有50余种，于是奠定了年谱编纂的重要基础。自兹以降，历代编谱成风，"年谱"与"碑志""史传"，遂成为人物史料的三大强国。据不完全统计，宋元明清所编年谱现存的尚有5000余种，可不伟欤！

综观现有各类年谱，内容丰富，传主庞杂，上自帝王将相、明哲圣贤，下迄畸人君子、高人韵士，无不应有尽有。比如宋人胡仔所编《孔子编年》、清人王懋竑所编《朱子年谱》等一批儒学人物年谱，就是其中的杰出代表。年谱是人物事迹的编年，巨细必录，大小俱载，是立体反映人物成长、事功的绝佳资料。儒学人物的年谱更是本末详悉、渊源毕备，比如儒者们的师承授受、成长经历、治学道路、著述概况以及思想演进等，都在年谱之中得到原原本本的体现。搜集和整理儒学年谱，对于研究儒学发展史、经学传授史和儒家教育史，都有不可忽略的价值。

可是古代的年谱，有的附于文集之后，未能得到独立流传；有的深藏秘府，不能轻易见示于人；有的仍以稿本秘藏，锁在书箧，都不利于年谱类史书学术价值的体现。至于对年谱进行系统收集和整理，充分地研究和揭示其学术价值者，更是罕见其人。即或是已经单行的年谱类著述，在目录中很长时间内都只附在史部的"传记"（或"谱录"）类中，未能独立门户，彰显价值。至于那些尚附在文集、载于专书者，更是只有随其所在书籍而分散于"经史子集"的不同部类，未能得到集中呈现，极不便于利用。

直至明、清时期，祁氏《澹生堂藏书目》、钱氏《述古堂书目》才在史部的传记类立有"年谱"子目，以示区别。至于对年谱进行专门的研究和著录，则是 20 世纪的事情。1929 年，梁廷灿撰《年谱考略》（载《国立北平图书馆月刊》）；1929 年至 1931 年，汪阆又发表《馆藏历代名人年谱集目》（载《江苏省国立图书馆年刊》），算是对年谱进行专门研究的早期作品。1941 年，商务印书馆出版了李士涛的《中国历代名人年谱目录》，收录现代年谱 1108 部，此乃第一部以年谱文献为著录和检索对象的专著。其后，年谱著录的专书，乃陆续出版，于是形成"谱学"研究的重要内容。如，1962 年，杭州大学图书馆编印了《中国历代人物年谱集目》（收录古今年谱 1800 余种）；1965 年，台湾东海大学图书馆出版王宝先编的《历代名人年谱总目》；1980 年，书目文献出版社又出版了杨殿珣编的《中国历代年谱总录》（初版收录3015种，1996年增订版收录4450种）；1992年，谢巍编纂出版了《中国历代人物年谱考录》；1995年，黄秀文等还编撰出版了《中国年谱词典》（收录四千余谱）；1999年，台湾华世出版社出版王德毅所编《中国历代名人年谱总目》（修订版，收录5000余种）；同时，中华书局出版来新夏所编《近三百年人物年谱知见录》等，更是推陈出新，后出转精。

就年谱的整理出版而言，20世纪以来才出现了年谱丛书。初期有刘师培的《历代名人年谱大成》；其后，商务印书馆曾拟印大型年谱丛书，因抗战爆发而暂停止。后来迁台，乃陆续付诸实施，迄1980年共出版了18辑、180余种，题名《新编中国历代名人年谱集成》。1975年，台湾广文书局也辑《中国历代名人年谱汇编》。1998年，经过8年的筹划和编纂，北京图书馆出版了周和平主编的《北京图书馆藏珍本年谱丛刊》，收录1212种，这是目前所见收录年谱最多的专门丛书。

综观近百年来年谱的整理和研究概况，在目录书和工具书的编制上取得了不小成就，在整理和辑印旧谱上也有绩可述。但是，在对年谱进行分类整理和研究方面，却明显不足。目前辑印的年谱丛书，多是随意进行，就地取材，未能系统调查和甄别，更缺少精心的校勘和整理。所收者未必皆精，而精者未必全录，玙玉杂陈，薰莸同器。如前人所编孔子年谱多达160余种，所编朱熹年谱亦有50余种，当然不能保证本本皆精，需要择优汰劣，精加校勘，以利使用。如果不加甄别，笼统收录，必使读者茫然如坠五里云雾，多歧亡羊，无所适从。就编纂形式而论，现有的各类年谱丛刊，多系综合的，缺少专门性和专题性，对专题研究十分不便，令人生惑。

《儒藏·儒林年谱》于古今学人著录之林林总总年谱中，集中选录历代名儒年谱。从宋朝胡仔编撰《孔子编年》起，收入了孟子、司马迁、荀子、贾谊、董仲舒、刘向、扬雄、王充、贾逵、班固、许慎、韩愈、柳宗元、范仲淹、胡瑗、石介、欧阳修、李觏、三苏、周敦颐、曾巩、司马光、王安石、二程、朱熹等，一直到近代的皮锡瑞、廖平、康有为、章炳麟、王国维等人，极历朝儒林年谱之俊选。

本辑根据"依儒学为主题，以优胜为标准"之原则，广采慎择，择优选萃，既保持了年谱兼有编年体和记传体的优点，又总结了大儒们的人格风范与学术视野。每种年谱前皆配有整理《提要》，读者通过这些资料，不难看到所选大儒一生之治学历程与学术思想，体会他们如何以儒立国、以儒治世，如何将理论与实践结合，个体修养与群体利益结合，道德修养与政治事业结合的。因此，这套《儒林年谱》不仅是整理研究儒者年谱的活动，还是综合观览儒学发展、儒学资治的政治实践。

唯是年谱之作，每每前修未密，后出转精，近人时贤，代有佳作。按理应当弃旧取新，存其最善。然而新著诸书，或牵于著作之权，或系于专售之利，割爱不易，授权为难。故兹此编，于时则断至 20 世纪 40 年代，于书则取其授权者。其非专授，虽有名品，亦付阙如。是岂故为矜持？亦不得已焉矣。

4. 儒林史传小序

《儒林史传》专录儒者之传记。所谓"传记"，即人物生平事迹之记录。别而言之，"传"者偏重生平始末（如《晏子春秋》），"记"则偏重遗闻轶事（如《孔子三朝记》）。合而观之，举凡生平事迹之记录皆可谓之"传记"。传记文献，起源甚早，史称"古之王者，世有史官，君举必书，左史记言，右史记事"，此即人君之传记；后世尊君，人君传记称之为"本纪"，"纪"即"记"也，盖亦"传记"之流，《穆天子传》尚存其概。

古之史官，非仅"君举必书"，凡动关军国、事涉教化者，虽人臣士夫，亦尝获记。《左传》称，虢仲、虢叔、王季之穆，"勋在王室，藏于盟府"；《周礼》"闾胥之政，凡聚众庶，书其敬敏任恤者，族师每月书其孝悌睦姻有学者，党正岁书其德行道艺者，而入之于乡大夫，乡大夫三年大比，考其德行道艺，举其贤者能者而献其书，王再拜受之，登于天府，内史贰之"。于是"自公卿诸侯至于群士，善恶之迹，毕集史职"，甚至"穷居侧陋之士，言行必达，皆有史传"（《隋书·经籍志》），此即"传"之属也。

《左传》又载，臧纥之叛，季孙"召外史掌恶臣而盟首焉"；《周官》司寇："凡大盟约莅其盟书，登于天府"；太史、内史"司会六官，皆受其贰而藏之"，是则"王者诛赏，具录其事，昭告神明，百官史臣，皆藏其书"（《隋志》），此即"记"之属也。

出土金文，或录因功受赏，或纪缘能得封，皆此类也。

战国之世，天下分崩，史官旷绝，私记爰兴，《晏子春秋》《虞氏春秋》之类，纷然杂出。及秦焚书，"诸侯史记尤甚"，传记文献扫地几尽。汉兴，武帝令举贤良文学，嘉言懿行，载在荐书，"天下计书，先上太史，副上丞相"（《史记·太史公自叙》），于是举国人士之善恶，天下功臣之勋阀，靡不毕集于太史。司马迁、班固因之，撰成纪、传、表、志（或称书）俱全之《史记》《汉书》。后世因之，蝉联而下，遂成"二十四史"（或"二十五史"）之局，是即"正史"。

"正史"以帝王世系、军国要务为中心，其纪帝王者谓之"本纪"，纪帝胄勋阀者谓之"世家"，纪功臣列士者谓之"列传"，纪政治典章者谓之"志"（或"书"），提挈纲目、旁行斜上者谓之"表"。所录人事，或缘帝系，或在军国，纵非勋阀，亦皆旧阅；其有奇才高行，立德立言，如孔子、孟子、老子、荀子之伦者，亦间蒙纪录，遂使"正史"成为总录一代之"全史"。

然而"正史"既以帝王、军国为中心，故于思想文化、社会风俗，不能不有所取舍，刘知幾有"论其细也，则纤芥无遗；语其粗也，则丘山是弃"之讥，"正史"实难辞其咎。于是在"正史"传记之外，又有"杂传"以济其穷。西汉时，阮仓作《列仙图》；刘向典校经籍，又作《列仙》《列士》《列女》诸传，皆此类也。后汉光武又下令南阳撰《风俗传》，于是天下风从，沛郡、三辅之《耆旧》《节士》之传，东鲁、庐江之《名德》《先贤》诸赞，接踵而兴，"郡国之书，由是而作"（《隋志》）。魏文帝作《列异》以序鬼物奇怪；嵇康作《圣贤高士》以传圣心贤风。兹后文士继踵，"因其事类，相继而作者甚众，名目转广，而又杂以虚诞怪妄之说"（《隋志》），"传记"类题材领域遂大为拓展。

魏晋南北朝，传记类文献数量激增。据《隋志》所载，其记乡贤者则有刘义庆《徐州先贤传》、陈寿《益部耆旧传》等，其记品德者则有王韶之、梁武帝、梁元帝等《孝子传》，其记名节者则有无名氏《海内士品》、梁元帝《忠臣传》。又有记玄学之袁敬仲《正始名士传》、刘义庆《江左名士传》，记义士之刘向《列士传》，记文人之张隐《文士传》，记良吏之钟岏《良吏传》。至如僧道，亦有虞孝敬《高僧传》、葛洪《神仙传》、马枢《道学传》；隐士，则有习凿齿《逸人高士传》、皇甫谧《高士传》；妇女，则有刘向、皇甫谧等《列女传》，无名氏《美妇人传》；儿童，则有王瑱《童子传》、刘昭《幼童传》；友朋，则有梁元帝《怀旧志》、卢思道《知己传》。除此之外，还有专记个人者，如东方朔、管辂等传及诸"别传"；有专记世族者，如《荀氏家传》《孔氏家传》等。是皆"史笔之所不及者，方闻之士得以纪述而为劝戒"者也（《文献通考》卷一九五引《宋三朝艺文志》）。

传记文献数量庞大、内容复杂、体制多样、名目繁多。《隋志》称之为"杂传"，共著录六朝以来传记217部、1286卷。唐行科举，又增登科之录；藩镇割据，遂有列藩之记。《旧唐志》"杂传类"录有194部、1970卷。至宋，传记文献更增于前，《宋两朝艺文志》曰："传记之作，近世尤盛，其为家者，亦多可称。"（《文献通考》卷一九五引）郑樵《通志·艺文略》录有383部、2857卷。除却《唐志》所录，宋人著述已近200余种。此类文献在明清时期非常发达，《明史·艺文志》所录有明一代"传记类一百四十四部、一千九百九十七卷"；孙殿起以鬻书所见，撰成《贩书偶记》及《续编》，共录"传记"720余种，主要为清人著述。上海图书馆编《中国丛书综录》，将古代近2800种丛书所收传记目录汇为一编，总数在1600种以上。于兹可见"传记"文献之盛。

"传记"文献内容十分复杂。论传主，则有耆旧、名贤、僧道、技艺、妇女、文士；论范围，则有全国、郡邑、藩邦、域外；论体例，则有小传、杂记、学案、碑传、年谱；等等。若概以"杂传"名之，则名不雅驯，容易湮没贤达传记之史料价值。若概以"传记"统之，则又薰莸同器，使孔孟名儒与《美妇人传》同编，忠臣雅士与《妬妇》《侍儿》同列。故有详加甄采，分别部居之必要。

《旧唐志》将"杂传"分为："先贤""耆旧"三十九家，"孝友"十家，"忠节"三家，"列藩"三家，"良吏"二家，"高逸"十八家，"杂传"五家，"科录"一家，"家传"十一家，"文士"三家，"仙灵"二十六家，"高僧"十家，"鬼神"二十六家，"列女"十六家。郑樵《通志》将380余种"传记"分为"耆旧、高隐、孝友、忠烈、名士、交游、列传、家传、列女、科第、名号、冥异、祥异"13类。至《中国丛书综录》，分类更趋合理，先按记录范围分成"总录""专录""杂录"三大类，再按内容厘为"历代、郡邑、域外、家乘、姓名、人表、仕宦、学林、文苑、名医、艺术、列女、隐逸、孝友、杂传、释道、日记、琐记”18目。

以上分类，只客观反映传记文献之类型，而未能甄别表彰文献之价值。特别在主题类别方面，连“名医”“僧道”都立专目，而于儒林圣贤却不置一喙，不贤识小，于此何异？有鉴于此，《四库全书总目》特将传记文献“略为区别：一曰圣贤，如孔孟年谱之类；二曰名人，如《魏郑公谏录》之类；三曰总录，如《列女传》之类；四曰杂录，如《骖鸾录》之类”。《贩书偶记》继之，在“名贤、名人、总录、杂录”四大类中，亦以“名贤”专纪孔孟文献。然而，《四库》“圣贤”仅录两种，《贩书》“名贤”亦不过十余种，于卷帙浩繁之“传记”文献中不过万绿丛中一点红而已。又兼诸家著录，都将“圣贤”（或“名贤”）、“学案”“年谱”“碑传”，同隶于“传记”之科，各类文献功能及价值并未得到区别和突出。

《儒藏》“史部”将“圣贤”文献别为《孔孟史志》，“学案”文献别为《历代学案》，“碑传”文献别为《儒林碑传》，年谱文献别为《儒林年谱》，分别部居，不相杂厕，各类文献之源流分合既明，其特殊之学术价值亦已凸现。今复于“孔孟”“学案”“碑传”“年谱”外，摭录其他儒者传记，编成《儒林史传》，以与前者互为经纬，互相补充。

《儒林史传》主要由三大类文献构成：一是“正史”之儒传，二是“通录”性儒传，三是专录性儒传。

“正史儒传”乃辑录“正史”中儒学传记而成。司马迁撰《史记》，首开为儒者立传之先例，孔子有《孔子世家》、孔门有《仲尼弟子列传》，其他如孟子、荀子、叔孙通、公孙弘诸大儒，亦皆有专门传记；其主于诸经传授者，则有《儒林列传》。特别是《儒林列传》篇首"序"，历叙先秦至汉初儒学传授，概略明具；复分专经专师，叙述经学授受，源流清晰。此例一立，自《汉书》以下历代"正史"（除《南齐书》外），莫不为儒者立传，也莫不有《儒林列传》（《宋史》于《儒林列传》外，更有《道学列传》）。"正史"体例严整，叙事翔实，其于皇家中篝，容或回护；而于学术文化，毋庸曲笔。故"正史"儒传，实乃儒教之正史、学术之定评，从事历代儒学研究，固当首先取材于兹。《儒藏·儒林史传》第一类，即将"二十四史"暨《新元史》和《清史稿》之《儒林传》及儒者传辑录成编。其编录仍依原史各自成书，凡26种。其排序，则首以《儒林传》，可以概见一代儒学传授之源流正变；次以大儒各传，略依时代先后为序，于此可观儒学发展异峰突起与波澜壮阔之景象。

"正史儒传"之外，收录更多者乃独立之儒学传记。此类传记，在历史上也产生甚早，《汉志》"六艺略·论语家"有《孔子三朝》七篇、《孔子徒人图法》二卷，前篇今仍见于《大戴礼记》，后者则已失传；《隋志》传记类亦有《汉文翁学堂像题记》二卷，《孔子弟子先儒传》十卷，《扬雄家牒》《王朗王肃家传》各一卷，《孔氏（融）家传》五卷，《管辂别传》等，综合、专录、家传、别传诸体，俱已备矣。此外，尚有《先贤》《耆旧》《孝子》诸传数十余种，其中不乏以儒行儒言名世之人。

对儒者学术渊源、人物事迹有意识地进行考索和整理者，当数宋人。朱熹撰《伊洛渊源录》十四卷，"记周子以下及程子交游门弟子言行"，其中有行状，有轶事，有语录，有评论，有荐章，盖欲"以前言往行，矜式后人"（《四库全书总目》），对道脉统宗、理学渊源，首次进行叙录。又撰《名臣言行录》，摘录史传、文集之嘉言懿行，以垂世教。于是创立专纪儒者学术事迹，注重学术渊源，兼录学术语录之史体。此类体裁，至明清而达于极盛，黄宗羲《明儒学案》《宋元学案》为其代表。后学承之，遂演为体系庞大、卷帙浩繁之"学案体"。此类文献《儒藏》已别为《历代学案》纪之。

"学案"之外，同类文献尚多有之。其纪历代儒学人物者，则有明魏显国之《儒林全传》、清朱轼之《历代名儒传》；其纪儒学宗派、道学渊源者，则有明周汝登之《圣学宗传》、清孙奇逢之《理学宗传》、黄嗣东之《道学渊源录》；其讲学统文脉者，则有清熊赐履之《学统》、张廷琛之《续学统》，凡此皆综录全国、通纪历代，是为"通录类"。

其或专纪某师，独录一派者，则有朱熹《伊洛渊源录》，丁宝昌《安定言行录》，张夏《雒闽渊源录》，宋端仪、薛应旂《考亭渊源录》，罗正钧《船山师友记》，戴望《颜李学记》等；其纪某一朝代，彰显一时之盛况者，则如江藩《国朝汉学师承记》及《国朝宋学渊源记》、唐鉴《学案小识》等；又有以地域为限，录一方学统者，则如明朱衡之《道南源委录》，明刘鳞长之《浙学宗传》，明冯从吾之《关学编》，清张伯行之《道南源委》，清李清馥之《闽中理学渊源考》，清汤斌之《洛学编》，清魏一鳌、尹会一之《北学编》，清徐文定之《皖学编》，清王棻之《台学统》，清方守道之《蜀学编》，清顾沅之《吴郡名贤图传赞》，等等，是皆为"专录"之属。

此类著作，或展现儒林大观，或专录一方名胜，或探明学术渊源，或摘录哲言睿语，或表彰轶事高行，"文言美词，列于章句；委曲叙事，存于细书"（《史通·补注篇》），无论著录之广，抑或记事之详，皆远在"正史"之上，足可与"正史儒传"互为补充，相得益彰。兹录得儒林传记一百余种，都为一辑，以备《儒林史传》焉。

5. 学校史志小序

中国素有重教尊师传统，《礼记·王制》载："有虞氏养国老于上庠，养庶老于下庠；夏后氏养国老于东序，养庶老于西序；殷人养国老于右学，养庶老于左学；周人养国老于东胶，养庶老于虞庠，虞庠在国之西郊。"这些"庠""序""学""胶"，都是古代的学校。可见自虞舜至于三代，学校便已伴随养老制度产生了。

周人总结前代经验，教育制度最为明备，从天子到诸侯，从政府到大夫之家、乡间闾里，皆有教育，均设学校。《礼记·学记》说："古之教者，家有塾，党有庠，术（遂）有序，国有学。""塾""庠""序""学",就是周代从中央到地方的各级学校名称。古者"学在官府",中央之学必待天子命名而后成,其名称又有辟雍、成均、上庠、东序、瞽宗之别,大学、小学之异。《王制》曰:"天子命之教然后为学……大学在郊,天子曰辟雍,诸侯曰泮宫。"陆佃也说:"辟雍居中,其南为成均,北为上庠,东为东序,西为瞽宗。"(《玉海》卷一一一引)士大夫年老致仕,归教于塾学;贵胄世子,则七岁入小学,教以人伦;十有五岁入大学,师儒"顺先王《诗》《书》《礼》《乐》以造士",从而实现其"先知知后知、先觉觉后觉"的知识传授,和对士人"说《礼》《乐》、敦《诗》《书》"等从政能力的培养。此西周盛时之制,《学记》所谓"建国君民,教学为先",正谓此也。

及乎东周,王纲解纽,礼乐征伐自诸侯出,于是"天子失官,学在四夷"(《左传》昭公十七年),旧时官学体系忽焉瓦解,"德之不修,学之不讲",孔子有忧焉,于是"论次《诗》《书》,修起《礼》《乐》","序《易》传","作《春秋》"(《史记》),将记载"先王陈迹"的"旧法世传之史"(《庄子》),修订成具有仁义思想的"六经"。孔子还创办私学,"有教无类",以《诗》《书》《礼》《乐》教,弟子著籍者3000余人,身通六艺者七十有二人。孔子卒后,弟子散游诸侯,友教士大夫,或为王者师,不仅大力推广了孔子学说,也壮大了孔子的事业——私学。

孟子、荀子继之,也以教学方式传播儒家思想,于是私学益壮，成为官方庠、序、学、校之外的重要补充。私学之于启迪民智、促进学术，比之官学更胜一筹，对于战国时期百家竞起、诸子勃兴具有直接的促进作用。

秦重功利，奖励耕战，不尚学术，毁弃《诗》《书》，博士虽设，特备员待问。后期甚至"焚书坑儒"，实行愚民政策，以吏为师，以法为教，儒家提倡的文教措施，丢失殆尽。汉革秦陋，"除挟书之律，置写书之官"，景帝末年，文翁在蜀郡兴起学校，选下县弟子入学，教以"七经"，此则地方官学传授儒经之始。武帝于中央设太学、五经博士，置弟子员，复令"天下郡国皆立学校官"（《汉书·循吏传》），地方官学于是日渐推广。于是教学大振，官学、私学，一时并兴。汉代官学有中央和地方两级，中央学又分太学、鸿都门学、四姓小侯学；地方学则以郡、县、乡、聚等行政区划，而有学、校、庠、序之设。平帝元始三年（公元三年），令郡国普遍设立学官，学、校、庠、序各设经师一人，主掌教化。

汉代也继承弘扬了孔子的"私学"传统，形成各种形式的民间教学组织，有"蒙学""精舍""精庐"诸名，略当后世小学、大学之分。这种以师、徒组成的经学研究群体，在汉代往往数量庞大、影响甚巨，人数多至百余人，有时甚至上千人，自西汉至于东汉，均不乏其例，贾逵、马融、郑玄皆其佼佼者也。

西晋为适应"门阀制度"需要，武帝在太学外另设"国子学"，用以优待五品官以上子弟入学。鲜卑族建立的北魏，也在地方建立了郡国学校。南朝刘宋，增强了中央官学分科教育，文帝时设儒学、玄学、史学、文学四大"学馆"，开启了隋唐以后专科学校的先河。受"门阀制度"和"坞堡经济"的影响，南北朝时期私学得到空前加强，许多坞堡既是私人经济、地方武装的堡垒，也是儒学传授、教育子弟的基地。重视童蒙教育和礼乐训示，成了这一时期教育的基本特色。

隋朝的短暂统一，也曾经带来教育的复苏，可惜隋朝君主前修后乱，好景不长。唐代是中国古代教育全面繁荣的极盛时代，在京师设国子监，下统"六学"：国子学、太学、四门学、书学、算学、律学。前三学具有大学功能，以儒家经学教育为主体；后三学则是知识技能传授，相当于今天的专科学校。此外还有崇文馆、弘文馆，亦有生员，是为"二馆"。唐代还为皇族子孙另立皇族小学，是名副其实的贵族学校。地方府、州、县，亦皆有学，设有博士、文学、助教及教官。

传统私学在唐代继续得到维持，唐代后期还产生了从中央文化组织演变而成的民间教育机构——"书院"，成为官办学校的重要补充，对后世影响甚大。当时长安俨然成为世界文化教育中心，内自吐蕃、高昌、突厥等族，外至日本、朝鲜、百济、阿拉伯诸国，常派子弟前来就学，以儒家思想为特色的中华文化也随之远播他方。

宋代的学校设置最为普遍，学校类型也有所增加，中央学、地方学及私学进一步成熟和发展，有力地促进了中国古代文化高峰时期——"宋代文化"的全面到来。特别是萌芽于唐代的"书院"

教学，在宋代完全成熟，白鹿、岳麓、应天、嵩阳是当时最著名的四大书院。

元代教育在经历了初期沉寂后，学校也逐渐得到恢复。中央有国子学、蒙古学和回回学；地方则按路、府、州、县等级别，形成路学、府学、州学、县学系统。这些官学例以儒经传授为主，故统称"儒学"。此外，元朝继承唐宋专科教育方法，在诸路开设了蒙古字学、医学、阴阳学等专门学校。元代中后期，书院教育也逐渐兴起，书院成为当时传授儒学特别是理学的重要场所，对儒学普及、移风易俗都起到了重要作用。

明朝的中央学校实行文教的有国子监、宗学，从事武教的有武学。自永乐都城北迁，国子监又分成南监和北监。地方学校则按行政区划有府、州、县学，按军事设施有都司学、行都司学、卫学；此外还有设在转运司、宣慰司、安抚司的学校。清袭明制，中央有国子监（或称国学、太学），地方则有府、州、县、卫等学。

明清时期，书院出现繁盛景象，许多大儒硕学皆集于书院，讲学论道，成一时风气。明朝后期，学士大夫借书院以评点时政、臧否人物，曾经遭到朝廷禁毁（如明代东林书院），但书院的教学和议政活动对明代学风转变却起到了极大推动作用。清初书院承晚明颓势，一度沉寂，直到康、雍二朝提倡才有所复苏。清廷为加强对学校的控制，书院教育日益官学化，致使这种本来游离于官民之间、对官学起着调剂作用的民间教育机制，也逐渐沦为为科举服务的官学附庸的境地。晚清，在张之洞、刘坤一等建议下，清廷下令将各省书院改建为学堂，此后在中国延续千年之久的书院制度便宣告退出历史舞台。

我们将记录上述学校内容的历史文献称为"学校史志"。此类资料，首推有关中央太学的志书。大约在战国时已有"太学志"的名称，蔡邕《明堂论》有《礼记太学志》一书，可惜其书久佚，内容不可详考。但观其所引"礼，士大夫学于圣人，善人祭于明堂，其无位者祭于太学"等佚文，当是有关教育制度之文献。后世"正史"在"儒林传""选举志"中对学校有所记述，历朝《会要》《会典》也有多种记载。郑樵《通志》卷五九设有"学校"一目，对有虞氏以下迄于唐代的学校设置，用简明的语言进行了概述。马端临《文献通考》则设有"学校考"一大门类，用卷四十至卷四十七整整八卷篇幅，考述了上古至宋朝历代中央、地方各级官学的设置情况，并对学校之祭祀、封赠、皇帝临幸及养老礼等，均有综述，实为中国历史上第一部内容丰富的"学校志"。

真正为中央学校撰写专书，实起于明代。明人所撰中央学校志，或称"太学志"，或称"国子监志"，或称"雍志"。黄虞稷《千顷堂书目》卷九载有《国子监建置沿革》一卷（始吴元年，至永乐五年），邢让《国子监志》二十二卷（一作《国子监通志》十卷），谢铎《国子监续志》十一卷，王佐《桥门录》，张位《太学条陈覆钞》一卷，吴节《南雍旧志》十八卷，黄佐《南雍志》二十四卷，《南雍新志》十八卷，王材《南雍申教录》十五卷、又《太学仪节》二卷、又《南雍再莅录》一卷，吴锡《胄监长编》，以及卢上铭、冯士骅所撰《辟雍纪事》十五卷、陈念先《雍略》二卷等书。

清人修太学志，始于乾隆年间国子祭酒陆宗楷，所编《皇朝太学志》一百八十卷。该书是清代及以前太学设置和运行历史之综合记录，凡分纶章门、建制门、祀典门、诣学门、乐律门、官师门、生徒门、国子监则例、选举门、艺文门、经费门、杂识门等12大门类；其下再分三级子目，如建制门有建学、设官、廨舍，祀典门有庙制、褒崇、配飨从祀、祭器祭品、祀位辑略，艺文门有经籍、奏议、诗赋、论著、碑碣等。举凡制度设施、文章典故，无不应有尽有，内容十分丰富。后之继修者，则有梁国治所修《钦定国子监志》等。

伴随着"书院"的产生和发展，有关书院的文献也应运而生。大致而言，唐代以诗歌题咏为多，宋代以单篇记录为主，至元明乃有专门的"书院志"。唐代如卢纶《宴赵氏昆季书院》《同耿拾遗春中题第五四郎新修书院》、顾非熊《夏日会修行段将军宅》、于鹄《赠李太守》、杨发《南溪书院》、贾岛《田将军书院》等等，皆是诗篇题咏。宋代，如王禹偁《潭州岳麓山书院记》、杨亿《南康军建昌县义居洪氏雷塘书院记》、吕祖谦《白鹿洞书院记》、张栻《岳麓书院记》、朱熹《石鼓书院记》等，皆以文章记录。

"书院志"专著可能在宋代已经出现，但今无传世者。方大琮《铁庵集》卷十七提到江万里（古心）《白鹭书院志》，欧阳守道《巽斋集》卷二十二提到李文伯《莱山书院志》，不知是否专著。其可明确定为书院专书者，则以《明史》所录刘俊《白鹿洞书院志》

六卷、孙存《岳麓书院图志》一卷为较早。

在体例上，书院志综合应用了《史记》《汉书》"志""书"和方志体等编纂形式，合图、记、志、传、表为一体，体裁多样，内容丰富。如为了直观地展现书院地理位置和建筑格局，卷首一般都有地形图和书院布局图；为反映书院建置沿革，一般都有记述之文；为指示生员学习和修养门径，一般都有学规、章程和训语。此外，诸如书院之管理、经济之来源、考试之制度、祭祀之礼仪、藏书之名目、名人之讲学与乎雅士之题咏等等，都在书院志中有专门篇卷予以记录。一部完善的书院志，实乃书院当年从事人才培养和文化活动的生动记录，是研究中国民间和地方教育史最直接的史料。

古今学人所撰国学志、书院志，无虑数百种，浙江教育出版社辑印《中国历代书院志》时，仅书院部分就收得90余种；如果加上尚藏于民间的稿本或单刻本，总数更是倍蓰于兹。今从搜集整理儒学教育资料出发，选录历代有关中央官学及民间书院的文献，共得110余种，分别予以整理，冠以提要，以备儒学文献之一体，用为儒学史研究之参考焉。

6. 礼乐类小序

中国历来被称为礼仪之邦，"礼"是中国传统文化的核心，礼乐在中国传统社会中占有极其重要的地位。早在孔子之前，礼乐文明就已经非常发达了。孔子说："殷因于夏礼，所损益可知也；周因于殷礼，所损益可知也；其或继周者，虽百世可知也。"

（《论语·为政》）在孔子看来，社会的进步无非是对前代"礼"的因革损益，"礼"的实质不会发生任何变化。

孔子十分重视礼、推崇礼。他认为，礼对于治国化民有巨大作用："能以礼让，为国乎何有？不能以礼让，为国如礼何？"（《论语·里仁》）"上好礼，则民莫敢不敬。"（《论语·子路》）统治者以礼治国，百姓才能以礼敬上，社会才会安定。《左传》昭公五年："礼，所以守其国，行其政令，无失其民者也。"礼有"经国家、定社稷、序人民、利后嗣"的功能，所以"服于有礼，社稷之卫也"，"无礼必亡"。《礼记·经解》也说："有治民之意而无其器则不成。礼之于正国也，犹衡之于轻重也，绳墨之于曲直也，规矩之于方圆也。"《仲尼燕居》也说："治国而无礼，譬犹瞽之无相与！伥伥乎其何之？譬如终夜有求于幽室之中，非烛何见？"荀子也说："国无礼则不正。"（《荀子·王霸篇》）"国之命在礼。"（《荀子·强国篇》）这些论述充分说明，礼的兴废用舍，关系国家的盛衰、社会的治乱。

儒家重礼教，亦重乐教。孔子说："人而不仁，如礼何？人而不仁，如乐何？"（《论语·八佾》），礼、乐向来具有同等的地位。《孝经·广要道章》记："移风易俗，莫善于乐；安上治民，莫善于礼。"孔子的礼乐思想经过后来的公孙尼子、孟子、荀子等人的发展而进一步得到完善，其中以公孙尼子的《乐记》为先秦儒家礼乐学说的集大成之作，先秦以后的儒家礼乐思想，基本上都没有跳出《乐记》的范围。

儒家著作中有大量关于礼乐的起源、作用、实践等的阐述，其中尤以《周礼》《仪礼》《礼记》这"三礼"及其解说最为系统、深入，为后世"制礼"提供了理论和实践的基础。在汉代以后的两千多年中，"三礼"一直是各朝制定礼仪的主要依据。"三礼"所反映的古代礼乐制度，涵盖的范围非常广泛，诸如政治体制、朝廷法典、天地鬼神祭祀、水旱灾害祈禳、学校选举、军队征战、行政区域划分、房舍陵墓营造，乃至衣食住行、婚丧嫁娶、言谈举止，几乎无所不包。

根据传统的概念，礼乐制度大致分为吉、嘉、宾、军、凶五类，史称"五礼"。吉礼是五礼之冠，主要是对天神、地祇、人鬼的祭祀典礼。嘉礼是协合人际关系，沟通、联络感情的礼仪，主要包括饮食礼、婚礼、冠礼、射礼、乡饮酒礼、养老、优老礼、帝王庆贺礼等。宾礼是接待宾客之礼。军礼，顾名思义是部队操练、征伐方面的礼仪。凶礼是哀悯吊唁忧患之礼，包括丧礼、荒礼、灾礼、吊礼、禬礼、恤礼等。

这些礼仪制度从治国理家、养老礼贤到婚丧嫁娶、衣食住行、人际交往等诸多方面都作了具体而精细的规定，成为上自帝王贵胄、下至普通庶民共同遵循的行为规范，影响每个社会成员的生活。长期以来，礼学家们根据不同的学术派别和对古代文献的不同的理解，加上历代统治集团在制定礼仪时，都是依据各自的政治需要、文化背景，致使古代礼仪制度极其繁琐，而又存在着许多相互矛盾之处。但是，我们也不得不承认，中华民族君臣、父子、夫妇、兄弟、朋友的规范，以及温、良、恭、俭、让的精神风貌，也是在这些礼仪制度的长期熏陶下形成的。

汉初儒生叔孙通说："五帝不同乐，三王不同礼。"历代礼乐制度，都存在着一个因革损益问题，但论其源头，无疑要追溯到周公制礼。汉朝建立以后，叔孙通杂采古礼与秦仪，通过为刘邦制定朝仪，让他体验到了天子的"尊贵"。此后历代王朝热衷于编修礼书，魏晋南北朝时期是中国礼制史的重要发展阶段，最重要的表现是"五礼"体系被用于国家制礼实践。从此以后，编制"五礼"逐步形成一个传统，成为历朝历代必行之例。唐开元二十年（732）颁行《大唐开元礼》，标志着中国古代以"五礼"为核心的礼制体系进一步成熟和完善。宋代崇尚文治，制礼活动就是其中的一个重要方面。《宋史·艺文志》著录了多部卷帙浩大的礼书，其中《太常因革礼》《政和五礼新仪》流传至今。南宋所修《中兴礼书》曾被收入《永乐大典》，清人徐松辑《中兴礼书》三百卷（存247卷），《中兴礼书续编》八十卷。元、明都曾经大规模修礼书。清乾隆朝，礼制建设方面建树尤多。乾隆曾御定《三礼义疏》，被称为"网罗议礼家言，折衷至当，雅号巨制"。又敕修《大清通礼》《满洲祭神祭天典礼》《礼部则例》《皇朝礼器图式》《国朝宫史》。此外还撰有《南巡盛典》《八旬万寿盛典》等礼书。其中以《大清通礼》最为重要。

一般而言，历史上的礼仪可以分为政治礼仪和生活礼仪两个方面。如果说《周礼》及历代官修礼典侧重于国家政治礼仪建设的话，《仪礼》以及后世大量民间编修的礼书则与普通士人及百姓的日常生活起居、行为规范、婚丧嫁娶关系更加密切。礼书中有所谓"六礼""八礼"的说法。《礼记·王制》："六礼：冠、昏、丧、祭、乡、相见。"《礼记·礼运篇》引孔子之言曰："是故夫礼，必本于天，殽于地，列于鬼神，达于丧、祭、射、（御）〔乡〕、冠、昏、朝、聘。"《礼记·昏义》："夫礼始于冠，本于昏，重于丧、祭，尊于朝、聘，和于乡、射。此礼之大体也。""六礼"或"八礼"主要与人们的日常生活有关，属于士礼。

魏晋南北朝时期，门阀制度盛行，世家大族纷纷将其家族内长期遵循的礼仪规范整理修订，以文字的形式记录下来，传之于子孙后代，以维系世族门风，保持其家族地位不坠。如《隋书·经籍志》史部"仪注类"著录了大量家仪、书仪。隋唐公卿士族以家礼、家训、家范、家诫、遗训、书仪等各种形式体现的家族礼仪规范，是对魏晋南北朝世家大族文化传统的继承与发展。宋代礼学发展与以往相比，有一个重要特点，就是"礼下庶人"，这不仅反映在官修礼典中有大量针对平民百姓礼仪的条文，而且数量众多的私人礼书，就是直接面向士庶日常生活而撰写的。宋代私人撰写的礼书非常多，如《宋史·艺文志》著录司马光、范祖禹、吕大防、吕大临、张载、程颐、郑樵、朱熹等人的礼书，其中对后世影响最大的是司马光的《书仪》和朱熹的《家礼》。

明清时期，由于程朱理学的官学地位，朱子《家礼》备受尊崇。明洪武元年，朝廷颁令："民间婚娶，并依《朱子家礼》。"《家礼》上升为国家礼典。洪武三年修成的《大明集礼》，多处采纳了《家礼》的内容。可见这些由士大夫拟订的仪制和日常行为规范，或补充了国家礼制的不足，或将国家礼制的部分内容通俗化、普及化、大众化，使之更易于为民众接受，也更易于操作。其中的部分内容，后来又为国家礼制所吸纳。

历代都非常重视礼典的编修，形成了数量众多的礼学文献。但由于历史的变迁，许多文献已经不传，流传下来的仅仅是其中的一小部分。虽然中国传统礼制已经成为历史的陈迹，但由于它的制定，绝大多数是以儒家思想为指导原则，因此是研究儒家学说对中国传统政治、文化、社会生活影响的绝好材料。（杨世文撰稿，舒大刚修订）

8. 杂史类小序

历代目录学著作囿于综合性目录的编纂体例，儒学史料只分散杂录于综合性的"史部"之下。即使在儒学史著作已经大量涌现和广泛流行的宋、元、明、清时期，诸家目录也没有为儒学史单立一目。一些纯粹讨论儒学历史或学术渊源的著作，被置于"史部·传记"之下。这极不便于儒学史资料的梳理与利用。"儒史文献"研究，特别是《儒藏》编纂，无疑应当对儒学史文献进行系统梳理、分类和著录。因此，我们在《儒藏》"史部"之下分设"孔孟史志""历代学案""儒林碑传""儒林史传""学校史志""儒林年谱""礼乐"等类别，使儒学史资料得到初步的类聚群分。此外，还有一些有关经学源流、经籍艺文、教育科举、谥讳制度以及有关学校管理机构"翰林院""太常寺"等方面的儒学史料，即设立"儒学杂史"来加以统摄。

谥讳制度类。谥法是古代礼制中的一项重要内容。《礼记·檀弓》说："幼名、冠字、五十以伯仲，死谥，周道也。"古时帝王、贵族、高官、显宦死后，朝廷按其生前事迹，加以褒贬，给予一个称号，叫做"谥"。至于谥法的起源，据《逸周书·谥法解》说："维周公旦、太公望开嗣王业，建功于牧之野，终，将葬，乃制谥，遂叙谥法。"根据《谥法解》，则谥法为周公所创。此说在历史上影响最大。周初所制的谥法制度，被秦始皇指为"子议父，臣议君"，遭到废止，到汉初才得以恢复。以后帝王谥号由礼官议上，贵族大臣死后定谥，由朝廷赐予。明清定谥属礼部。此外，还有私谥，始于东汉，大多是士大夫死后由亲族、门生、故吏为之立谥，故称私谥。谥号按性质可分三类：第一类属于褒扬性的，如："经天纬地曰文，布纲治纪曰平，布义行刚曰景，威强睿德曰武，柔质慈民曰惠，圣闻周达曰昭，圣善闻周曰宣，行义悦民曰元，安民立政曰成，照临四方曰明，辟土服远曰桓，聪明睿知曰献，温柔好乐曰康，布德执义曰穆。"第二类属于贬抑性的，如："乱而不损曰灵，杀戮无辜曰厉，好内远礼曰炀。"第三类属于哀悯性的，如："恭仁短折曰哀，慈仁短折曰怀，在国遭忧曰愍。"正因为谥法有非常重要的道德伦理导向作用，孔孟儒家对此非常重视。孔子强调"正名"，认为天子、诸侯、卿大夫都要严守名分，"惟器与名，不可以假人"（《左传》成公二年）。谥法也是寓褒贬、正名分的重要手段之一，"先王谥以尊名"（《礼记·表记》），故"生无爵，死无谥"（《礼记·郊特牲》）。孟子强调谥法严褒贬、著善恶的作用，指出："暴其民，甚，则身弑国亡；不甚，则身危国削，名之曰'幽''厉'，虽孝子慈孙，百世不能改也。"（《孟子·离娄上》）经过孔孟儒家改造，谥法被纳入儒家的礼制体系，成为彰善贬恶的重要工具。现存最早的谥法著作是《逸周书·谥法解》。汉代以降，历代都非常重视谥法，产生了不少有关谥法制度的文献，据学者统计，应不下100种。

除了谥法制度外，避讳制度也是中国古代特有的礼仪文化现象。所谓"讳"指的是帝王、圣人以及尊长的名字。人们在言谈或撰著时，凡遇到这些名字以及相同的字，必须设法避开或改写，这就叫避讳。避讳是古代宗法制度的产物，是家天下和尊祖、敬尊的表现。《礼记·曲礼》说："入境而问禁，入国而问俗，入门而问讳。"在礼仪繁冗的封建社会，避讳是非常重要的一门学问。否则，一旦犯讳，轻则断送仕途，重则有杀身之祸。所以，在古代人们十分重视避讳，长期以来形成了比较固定的规定或办法。避讳范围主要有"避君讳""避圣讳"和"避家讳"三种。避讳方法主要有改字、省字、空字、缺字、改音五种。另外，不避讳的情况主要有三类：不避嫌名，二名不偏讳，已祧不讳。避讳不仅是中国古代一项重要的制度或习惯，后来还成为一门学问，很早就有人开始对避讳问题进行研究。如宋代洪迈《容斋随笔》、王楙《野客丛书》、王观国《学林》、周密《齐东野语》等书中有讲历朝避讳的内容。清代学者对避讳问题更加关注，如顾炎武《日知录》、钱大昕《十驾斋养新录》、赵翼《陔余丛考》、王鸣盛《十七史商榷》等书，都有专门条目讲历代避讳。清嘉庆年间，周广业著《经史避名汇考》四十六卷，体例大体以经史为纲，诸子为目，旁征曲引，广征经史典籍中的名讳，内容非常丰富，实集历代避讳史料之大成。此外，刘锡信著有《历代讳名考》一卷，黄本骥著有《避讳录》五卷，周榘著有《廿二史讳略》一卷。民国张惟骧著有《历代讳字谱》二卷、《家讳考》一卷。而陈垣所著《史讳举例》一书是这方面的代表性著作，史料翔实，内容具体，为研究避讳学和中国古代史的重要参考书。

经学源流类。对两汉以来经学源流的清理与考辨，很早就有学者做这项工作。南朝末年陆德明《经典释文序录》比较系统地叙述五经次第及两汉五经授受源流。宋代章如愚《山堂群书考索·六经门》中每门之前均有"传授图"，明代朱睦㮮有《授经图》，吴继仕有《六经源流》。到清代，以整理五经传承系统为主的谱表性质的著作大量涌现，如朱彝尊《经义考》，万斯同《儒林宗派》，毕沅《传经表》（附《通经表》），吴之英《汉师传经表》，侯登岸《两汉经学会考》，赵继序《汉儒传经记》，汪大钧《传经表补正》，张金吾《两汉五经博士考》等。借助这些研究经学传承及经学著述的著作，不仅有助于我们了解中国经学的发展脉络，也有助于我们考证群经的兴衰过程以及各个时期的重大事件、主要人物和著作。

　　经籍艺文类。中国古代目录分类中的经部，著录的典籍主要是儒家经典以及阐释儒家经典的著作。经部书籍的地位一直是比较稳定的：在《七略》中称为《六艺略》，在王俭的《七志》中称为《经典志》，在阮孝绪《七录》中为《经典录》。自从《隋书·经籍志》以后，公私目录中都称为“经部”。两汉时期，儒术独尊，经学兴盛，经学专科目录由此应运而生。东汉末年，经学大师郑玄遍注群经，可谓集两汉经学之大成。郑氏所著《三礼目录》，为经学目录的鼻祖。《三礼目录》大约在宋代便已亡佚，不过，此书的相关内容在陆德明《经典释文》、孔颖达《礼记正义》、贾公彦《周礼注疏》《仪礼注疏》等文献中均有引用。郑樵曾以此书为例，说明“书有名亡而实不亡”，认为“《三礼目录》虽亡，可取诸三礼”（《通志·校雠略》）。《隋书·经籍志》史部簿录类著录有《陈承香殿五经史记目录》二卷，作者不详；《新唐书·艺文志》史部目录类著录有李肇《经史释题》二卷。这两种经史专科目录中，经部仅居其一，还算不上经学的专门目录。到北宋时，才有欧阳伸《经书目录》十一卷，但仅见于元修《宋史·艺文志》著录，此书久佚，其体制亦无从详考。学术界一般认为，从书名推断，该书应当是一部名副其实的经学目录。南宋时，高似孙撰有《经略》《集略》《事略》《史略》《子略》《纬略》等多种，但前三种均已不存，其体例与内容不详。从现存的《史略》《子略》等书体例来看，既辑录诸家论说，又登载书目，并有作者的述评。如果《经略》的著述体例与《史略》《子略》相近，那么，它也可以看成一部经学专科目录。到了明代，朱睦㮮撰《授经图》，考述诸儒传经世系。明末清初黄虞稷《千顷堂书目》卷十"簿录类"著录有《古经解目录》一卷，撰人与存佚情况不明。到清代，中国传统学术进入总结与集大成阶段，考据之学大兴，并且"以经学为中坚"，围绕经学的小学、校勘、辑佚、目录、金石等学科都达到了前所未有的水平。而在经学目录方面，以朱彝尊的《经义考》成就最高，在朱彝尊之后，又出现了一系列的经学目录。这是考述历代儒学文献的重要依据。

教育科举类。学校制度与选士制度紧密相关。我国选举考试制度的产生，可以追溯到上古时期。在《尚书·尧典》中，已有关于对鲧的推荐要"试可乃已"的叙述，《周礼》中更有"三年大比，考其德行、道艺，而兴贤者、能者"的记载。这是我国取士考试制度的原初形式。但在周代，主要实行的是世卿世禄制度。两汉时期，选士考试制度逐步程序化、制度化。汉代的选举制度（选官制度）形式多样，有征聘、辟举、察举等方式。征聘和辟举是临时性的制度，并未经常实行。察举制则是两汉时期普遍实行的荐举与考试并行的选官制度，具有承前启后的意义。两汉的察举制，到东汉末年已完全腐败，无法继续实行，遂为"九品官人法"所代替。"九品官人法"即"九品中正制"，是魏晋南北朝时期实行的一种取士制度。该制从曹魏开始实行，到隋初逐渐废弃，被"分科取士"的科举制度所取代。科举制度在中国古代实行了一千四五百年，对中国文化产生过重大影响。科举考试以儒家经籍为主体，以时政对策为实用，因此与儒学文化的发展演变关系极为密切。在科举制度的发展演变过程中，出现了大量相关的史料文献，包括登科录、题名录、乡试录、会试录、同年录、科齿录、朱卷、闱墨，以及八股文、试帖诗选本和现存各类科举试卷、备考科举的专门书籍，等等，数量庞大。（杨世文撰，舒大刚审）

七、《儒藏》后语——六十忆人生

值此丑、寅交替之际，承蒙傅杰、刘进宝等先生以及浙江古籍出版社众位领导厚爱，邀约参编"问学"丛书，特对自己 60 年人生经历，特别是 40 年求学生涯，做一番回顾和检讨，以为《儒藏知津》之附录。

（一）我的家乡：武陵山区

我原籍是四川省秀山县（今重庆市秀山土家族苗族自治县），地处武陵山区边沿，西与酉阳县相邻，东与湖南省花垣县、贵州省松桃苗族自治县接壤，是个脚踏三边、鸡鸣三省的偏远之地。离开秀山多年后我才知道，其地还是陶渊明《桃花源记》和沈从文《边城》等名作的孕育之地。在文学作品中，"秀山"地如其名，这里远离城市的喧嚣，脱却人事的纷扰，自然风光奇峻而优美，民风民俗纯朴而自然，地方物产丰富而特别。人们日出而作，日没而息，男耕女织，山歌互答。山茶烂漫，鸟语花香……在今天看来，确实是过腻了城市生活的人们，寻求原始纯朴之美的理想去处。不过，当我童年、少年和青年都生活在那里的时候，却没有及时感受到这般美好来。

我名舒大刚，1959年6月22日出生于湖北襄阳（当时父亲正在"南水北调"工程丹江口水库建设工地），初名舒畅，回到秀山后，曾因久病不愈，依贵州黄仙娘的"神谕"，说我五行缺金，应当改名"钢云"，我那早年参加革命、平生坚持唯物主义的父亲，因盼儿子快点好起来，竟然也就同意更名，这让我失去了后来令别人大热大火的名字，而开启我从此再不舒畅的人生。小学发蒙时，我的启蒙老师——父亲根据我在家族的排行（"文景廷天在，世正康万代，崇大玉昭奇，丁方可之忠"）中属"大"字辈，便给我取名舒大钢。我在上大学入学填表时，讨厌老是有人问我"大炼钢铁时出生的？"好像我与森林砍伐、生态破坏分不开似的，于是在没有跟父母商量的情况下，便擅自将"钢"改为"刚"了。后来读了《孟子》"吾善养吾浩然之气……其为气也，至大至刚，以直养而无害，则塞于天地之间；其为气也，配义与道"的话，又惹来人们"少有大志"的猜想，在这里就只有"呵呵"了！

我在襄阳出生半岁后回到了故乡，在秀山县兰桥公社双丰大队昌屋生产小队生活了17年。昌屋距公社所在地老场镇约1.5公里，原来的生产小队由舒姓、黄姓和蒋姓三个小村落组成，其中舒姓人家最多，有20余户、七八十人，聚居于大坳、隔壁两个院子。"昌屋"这个名字，与这里曾经有过粮仓有关。那个粮仓原是贵州松桃千岗坪舒家所有，用来囤聚在兰桥一带所产粮食，以便出售。原本临时囤货，后来为了看守储物，迁来两支舒姓人家定居，其中一支就是本宗，地名也以"仓屋"为称（后改"昌屋"）。根据我后来出资立碑和清明回家挂青所知情节，此地最早的男性祖先叫舒万兴（葬于金星麻柳林），是我曾祖；与曾祖葬在同一个地方的，还有他的母亲——我的高祖母赵氏，和他的一位太太——我的继曾祖母杨氏。据说本支舒家原有《家谱》，只因在一次祭祀活动中，被不识字的办事人员烧毁，故高祖以前的祖先就不知名讳，无由详述了。

曾祖前后两娶，原配谌氏，生我祖父（代洪）及大姑婆（出嫁孟银杨家）；谌氏早世，续娶杨氏，生我二公（代金）、满公（代文）及二姑婆、小姑婆。上述的祖辈人物，我自幼及壮犹及见之，他们对我皆备极关爱，有求必应，每忆及此，就倍感温暖。

我爷爷讳代洪，个子不高，但精力极佳，为人诚朴，遇事淡定。我小时常听他说，由于家里田土不多，平时由在家女眷们打理，农忙时聘有长工、短工，他自己则长年在外挑脚经商，周游于川、黔、湘、鄂边城之间，久而久之，竟获"秀山客"称号。他只有年末或重要节日才回来，与家人团聚，亦农亦商，是当地殷实之家的常态。爷爷对我备极关爱，据说我半岁回到老家，爷爷用当地的竹编花背兜背着我游玩，我一高兴便跳踉不停，晃得小个头爷爷几个踉跄。不过在我记事时，爷爷已是蓄着花白小胡须的老爷子了。随着时势变化，当年到外地经商已是绝不可能了，身体瘦弱的他只好长年待在老家，下地干活。他干活，不息也不快，十分专注认真，重活、精细活他基本干不了，但总是锄头不离手、扁担不离肩，白天在集体地里干，抽空在自家地里做，早出晚归，极有规律。傍晚回家，泡壶茶坐在堂屋中间，笑眯眯地看着我们兄弟姊妹打闹嬉戏。他从不疾言厉色地训斥我们，逢到我父母要修理他的孙子时，他还常常徒劳地上前劝解。夜晚，都是我与弟弟（大铁）跟爷爷同被抵足而眠，说是给他暖脚，其实在这个多子女的家里，也没有多余的房间、床铺和被子来分铺，这种状况一直持续到我与大铁都外出上学离开他老人家为止。我没有看见过祖母，她是距兰桥20里外的梅江公社亮甲大队人，姓杨氏，生我父亲（崇章）及我姑（荣珍）。后因儿子（我的父亲）外出从军，日夜思念不已，积忧成疾，患了胃病，还在中年便仙逝了。爷爷中年鳏居，一生为我们一家大小不停地劳作，从无怨言，直至1986年94岁去世头几天，还嚷着要下地干活。爷爷对我兄弟姊妹备极慈爱，抚养教诲，恩重如山！他还曾经获得秀山县政府"劳动模范"称号，去县城开会领过奖，奖品是一头耕牛，价值应该相当于今天一台拖拉机。他一生节俭，我父亲在外工作期间，他还千里裹粮，徒步到湖北省建始县去看望他的独生儿子；回程时，也舍不得花他儿子给的盘缠，硬是凭着两条腿丈量着归途。

我父讳占荣，谱名崇章。舒姓原本是舜禹时名臣、中国法制之祖皋陶之裔、春秋时群舒国之后，在历史上共出165位进士，宋代、明代都出过状元。仓屋舒家本与一代辞典学大师舒新城、被毛主席称着"党内一支笔"的老革命、电脑字库"舒体"鼻祖舒同等名流同出一源——由江西迁湖南溆浦。可是本支辗转迁到兰桥后，却三代皆无文章传世。曾祖父想让我二公、满公读书，可他们都不太愿意，还传出"全家人吃饭，为何叫我去读书？"的笑谈。我父与他们年纪相仿，常在他们读书时旁听，他们久学不会，我父却一听便知。于是曾祖父将他也送入私塾，据说这位后来的新生成绩反比他两位叔叔优异，于是顺利完成高小学业。父亲以优异成绩升入中学，便赶往沈从文笔下的"边城"——湖南花垣县的茶峒中学报名，据他说在渡河时，不慎将备作学费的银圆落入水中，既上不了学又不敢回家，进退两难之际（2019年冬，我带两个孙子回家游览边城，还望着平静湛蓝的江水遐想："这是不是当年翠翠拉船、父亲掉钱的渡口呢？""当年要是他读成中学，又将是一幅什么模样呢？"），正遇民国政府军扩充兵员，依"三丁抽一"的规矩，我祖辈中应有一个人当兵，征兵的嫌我爷爷年纪已长，年纪合适的二公、满公又胆小怕事，我父于是以独儿身份代替两位叔叔投军从戎。当时已是解放战争后期，新组建又缺乏训练的政府军，同能征惯战的解放军甫一交战，便顷刻即溃，我父与一位梁姓同乡在一个岩洞中躲过战场清理，于是易服改妆，改投到上午还是对手的中国人民解放军旗下，名字也改成了"苏占荣"。父亲改投的部队原系李先念独立师，"他的团长他的团"则是由李先念的侄儿统领的独立团——这位刚猛少文的团长对精通文墨的父亲颇为欣赏和护持。后来父亲参加过淮海战役，攻克过襄阳、当阳等城市。在攻打襄阳城时，据他说曾经在护城河水中提前埋伏了三天三夜，从此落下风湿病。又随军解放湖北恩施等府县后，建立新政权——人民政府，他被就地安置，担任建始县首任武装部长兼兵役局局长，曾用名"苏达章"。继而转业到"长江流域规划委员会办公室"（简称"长办"或"长委"，主任林一山），担任保卫处长，住地在湖北汉口。他相继参加过葛洲坝、丹江水库等水利工程建设，深知科学技术对建设的重要性，曾想让自己的儿子将来当个水利工程师，现在看来我的专业是让他失望了。后因爷爷不愿迁往大城市生活，父亲即辞职还乡，转回农村。当时父母已育有我和两个双胞胎姐姐，母子四人也一起变成了农业户口。那时的城乡差别，在我们母子这一并不华丽的转身后，对比实在鲜明：以前只需要拿着粮袋子，花不到我父工资五分之一的钱，就可到粮店瞬间把所需米粮装回家；此后却需要全家人自己到田地里去，花一年的时间生产、劳动、等待、期望，也未必能装回全家所需来。父亲回乡后，就再没有谋求职位的念头，即使有下来搞社教的"领导同志"劝他出山也不为所动。可当1965年双丰大队成立民办小学，父亲却应支部书记周华清的邀请，欣然出来担任创校校长兼任课老师，并在民办老师职位上干到60岁左右退休。1992年，父亲因病去世，享年66岁。

　　我母亲姓张讳德凤，系湖北建始县人。外祖父张大松，本籍湖南，是抗战期间长沙保卫战的伤兵，随军撤退到湖北建始定居，以修理皮鞋、钉皮凉鞋为生，与从江苏逃难而来的徐氏女（外祖给她取名"金玉"）结缡，生我母亲及小姨（讳德英）、小舅（失名，幼年因洪水与我外婆一同溺亡）。我父在任职建始时认识我母并结婚，转业汉口后生我的双胞胎姐姐（俱早逝），两年后又生我于湖北襄阳。回到秀山后，又生我弟（大铁，后来担任秀山民族中学副校长）和两妹（梦花、铁梅，俱服务于秀山民族中学）。母亲粗识文字，会写信看报，曾为我父代过课，并担任过社教工作组宣传员。母亲从不辨小麦、韭菜的城市姑娘，转为下地干活自谋其食的农村妇女，一生辛劳，备尝苦难，当时只觉得她脾气大，动不动就用不让我读书相威胁，现在想想，在那样的环境下，她的心情不好也是可以理解的。母亲因病去逝于 2002 年，终年亦 66 岁。

老辈闲坐时常说，仓屋舒家原本小康，有良田数十亩，长年请有帮工，每年都有余粮出售，又辅以经商赚钱，女眷们又会操持，常做豆腐、织布换钱，在十里八乡中，还是有人羡慕的殷实之家。实行公社制度后，田产充公，农具入社，全家人就成了只剩双手的社员。我父回乡后，再也看不到他记忆中（也是他诓我母亲回乡的理由）的"陈谷不断、腊肉经年"的光景。在与几位堂叔分家后，加上添丁进口，父亲的退职金很快花光了，家道逐渐陷入赤贫。为了拓展更宽空间，我父决定将祖父分得的两间小厢房，从祖屋搬到村旁，另建为三间瓦房，于是小安。

新房屋右靠老院子，左临森林，绕以乡村小道，没有繁冗吵闹，而有松涛之声、青草之香，以及蛙鸣与蝉噪。这里视野开阔，背山面岭，前有小溪流水，放眼望去，山峦一层接一层次第展开，真是可谓青山绿水。站在堂屋里，白天可远眺巍峨的贵州名山——梵净山，夜晚还可看见远山处处烧畲播种的火光，漫山遍野数日不灭，令人顿生无限遐想。记得有一年回家过年，父亲令我撰写春联，我写道：

跷足看乾坤，远山苍苍，近水潺潺，或若苍龙朝宗，或若万马齐鹜，远近层层叠叠众山小；

俯首观史记，前代烈烈，后世振振，忽儿铁马金戈，忽儿文章尔雅，前后济济跄跄庶迹多。

一以写景，一以述志，聊以表达当时所感。

可是兰桥原本邑梅土司领地，地瘠民贫，十年九旱；又地跨两省，与松桃大路、妙隘等民族社区接壤，管理不易。因此其地民风剽悍，匪患不断，犹记得小时还见过许多山头留有当年躲避匪祸的营盘；又兼赌博成风，拐骗时有，这一带的社会治安一直令管理者头痛。记得我们刚搬家时，送走工匠，安顿完住处，全家人围着火炉看我做作业，却被梁上君子光顾，将新房中的铺笼帐被尽行偷走，全家顿时衣食无着。幸得邻里及我姑（荣珍）及父执朋友（戴昌前等）给济，才勉强渡过难关。

好在我祖经商走过不少地方，我父革命更是见过世面，他们常常给我们讲一些外边的故事，激起少小的我们对外面世界的无穷想象和热情向往。父亲读过"老章"，会写对联、近体诗，又一生执业教育，故积极主张送子女入学接受教育。面对当时推荐上大学的现象，他却对我说："有麝自然香"；"有了知识不会烂在肚子里头"；"任何时候都要使用能人。"因此即使在他被误会挨整、前景最暗淡的时候，也没有动摇过他教子读书的信念。他对有知识好学习的青年，从来都不吝赞赏和推扬，还常常帮忙给一些有志青年写总结、写推荐，让他们升入理想的学校。这正是中国人"子孙虽愚，诗书不可不读"，"遗子千金，不如教子一经"的传统呵。人才始终是建设的刚需，而知识又是成才的首务。经曰："建国君民，教学为先。"虽在草野，焉有不知？我现在终于明白了，父亲为何回乡后不谋一官半职，却热衷于民办教育的缘故了。职是之故，赶上改革招生制度后，我即考上大学，稍后我弟亦考上中师（后来自学取得本科文凭），大妹、小妹也分别在兰桥小学、梅江中学毕业。现在看来，这些文化程度并不算高，但在当时当地，却已被人称作"文化世家"了。这一传统，也影响到我的兄弟姊妹和部分乡邻，他们无论家境多么贫寒，条件多么艰苦，首要任务就是千方百计送子女读书。在生活极其艰苦的偏远乡村，我辈及子侄共出了 10 余位大学生，其中包括上四川大学、北京大学等名校，也算不坠其绪，能振家声了。

（二）我的童年：困乏其身

我的童年，差可用"天资平平，而爱学习，艰难困苦，玉汝于成"来形容。

1965 年我 5 岁多，即随时任民办教师的父亲启蒙，接受熏陶，记得当时没有新教材，是借用兰桥公社小学用过的旧课本，第一课"日月水火，山石田土"至今记忆犹新。接着又有两位姓蒋（跃荣）、姓周（德荣）的民办老师和一位姓杨（昌举）的公办老师加盟，他们对我的记性和作文还是颇为夸奖的。但由于年幼贪玩，也没少挨父亲敲脑壳。在双丰村小读了三四年，我又转入兰桥小学读两年（其中复课一年）。校长赵家国，班主任是黄毓林（我高中同学杨斌之母），对我都关怀备至，有一次我生病，父亲去替我请假，班主任专门封了一小包白糖（当时他们也是凭票才能买到）让父亲带回，以示慰问，至今想起犹然甜味在唇。

1970 年，我小学毕业，正值兰小设立"戴帽初中"，又在兰桥上了三年初中。班主任先后有博学的王绍华（能读《资本论》，兼教语文、数学）、慈祥的鲁世金（我高中同学黄雅丽之母，兼语文课）；数学老师则有张桂荣（上课一丝不苟）、曾纪凡（很有风度）等。在老师们的精心教诲下，我的初中同学中，杨正合（后为梅江小学校长）、丁仁杰（后作乡长）、杨国友（后作公司总经理）、聂大贵（后作乡长）、唐菊香（后任职县妇联）、丁梅英（企业高管）、蒋跃会（后做中学教员）、杨秀柏（后任职县民政局）等十余人，都走上了工作岗位。

我们初中毕业是在1973年末，而高中开学已经改在了来年秋季，因此我们又在家休学半年。下地干活，每天挣工分，从前每天只挣5分，现在可以挣8分（相当于妇女劳力）了，因此自己决不甘落后，耕犁、挑抬，都与大人一样，半年下来，竟挑断三块扁担。还发挥初中《农业基础知识》学过的农耕、医卫等知识，搞过玉米、水稻的科学育种，走村串户普查过血吸虫病、发放过预防药品等事情。

1974年9月，我与蒋跃会、杨再会被选送到石耶中学（秀山第二中学）读高中。石耶旧时是石耶土司官寨所在，地当川黔、川湘公路交叉路口，石耶司是秀山县经济文化开发较早的地方，集市十分热闹。石耶中学开办于民国年间，与秀一中、秀三中都是正规的、兼备初中高中的"完中"。可我在那里仅仅读了一个月，人生就又发生了转向。当时我们刚完成庆祝国庆的写作，作文被语文老师推荐到学校的国庆专栏发表。是时在梅江中学上学的丁仁杰带来消息说，有人想转学到石耶中学，问我愿不愿意与他对调？我本来想离家近一点读书，可以经常回家帮忙。故很乐意地与想去石耶的同学（杨胜武，后来是县城名医，人缘极好，我们也是好友）对调，借此机缘也认识了"同桌的她"（后来我的妻子吴孟珍）。梅江中学校长米成明、副校长明传荣、团支书刘文达、班主任余子尤（南充师范学院毕业，又教我们物理），对我的转来都非常欢迎，因为他们曾听说过我在"文化大革命"后秀山首次举行的全县中学统考中，数学拿了第一名。

高中教语文的老师，有吴传模（民国时高中毕业，同学吴红宇之父）、黄臣才（黄雅丽之父，擅长篮球）、孙俊杰（西南师范大学毕业）、刘文华（湖南大学毕业）、杨胜权（民国中师毕业，同学杨斌的父亲）；数学课则由晏国藩、李桂兰夫妇（俱重庆师范学院毕业）轮流上，由于历史的原因，他们被发配来县区中学任教，让我们获得了接受良师教育的机会。此外，还有化学老师曾柳容，政治课老师马仕秀，历史老师张子成，外语课朱勤芬等，都极会讲课，令人印象深刻。

读了两年高中，我们于1976年夏毕业，当时"反击右倾翻案风"劲吹，又把我们吹回到家乡务农去了。记得高中第二学期时，一天班主任令人把我叫去，指给我看《参考消息》，其中转载有外国记者对刚刚复出的邓小平采访，引述小平同志的话说："今后也要从应届高中生中，通过考试录取大学生。"老师意味深长地告诉我要好好学习等待机会。哪知不久小平同志被撤销职务，这个短暂的希望旋即化为无限的惆怅。

回到兰桥后，承蒙中心校校长涂登珠（石耶二中毕业）关照，聘我为代课老师，先后在兰桥小学、地城村校任课，还参加过秀山县大型水利工程——钟灵水库的修建，当时余子尤老师负责工地宣传广播，约我采写劳动先进事迹的许多宣传稿。涂校长还与我父商议将我转为民办教师，却赶上了招生制度改革，他又鼓励我参加七七年高考。考试成绩出来，当年秀山全县报考的考生据说有 3 万之多，考试成绩上体检线的却只有 22 人，我以应届毕业生身份忝列其中，特别扎眼。参加完体检，却左等右等不见"录取通知书"，在众人的遗憾声中，我大概得知，在我入学政审表中，被人写上"建议不予录取"，不知确否？

由于当年我是全县应届毕业生中唯一一个上线的，虽然没被录取，母校老师仍然重视，希望我回校复习，来年再考。他们又知我家境困难，不可能停下生产劳动来复习考试，于是利用学校自创经费，聘我做梅江中学代课老师。我平时根本没有固定课时，只是在其他老师临时缺课时代理一下，故在半年时间里，我分别代过历史、语文和体育等课程。老师们这番爱才育才的良苦用心，是在我自己当了老师面对学生时才真正体会出来。

时隔半年，再次参加七八年高考，顺利上线，政审是为人正直的伍昌建老师，于是顺利通过，被第一志愿——南充师范学院（因班主任是该校毕业，故成了我的首选）录取！与我一同考上大学共有 4 人，我与同学陈再祥、杨斌，此外还有在梅中教英语的知青——阎文培，他们都上了西南师范大学（今西南大学）。一校同时考上 4 人，这在当年的秀山还是比较抢眼的。

自我半岁从襄阳回到秀山老家，到 18 岁考上大学，一共在秀山兰桥生活了 17.5 年的光景。现在回想起来，襁褓中的城市生活，自然是没有留下半点记忆；至今满脑壳装的，都是儿时的玩伴、放肆的牛羊、吵闹的鸡鸭、调皮的犬豕等，以及逐渐变兀的青山，变枯的绿水，收获不佳的庄稼，未熟先摘的果树，恨其长势太慢的菜蔬；当然也有劳累却并不值钱的田间劳动情景，频发而恐惧的灾荒与饥饿；还有爱莫能助的乡邻的眼神，消失已久的花灯社鼓，逐渐变淡的婚丧嫁娶之礼；还有近山已兀，不得已来回 10 里外出打柴的无奈，等等。

现在这些虽然都已经成了过去，但这种艰难困苦、玉汝于成的经历，却是我人生的重要经历和体验，它让我增强了许多未来战胜困难的勇气和耐力。

终于拿到了"录取通知书"，总算盼出了头！不仅我的爷爷、父母和弟弟妹妹们高兴，乡邻们也为我感到光荣。临出发的头天下午，同村乡邻自发前来祝贺，我父母紧急做宴席招待大家，乡亲们则你一元我五毛地为我凑足盘缠和学费，总共 35.5 元。第二天，揣着这些还带着乡亲体温的零钱，我热泪盈眶地踏上了征程。走到兰桥街上，错过了进城的班车，乡亲们又叫来手扶拖拉机，送我到梅江去搭车；拖拉机启动时，又有人燃放鞭炮，为我这位与此前推荐上大学的途径不一样的新生壮行。真情难忘！至今忆及，仍令我热泪再涌。

（三）我的学业：柳暗花明

真正让我生涯柳暗花明、前程似锦的转折点是考上大学；真正让我知道一点读书门径、走上治学道路的，则是从留校任教开始的。

　　1978年10月下旬，我担着被盖卷、洗脸盆，从父辈走出又回去的秀山大山里再度出发，经过长途汽车颠簸、乌江汽轮的摇晃，终于进入了南充师范学院（今西华师范大学）历史系学习，个人历史自此掀开崭新的一页。

　　我的本科四年是在川北重镇南充度过的。南充是著名的果城、丝城，座落在碧波荡漾的嘉陵江边，历史悠久，人文蔚然。早在2220年前的汉高祖时期（前202），这里就已经设置安汉县，其后一直是川北最高政区（都、州、郡、府、道）的治所，辖区是司马相如（蓬安）、落下闳（阆中）、谯周（西充）、陈寿（安汉），以及张澜（顺庆）、朱德（仪陇）、邓小平（广安）、罗瑞卿（顺庆）等伟人的故里。可谓人杰出灵，民风淳朴，三国文化、丝绸文化和山水灵气交融生辉。南充师范学院的办学历史也相当悠久，当时只知道它的前身是"川北大学"，又是"四川师范学院"的故址。后来据赵义山兄考证，知道母校的远源，还可追溯至"墨学大师"伍非百创办于1943年的西山书院和随后创办的川北文学院。1949年西山书院与三台川北农工学院合并，成立川北大学；1950年又与川北文学院合并，校址迁到南充市；其后又合并过川东教育学院、四川大学和华西大学的部分专业，组建四川师范学院，可谓众流汇归，汪然渊海。老赵还说，这所位于川北重镇的大学，在历史上曾经辉煌一时，先后聘请过经学家李源澄、楚辞学家汤炳正、史学家蒙文通、经学家徐英，以及大学者谢无量、丰子恺等名流前来执讲。师范虽然在1956年被一分为二，部分专业分家迁往成都狮子山，但是我所在的历史学却始终积四校之精华，从来没有被分散过，号称西南史界"潜水艇"。80年代初，国家恢复研究生的学位授予制度，南师历史系首批拥有硕士学位授予权，当时西南高校有此殊荣者，就只有川大、南师两家（母校1989年恢复"四川师范学院"校名，2003年更今名）。后来我在图书馆借阅图书时，常常会发现"东北大学""川北大学"和"北川文学院""四川师范学院"等藏书印，便是这一演变史的见证。

我是10月30日到达南充的。记得当时前来车站接我的，是刚上几个月学的七七级学长、仁寿人刘俊儒，当他把我引进原为胡耀邦任主任的川北行署大院——南充师院校园时，感觉这所学校的规模几乎相当于同期的秀山县城，真像一座颇具规模的城镇！第一时间就让我爱上了这所改变我此生命运的大学。

彼时上大学，就意味着生活有保障、工作有着落、事业有希望了。我们77级、78级这两批从1966年就停止，经过"文化大革命"10年停滞后才"开科取士"进来的、别着崭新校徽的大学生，成了当时社会普遍羡慕的"天之骄子"。对于这来之不易的机会，我们个个十分兴奋，分外珍惜。上课时认真听讲、抢着提问，下课则到图书馆排队借老师开列的参考书，饭后第一时间去阅览室抢占座位，早晨起来在花园里晨读，一旦有学术报告就早早去占位子，都是那两届学员的常态。至于后来出现的缺课、逃课、厌学等现象，当时我们是绝无仅有，闻所未闻的。

　　四年在南充的本科学习，我遇到一批历史积淀下来的专业扎实、治学严谨的师资，对我的学业终生都有影响。入学时的系主任袁载春，是延安时期的老革命；书记与我同姓，叫舒和初，为人正直；副系主任冯国钦，兼讲马恩名著导读，很有激情和风度；副系主任王林等，他们都勉我以德，励我以志。其他老师如姚政的先秦史，贾君义的秦汉魏晋南北朝史，阎邦本的隋唐史和两宋史，阮明道的辽金元明清史，夏承光、王涤蓉的中国近代史，谢增寿、王治平的中国现代和革命史；向洪武的世界上古史，贾问津的世界中古史，唐作尧的美国史，杨心树、杨尚林、喻宗秀的世界近现代史；李耀仙的先秦哲学史，赵吕甫的校雠学，张崇古的自然地理，万荣德、徐才安的历史地理，柯昌基的宋史专题，蒋家骅、唐有勤、朱为权的历史文选，吴景贤、杨庆允的历史教材教法；政治系王泽普的哲学（辩证唯物主义和历史唯物主义），中文系彭子银、教务处邓学界合开的逻辑学；以及班主任李纯蛟老师自由式的管理；等等，都课我以业、益我在智、增我以能，给我留下深刻莫灭的影响。

　　第四年，我在位于模范街天主堂附近的南充一中教学实习（同组有张星誉、蒲国霞等同学），龙显昭老师担任我们的指导老师，又为我们补上如何走上讲台、站稳讲台这一课。所在班级的班主任何家珺女士，又是师院新任党委书记梁德玺的夫人，对我们实习生颇多关照，她还在梁书记面前为我们组美言，记得在我们毕业总结会上，梁书记还专门上我们宿舍来参加座谈。

在大学的同窗学友中，我与来自仁寿的毛太（后任职凉山州志办），因同出农村，在生活上常常互相关照，课后一起散步聊天；与蔡竞（后任职省政府副秘书长、办公厅主任、省参事室及文史馆党组书记）、杨昆（后任公司总经理）、韦伟（后任职市委党校）、李开天（后任职公检法）、刘家钰（后任职市中校长）等同龄人，遇到问题常相切磋；在蔡竞同学的提议下，合作进行过"科举制"学位性质的探讨，撰文在《历史知识》《南充师范学院学报》发表。而长我十岁左右的大哥们，如王平（后任职中学校长）、张星誉（著名书法家、文化人）、赵晓生（后任职高专）、康大寿（后任职市政协）、李枫（后任教军校）、骆凤文（后任教宜宾学院）、刘邦永（后任教县中）等，见多识广，常常是我请教的对象。与女生则基本不主动往来，同小组的唐家钰（后为高级经济师）、顾颉玲（早逝）、黄朝莉（后任教厂校）、同桌的刘树人（后任教厂校），善于写作的彭易芬（后任教内江师院），善于绘画的王全（后任教厂校）等同学，待我都如同大姐般的亲切。师也教我，友也助我，教我助我，底于有获。此生如果能小有成就的话，实得师友助力为多。

1982 年夏季，我大学毕业，按当时"哪里来哪去"的分配原则，我正好可满足当年涪陵地区 1 个名额的条件，但是由于 77 级有一位分配到三州的同学想改派回涪陵，我于是就让他回涪陵，自己被空了出来。由于"文化大革命"后大学师资奇缺，因此我们77 级、78 级（还有 79 级）的本科毕业同学，如彭家理（后任内江师院党委书记）、李健（后任西华师范大学副校长）、章为纲（后为金融专家），我和本班的康大寿（后任系主任、教授）、陈国勇（后为学报主编）、金光美（后任多所大学教授），俱以得留校任教；还有77级的李成良（后任四川师范大学副书记）、陈勇（后为律师）、张力（后为多所大学教授）等，则分配到成都的四川师范学院任教。

1982年毕业留校后，我被分配到历史文选教研室工作。先是协助唐友勤老师，担任82级的助教；同时参听龙显昭老师为中国古代史进修班开设的《两汉经学》课，初窥经学门墙；又听《汉语大字典》编审之一的周开度先生为文史二系青年老师开设的"文字音韵训诂"课，弥补了许多小学、经学知识。

次年，教育部为落实中共中央《关于整理我国古籍的指示》精神，委托四川大学、华中师范大学、吉林大学等高等学校，开办古籍整理培训班，本系唐友勤、赵时瑜老师去了华中师大进修，系主任则推荐我去四川大学学习。

1983至1984年，我参加了四川大学中文系举办的古籍整理研修班学习，又为我打开了一片学术新天地。四川大学是西南第一综合大校，远承西汉文翁石室之遗风，近接锦江书院、尊经书院、中西学堂、存古学堂、国学院等教泽，经学、文学、史学的历史相当悠久。教育部为改变传统学术师资奇缺的现实，适应改革开放后的高等教育、学术研究和文化建设的需要，在四川大学开办"古籍整理研究进修班"，原计划招收国内高校讲师以上教师前来学习，由于当时职称评审还未放开，故我等本科刚毕业者也蒙接纳。该班班主任是著名《文心雕龙》专家杨明照先生，开设的课程有文献学、训诂学、音韵学、文字学、《庄子》校读、《诗经》研究、敦煌学、三苏研究、工具书等基础课，依次由杨明照、张永言、赵振铎、经本植、成善楷、向熹、项楚、曾枣庄、李崇智等先生讲授。后来在整理和研究廖平著作时才得知，张之洞当年为尊经书院确立的学术进路就是以纪文达（昀，有《四库全书总目》）、阮文达（元，有《经籍籑诂》《皇清经解》）"两文达"之学（即目录学和考据学）相号召，张在《书目答问》中也说"自小学入经学者，其经学可信；自经学入史学者，其史学可信"云云，川大中文系为古籍班的这套课程设计，仍然依稀可见这一传统的延续。接下来的学习和后来的工作也证明，这也是对国学专业人才培养的最精细的设计，任课师资也是当年全校（乃至全国）的一时之选！这让我们在这个班上得到的教育既纯正又扎实，既基础又实用。课余我还选听过历史系彭裕商的古文字，哲学系贾顺先、刘蕴梅等的中国哲学史等课，系统弥补了文史哲方面的知识。

原班计划招收 20 人，给南充师院分了 2 名，因有人退出没有招满（后来又陆续有人进来）。同班学员记得有程再福（贵州省图书馆，时任班长，后任馆长），廖廷章（铜仁师专，后任校长），牟范、庆振宣（兰州大学，后任后勤处长、系主任），赵立勋（成都中医学院、后任所长），蒋宗许（绵阳师范学院，后为西南科技大学特聘教授），李良生（甘孜师专），唐本（温江师院，今西华大学）等。还有远自辽宁本溪师范学院的李家生，江苏淮南煤碳师范学院的郭荃芝，广西教育学院的郭珑等。结业搞古籍整理实习时，我与蒋宗许、李家生、李良生等合作，在曾枣庄先生指导下，完成了苏轼少子苏过《斜川集》的《校注》，将课堂所学，运用于实践上，对巩固知识，提高技能，都极有好处。当时川大在读研究生李文泽、黄君锦、郭齐（后来都成了我所同事），本科生卢仁龙（后来的出版家，向古籍所捐赠《文津阁四库全书》一套）等，也参加听讲。吴梦兰、毛建华和一位姓夏的女老师，则担任我们联络员。这期间，还拜访过历史系缪钺、伍仕谦、胡昭曦等；省社科院《山海经》专家徐南洲、文献学家徐仁甫、《社会科学研究》编辑谢幼田、历史学家贾大全等；省图书馆的沙铭璞、何金文、彭邦明等先生，都在各自方面对我帮助甚多，真正体会到"转益多师是我师"的真谛。

古籍班结业时，川大成立古籍整理研究所，因要充实研究力量，当时刚刚主持古籍所工作的曾枣庄先生，希望我与蒋宗许留下来工作，但因原单位都不放人而未果。我们都仍然回到原单位，担任助教，接着评了讲师，担任文史工具书和历史文选的教学；兼做系里的成教秘书，为提高成人继续教育水平，也为历史系老师改善待遇去寻找机会。

为了在专业上更上层楼，1988年我作为访问学者前往吉林大学进修一年，师从金景芳先生研治经学，对《周易》和《春秋》进行了系统学习。在吉大结识了著名学者吕绍纲、陈恩林、喻朝纲、黄忠业等先生；还到东北师范大学拜访过詹子庆（副校长、中国先秦史学会副会长）、朱鹏（世界中古史中心主任、国务院学位委员会成员）等先生，也颇为受益。

回校任教一年后，我于1990年9月考入吉林大学研究生院，成为中国古代史专业"先秦文献"博士研究生，再度师从金景芳教授学习。1993年博士毕业，获历史学博士学位，金老和大师兄陈恩林都希望我留在吉大古籍研究所工作；我的秀山老乡喻朝纲则希望我留在中文系的中国文化研究所工作，但都因家属不习惯东北生活而未果。同时也联系过东北大学、东南大学、苏州大学、中央民族大学、贵州大学、本场师范大学等，由于当时博士少，他们对我都表示欢迎，但在家属调动上也存在一定困难，故选择了回成都就近工作。

同年，我以分配程序到四川大学古籍整理研究所，担任助理研究员，正式开启我专职研究的学术生涯。川大古籍所成立于1983年，系全国高校古籍整理工作委员会直属重点资助单位。创始人和学术带头人是：著名的考古学和先秦史专家徐中舒先生，魏晋南北朝史及诗词学专家缪钺先生，文献学及《文心雕龙》专家杨明照先生，赵振铎、胡昭曦、曾枣庄、刘琳、王晓波等先生先后作古籍所负责人。徐中舒任主编，李格非、赵振铎任常任副主编，聚集川鄂两省专家学者编撰出迄今仍是最大的《汉语大字典》（8巨册，2000万字，四川辞书出版社、湖北辞书出版社）；斯时正由曾枣庄、刘琳两先生带领全所成员，从事即将成为最大断代总集的《全宋文》（后由巴蜀书社出版前50册，上海辞书出版社、安徽教育出版社出版全套360册）的编纂。

能加盟这样一个团队从事科研工作，我是非常荣幸的和满足的。因此自从1993年来到川大之后，就一直安心工作，努力进步，30余年从来没有挪过窝改变过单位。1994年，我破格晋升副研究员；1996年，再次破格晋升为教授。1995年5月，被任命为古籍所常务副所长（与李文泽搭班子），1998年任所长（与尹波搭班子），兼任历史文化学院（旅游学院）副院长（2017年卸任）。2003年，被评为历史文献学博士生导师。

2009年10月，发起成立由国际儒学联合会、中国孔子基金会与四川大学联合组建的国际儒学研究院，担任院长（杨世文、蒋宗福、吴洪泽、尹波俱副院长）；2018年，四川省委宣传部与四川大学联合成立中华文化研究院，兼任执行院长（院长项楚先生，副院长还有张宏、盖建民、刘亚丁等教授）；2019年，被聘为四川省文史研究馆馆员，与艺术名流、学术名宿们为伍，倍感清新和愉悦。

我的学术性社会兼职，主要有：四川省中国哲学史研究会会长，国际儒学联合会副会长，中华孔子学会副会长，尼山世界儒学中心副主任。还接受过北京大学、中国人民大学、山东大学等校的学院或中心的兼职教授或学术委员聘书。

回想起来，10年在南充的学习和工作经历，为我提供了将来从事学术事业的基础和机会；1年川大和4年吉大的问学，为我奠定了从事学术研究的功夫和门径；28年在川大古籍所的工作和科研，则是我在学术路上不断跋涉、不断探索并小有收获的时期。

（四）我的学绩：上下求索

余之读书，颇似五柳先生；余之乐学，亦酷似五柳。陶渊明《五柳先生传》谓其"好读书，不求甚解；每有会意，便欣然忘食"。这里有优点，也有缺点。优点是"好读书"，所以不曾被其他荣利迷惑，始终坚持与书本为伍，以书为主，一刻也没有离开过书本。缺点是"不求甚解"，虽然编纂出版了不少书本成果，但是心得不多，收获有限。至于"每有会意，便欣然忘食"，则时常得意忘形，不知老之将至。

我平身一大爱好，就是读书、教书、编书，不断发现问题、探索问题；其缺点也是太爱发现新问题，容易转移新阵地，一事未了，便又转入新领域，平生没有固守不变的阵地。

想当初，还在大学时代，对枯燥的考据不感兴趣，而喜欢文学性的表达和描述，沉潜于《史记》《汉书》《资治通鉴》等原著或选本中，对庄子书、老泉论、东坡文，颇为欣赏；对《诗经》《古诗十九首》《唐诗选》《聊斋志异》等，也很喜欢。看了几篇沫若历史剧、鲁迅历史小说，又想写历史题材的作品，借古讽今，当时写过《子产不毁乡校》，在历史系板报上发表；写过怀念故乡风物的《山茶花》，在家乡《秀山文艺》发表。还向《诗刊》《新星》《四川文艺》等投过稿，多是泥牛入海无消息。又曾邀约本班同学李枫、中文系老乡陈志武等注释《历代爱情诗》，向重庆出版社投过稿，并被约谈过修改之事，也未坚持下去，终未出版，手稿至今还压在箱箧底层。还研究过中国科举制的学位性质，收集了不少资料，但只发表过两篇习作，便又放下不搞了。

留校当教师后，曾经配合一些老师做过收集资料、古籍整理等科研，但由于当时没有指派固定的指导老师，系上全让我们自由摸索，任情发挥。我曾经协助李耀仙先生做教育厅课题《廖平学术论著选》，从南充到成都复印了一大堆资料，当时省社院谢幼田先生鼓励我做经学，还吸纳我在他主持的《社会科学研究》"廖平经学研究"专栏中发过一篇习作，本以为这就会将精力集中到经学史研究上来。但回校后为教学需要，又编起了《工具书与历史文献检索》和《史部目录学》等讲义；还参加过时任兰州大学教授的张大可先生主编的《中国历史文献学》写作，原定经学研究又暂时停摆了。

在四川大学参加杨明照先生主办的"古籍事理研修班"时，与蒋宗许等校注《斜川集》，曾由巴蜀书社出版（后经过修订在中华书局出版《苏过诗文编年笺注》四册）。至四川大学工作后，还出版过《三苏后代研究》（巴蜀书社），申报过四川省课题《三苏学案》；又曾与曾枣庄先生合编《三苏全书》（20册，语文出版社出版）。如果进行"三苏"的研究也未尝不可，但又因担任古籍工作，需要为大家考虑而未坚持。

上博士研究生时，参加过吕绍纲《周易辞典》、廖名春《周易大词典》不少词条的写作，还编有三四万字的《易学年表》；与同寝室的张希峰写过《周易新注新译》，长春出版社曾准备出版，排出清样后让我们修改，未能改定，一直只以内部讲义形式流通于师友之间。

我的博士学位论文《春秋时期少数民族分布和迁徙研究》，本来是配合金老的教育部课题《春秋史》而选，在写作时还广泛收集材料编成《周秦民族系年考辨》书稿（已经打印成100余万言清样）。毕业后，除了在台湾文津出版社出版过毕业论文《春秋民族的分布与迁徙》外，由于工作后科研任务向宋代和儒学转变，又将《春秋史》和《系年考辨》付诸悬置了。

担任古籍所副所长后，先是协助曾枣庄、刘琳先生做《全宋文》排版出版等善后工作。又参加过由任继愈、程千帆委托曾枣庄先生主编的《中华大典》"文学典宋辽金元文学分典"的编纂，与同事完成其中《元文学部》200余万字，随全书由江苏古籍出版社出版，课题组也为《中华大典》的顺利推进献了头功。接着带领全所同仁，利用《全宋文》的版本资料，筹集社会资金，出版了108册《宋集珍本丛刊》；并与哈佛大学燕京学社、台湾"中央研究院"合作，组织校点《宋会要辑稿》，用于台湾"中央研究院"汉籍数据库建设（后来刘琳、刁忠民等先生在这基础上审定，由上海古籍出版社出版纸质本，并获教育部优秀成果一等奖）。这中间，还为了纪念恩师金景芳先生，编过《金景芳学案》三册（线装书局出版）、《金景芳全集》10册（上海古籍出版社出版）等，以酬师恩。还与人合作主编过《中国风雅丛书》《战国风云丛书》，在台湾出版过"诸子百家智慧丛书"。

为了凝聚全所力量，打造标志性成果，增补学术空白，我们于1997年启动了《儒藏》编纂。为积累经验，我们首先启动《宋集珍本丛刊》（108册，任继愈先生题签、于友先赐序，线装书局出版）和《中华诸子宝藏》（40册、李学勤、缪文远两先生赐序，四川人民出版社出版）两个中型项目，结果证明是成功的，这为我们全面实施《儒藏》编纂工程增强了信心。

为编好《儒藏》，我们还分别进行了儒学文献和儒学流派的研究，申请到教育部重点研究基地——山东大学易学与中国古代哲学研究中心的重大项目——"儒家文献学研究"，以及国际儒学联合会特别项目"历代学案整理与补编"两个课题，取得了《儒学文献通论》（3册，245万字，福建人民出版社，国家出版基金资助）、《中国儒学通案》（10种、40册，人民出版社陆续出版，国家古籍整理出版基金资助）等成果；还申请了国家出版基金项目《中国孝经学史》，完成同题成果，获国家出版基金资助，由福建人民出版社出版。近年还指导博士生、博士后分段写作了《经学文献通史》200余万言，正待统一体例，查漏补缺，以便正式出版。

这一晃就已经人到中年，年过半百，本来应该潜下心来，在一个局部领域（宋代文献、儒学文献）深入钻研，写点总结性的文章或著作。但谁知道又应邀参加了章玉钧、谭继和、万本根等主编《巴蜀文化通史》的工作，承担其中《巴蜀文献要览》撰稿，在完成百余万字的主撰后，又对丰富多彩、博大精深的巴蜀文献产生了爱好。于是与万本根先生一起向省委省政府建议：编纂《巴蜀全书》，振兴巴蜀文化。2010年初得到省委常委会批准，同年4月又获国家社科规划办的重大委托项目的立项，于是又将精力转入《巴蜀全书》编纂，这一干又是十年！

大致而言，自从1993年分配到川大工作，先是辅助《全宋文》扫尾工作10年，同时主编《儒藏》近20年，现又总纂《巴蜀全书》10年！人生有多少10年呀？却始终没有属于自己的？岂不浪费？我的学术话语涉及先秦民族、宋代文化、儒学文献、巴蜀文献，虽然出版过五六百册古籍整理成果和二十余种学术专著，发表过150余篇不同类型的文章，但是似乎都不太集中，我的学术生命也就在这不停的主题切换中耗费掉了。反观余40余年的学术探索，只不过是在不断地"上下求索"，却未能成就正果。

（五）我的学术：萤火燫光

应该说，自从1978年我考入南充师范学院历史系学习以来，就与中华传统文化、中国古典文献结下了不解之缘。40余年来，我在这条道路上得遇明师，获助益友，以文献学、儒学和蜀学作为我学术活动的主要方面，主要服务于高等教育、学术研究和文化建设等领域，沉潜涵咏于文献整理、儒学研究、蜀学研究、学科建设和传统文化普及等层面。我在这些方面也曾经进行过积极的思考和探索，归纳起来，大致可以归纳为以下几点心得，聊可自慰。

一是建设"儒学"学科，重振蜀地学风。四川大学前身（锦江书院）是在汉文翁"石室精舍"基础上建立的，"七经"教育、崇儒尚教是"蜀学"的传统，历史以来曾诞生过司马相如、严遵、扬雄、常璩、赵蕤、李白、"三苏"、张浚、张栻、魏了翁、杨慎、刘沅、廖平、龚道耕、蒙文通、刘咸炘等学术大家，他们在经义、辞章、史学、玄学等领域，皆有重要贡献。不过，就像国内其他大学一样，川大的儒学与经学研究在 20 世纪后半期也陷入沉寂时期。我自本科听过李耀仙先生先秦哲学史课，在吉林大学又从金景芳先生治经学，知道经学对于中华文化的重要性；特别是范文澜《中国通史》说"不懂儒学，就不能很好地认识中国文化"的话，对我影响甚深。故自 20 世纪 90 年代始，就在古籍所同仁配合支持下，开始致力于儒学研究和学科重建。

1997 年正式启动"儒学文献整理与《儒藏》编纂"工程；2002 年开始在历史文献学专业下招收"儒学文献研究"的研究生，2004 年在"专门史"下招收"中国经学史"博士生；2005 年，申请获准教育部人文社会科学重点研究基地——山东大学易学与中国古代哲学研究中心重大项目"儒家文献学研究"；同年自拟增列"中国儒学"博士点获得教育部批准；2009 年，在我争取下，国际儒学联合会、中国孔子基金会与四川大学共建"国际儒学研究院"，并获得北京纳通集团在本校设立"纳通国际儒学奖"；2011年申请成立四川省哲学社会科学重点研究基地——"儒学研究中心"，负责指导和规划全省儒学研究。目前该专业共招收和培养硕士、博士研究生和博士后人员100余人。从2012年开始，就带领学术团队系统思考"中国儒学"学科建设和人才培养方案，在国际会议、著名刊物撰文，发表《重建儒学学科，提高文化自觉》（与舒星合作，《国际儒学研究》第21辑）、《把儒学从学科体制的束缚中解放出来》（与吴龙灿合作，《光明日报》2014年3月25日）、《恢复儒学学科的必要性和可行性》（与舒星合作，《孔子研究》2016年第四期）等，呼吁儒学学科重建，借以推动中国特色、中国风格和中国气派的学术体系、学科体系和话语体系的形成。2015年获得国际儒学联合会立项，编撰"中国儒学实验教材"，形成"儒学历史""儒学文献""儒学思想""儒学文化""儒学文选""经学概论""儒学与当代社会""海外儒学"以及"专经导读"等课程结构和基础教案。目前，四川大学国际儒学研究院同时成为山东大学2011儒家文明协同创新中心，贵州孔学堂、尼山世界儒学中心合作共建单位。对于"儒学学科建设"的建议，也曾经引起国家社科规划办公室、教育部、国务院参事室等高层领导的重视。

二是加强学术研究，建设重点学科。文献是学术的载体，学术文献更是中国思想学说的主要依托。前人说"舍经学无理学"，经学在很大程度上就是文献学，故可以说"舍文献无儒学"，文献学对于整个史学、儒学研究都十分重要，故在尊经书院开办之初，张之洞即以"两文达"（纪文达、阮文达）之学相号召，造就了一代又一代学有根柢的学术大家。中华人民共和国成立后，杨明照、赵振铎、项楚等先生仍然以文献校释为主要特色。1983年成立的川大古籍所，仍然保留了这一传统。经过20余年的积淀，2003年我所在的"历史文献学"被国务院批准为博士学位授权点；2007年"历史文献学"又与项楚先生领衔的"古典文献学"一道，双双被评为全国重点学科。我校"历史文献学"作为至今全国唯一重点学科，以"尚实学，重考据"为特征，经过几代人的努力，相继开展了《汉语大字典》《全宋文》《儒藏》（本人主编）《巴蜀全书》（本人总纂）以及《宋集珍本丛刊》（本人主编）《中国儒学通案》（本人主编）《宋会要辑稿》（本人为项目负责人）等工作，自2008年以来，川大历史文献学一直居于全国56家设有该专业的大学的前列，作为《儒藏》等大型标志性成果，在其中是起了一定奠基作用的。

三是研究传统文化，探索"国学"体系。自20世纪初对"国学"展开讨论以来，关于国学的定义和范畴一直未有定论。我认为，国学不仅仅是一种学术或一个学科，更不是一种僵死的仅供研究的对象。国学是国家学术，它奠基了国人的知识结构；国学是国家信仰，它维系着国民的精神家园；国学是国民道德，它决定了国人的基本素质；国学是国家价值，它关系着国民的处事态度；国学是国家礼仪，它影响着国人的行为举止；国学还是民族文化，它孕育了国人的文化基因；国学是国家艺术，它代表着国人特有的审美情趣和基本技能。国学是事关形上、形下以及沟通上下的博大学术和文化体系。根据这一理解，我初步探讨了"国学"基本内涵和学术框架，认为"国学"至少应当包括三个层面、六个方面。首先是信仰体系和价值体系，这关系到国人的精神家园和价值观，中国传统文化中的儒、释、道学说和孔子提出的"三统"（天命、鬼神、礼乐）理论，基本上可以满足国人的终极关怀、现实关怀和临终关怀等需求。其次是伦理道德体系和行为守则，它决定了一个民族的理想人格和为人处事态度，中国文化中的"五常""八德""十义"以及"君子"人格和众多的礼仪制度，基本可以解决这些问题。第三是知识文化和特有技能，它关系一个民族的学识修养和基本技艺，传统文化中的"六经""七学"以及"诗词歌赋、琴棋书画、博雅、剑骑"等十艺，可以基本满足这些需求。对此，我撰有《中华"国学"体系构建刍议》（《西华大学学报》2014 年第 5 期），并举办多场讲座详加阐释，还在主编贵州全省通用"中华优秀传统文化读本"时予以贯彻，在目前出版的各家国学教材中，这还是别具一番特色的。

四是探讨儒学义理，发掘核心精神。我发现，以儒家为代表的古代思想家，曾构建有自足完善的思想体系，在历史上起到过精神家园和行为指南的作用，其中以孔子的"三统"思想最具代表。"三统"是以夏、商、周三代为代表的古先圣贤所积淀的认知智慧、精神信仰和实践哲学。《礼记·表记》载孔子说："夏道尊命，事鬼敬神而远之。"在价值观上"尚忠"，其哲学是重视天道；"殷人尊神，率民以事神，先鬼而后礼"，在价值观上"尚质"，其伦理是崇拜祖先；"周人尊礼尚施，事鬼敬神而远之"，在价值观上"尚文"，其规范是仁义礼乐。是三种相辅相成的文化体系和价值追求。重"天命"和"天道"，重"鬼神"和"孝悌"，重"礼乐"和"仁义"等特点，构成了中华民族数千年的精神信仰和价值诉求，从而造就了中国人"天人相与""敬天法祖""鬼神无欺"的信仰系统，"仁民爱物""文明秩序""诗书礼乐"的文化系统，"孝悌忠信""礼义廉耻""博施济众""民本""德治""礼法并用"的政治系统，分别代表了尊重自然、尊重祖宗、尊重民生的价值取向，可以回答人类"从哪儿来""到哪里去"和"现在怎么办"等问题，能较为完善地解决中国人的"终极关怀"（敬天）、"临终关怀"（怀祖）和"现实关怀"（崇礼）等需求。这套体系在信仰缺失、价值混乱的当下，仍然对人心具有某种安顿作用。

五是研究《孝经》传授，揭示文化特质。在经典研究中，我尤倾力于号称"群经统类"的《孝经》研究，撰写30余篇论文和两部专书——《中国孝经学史》（国家社科基金规划项目、国家出版基金资助，福建人民出版社2013年出版）、《儒家孝悌文化》（中国孔子基金会项目，山东教育出版社2012年），对中华孝道产生、《孝经》形成、历代对《孝经》的研究和孝道的提倡及其实践效果等，进行了系统考述。认为孝悌之道基于尧舜，成于三代，系统于孔子，推广于汉代，影响及于两千余年，对塑造中华民族文化特质作用甚大。重新揭示了《孝经》讲于孔子，传于曾参，尊于汉代，推广于历朝历代的历史本相。同时，对《孝经郑注》之真，《古文孝经孔传》之伪，范祖禹书《古文孝经》之可贵，以及邢昺《孝经注疏》之抄袭，朱子《孝经刊误》之自我作古，等等问题，也进行了全方位评点，澄清历史迷案，拨开历史迷雾。

通过研究还发现，中国文化特质是以"孝"为根基，我们说中华文化以"孝"为本也不为过。有子称"孝悌为仁之本"，《孝经》称"夫孝，德之本也，教之所由生"，孟子说"尧舜之道，孝悌而已矣"，以及汉代以后"以孝治天下"等事实，就是最好的说明（《孝悌：中华文化的基本特征略论》，2013 年夏俄罗斯会议交流论文，同年《四川大学学报》第 4 期发表）。这一特征的揭示，对于如何妥善治理老龄化日益严重的当代社会，仍然具有一定的参考价值。

六是调查儒学文献，发起《儒藏》编纂。儒学自汉武帝时即居于中国学术主导地位，儒学成果汗牛充栋，居于各部文献之首（如经学文献居"六略"和"四部"之首，儒家子学文献居"诸子略"或"子部"之首）。但由于儒学自古无"藏"，儒学文献的著录体系长付阙如。我自 20 世纪 90 年代初即进行儒学文献的调查研究和《儒藏》编纂等思考，发凡起例，主编并主撰了《儒学文献通论》（245万字），对儒学文献的源流衍变、分类著录、各类要籍的内容和体例，进行了系统地概述和评论，初具儒学文献学、目录学、史料学等多重功用。还参照《大藏经》和《道藏》，提出《儒藏》"三藏二十四目"的著录方法，用"经部"著录经学文献，"论部"著录理论文献，"史部"著录儒学史文献。既反映出儒家文献"由经而子，再由子而史"的演变过程，同时也使原本分散于四部的数据，各归部居，井然有序。又在"三藏"下设立二十四个子目，可比较全面系统地反映现存儒学文献的历史面貌及其基本类型。

为方便学人入门和利用儒学文献，川大《儒藏》在丛书之首撰有《总序》一篇，介绍儒学文献整理的意义和思路；在三藏之首各撰《分序》一篇，介绍本部文献源流和图书类型；在二十四子目前各撰《小序》一篇，介绍本类文献源流与学术演变。还为入藏的每一种文献撰写《提要》一篇，置于各书之首。尽量使儒学文献的源流明晰，内容清楚，著录有序，检索有方，使用快捷。

七是探讨师传授受，梳理儒学流派。儒学是以师徒授受为传承方式的学派，一定的师承就代表着一定的学术流派和思想体系，自宋明以来学人就十分重视学术渊源的探索。我们在从事儒学文献研究时，带头对历代儒学传承关系进行梳理，与课题组杨世文等专家一道，基本搞清楚了自孔子以下，迄于晚清，历代儒家在师承、家学、交游、讲友、论敌、传授，及其主要学术成果和言论观点等方面的情况。在对黄宗羲、唐晏、徐世昌等所撰两汉三国、宋、元、明、清诸"学案"进行更精细整理的基础上，还仿其体例对周秦、魏晋、南朝、北朝、隋唐五代等时段的学案进行补撰，与杨世文教授合作主编"十种四十册"《中国儒学通案》，由人民出版社陆续出版，被誉为"儒学全史""儒林精萃"。

八是整理巴蜀文献，重建蜀学学统。巴蜀是人类又一发祥地，也是中华文明的又一摇篮。在巴蜀地区形成的学术，既是中国学术的重要组成部分，也具有其自身的明显特色。如中原有"三皇五帝"（三皇谓伏羲、女娲、神农，五帝谓黄帝、颛顼、帝喾、帝尧、帝舜），巴蜀也有"三才皇、五色帝"（三才皇即天皇、地皇、人皇，五色帝即青帝、赤帝、白帝、黑帝、黄帝）。儒家经典，汉廷传"五经"，蜀学传"七经"；唐重"九经"，蜀刻石经却成就了"十三经"体系。在核心概念上，汉董仲舒主张"三纲"（君臣、父子、夫妇）、"五常"（仁义礼智信）。蜀中严遵、扬雄、赵蕤、张商英、苏轼、杨慎、来知德等人，却土"三学"（易、老、儒）"五德"（道德仁义礼）等。我在从事全国性学术研究同时，也关注地方文化研究，主撰、主编有《巴蜀文献要览》（四川人民出版社）《蜀学与文献》（中国社会科学出版社），对巴蜀各类文献的历史演变、基本类型和重要典籍，进行了系统梳理和简要评述；同时对扬雄的核心价值观、李白的生卒年、三苏的经学文献，进行过整理或研究。还领衔向四川省委省政府建议"编纂《巴蜀全书》，重振巴蜀文化"，于 2010 年 1 月获中共四川省委常委会批准，将《巴蜀全书》纳入全省古籍文献整理规划项目。同年4月，又获全国哲学社会科学规划办公室批准为"国家社科基金重大委托项目"，2012年10月，该项目又被中共四川省委宣传部列为"四川省重大文化工程"，本人担任首席专家和总编纂。该工程已出版阶段性成果220余种，迄2021年止，已出成果获全国及四川省各类奖励和资助20余项。

九是立足经典文献，发展大众儒学。儒学是学术的，但也是实践的，是精英的，也是大众的。我借鉴学界政治儒学、宗教儒学、乡村儒学、民间儒学、生活儒学、制度儒学等学说，于2014年正式形成"经典儒学与大众儒学"双轨并进的构想："经典儒学"即以儒家经典阐释与学术研究为根基，注重历史性、总结性研究，目标是产出藏之名山、传之永远的学术精品。"大众儒学"则从大众日用需要出发，系统解读儒家的名著、名篇、格言、思想、伦理、道德礼仪、文化等。我们主编《儒藏》，撰写《儒藏提要》《儒学通案》《儒学文献通论》《经学文献通史》，以及正在进行的"经典校勘"和新释等，即经典儒学的主要内容；我领衔发起的《大众儒学书系》《中华优秀传统文化读本》等编撰，即"大众儒学"的具体尝试。

除了学术工作，在人才培养方面，我曾向本科生、研究生开设"周易讲座""孔子研究""群经概论""经典导读""儒学文献概论""巴蜀文献概论"等教学；撰写《儒学文献通论》《群经概论》《周易导读》《儒家孝悌文化》《孔子的智慧》《巴蜀文献通论》《文史工具书及文献检索》《史部目录学》等讲义。

还利用网络等新媒体，实现优秀师资课程共建共享，开设《中国儒学》（独立）与《巴蜀文化》（合作）等慕课，向全国开放，每期选者都达三四千人，对传统文化的宣传普及，尽了一点力量。

此外，在人才培养方面，我从1998年始，招收和培养"历史文献学""中国儒学"等专业研究生；2003年起招收博士生，目前已招收培养硕士、博士、博士后近100人，为祖国（特别是西部地区）的文教科研事业培养了人才。

结　语

停下蹒跚的脚步，回顾匆忙的人生，我既深感惊骇，更倍感压力。惊骇的是记忆中1978年考上大学的情景，仿佛就在昨天，可是弹指一挥间，一晃40余年就过去了，不得不对这一路的行程进行回顾和总结了。让我感到压力的是，我开启了这么多课题，有的还处于半成品状态，有的还未完全出版，人生的旅程却要鸣金收兵、收刀捡卦了，好生不甘！我当年喜欢高吟屈原"路漫漫其修远兮，吾将上下而求索"，而今想来那已是十分奢侈的了。现在我们似乎应该低诵"吾令羲和弭节兮，望崦嵫而勿迫"了。

然而羲和是不会"弭节"的，"崦嵫"却终将要相"迫"了。《庄子》又曰："夫大块载我以形，劳我以生，佚我以老，息我以死。故善吾生者，乃所以善吾死也。"中国现行的退休制度，正是庄生所云"佚我以老"法则的现实再版。岁月终将按下人生的暂停键，这是自然生命的正常状态。不过，生命的长短不可期，生命的价值却可料。人生价值的大小因人而异，千差万别。正如有人说："有的人活着他已死了，有的人死了他还活着。"原因就在于他活着的时候，是否做出对人民、对文化有益的事来。孔子曰："弗乎弗乎，君子疾没世而名不称焉！"立身行道，扬名后世，显我邦家，虽死犹生；素餐尸位，无所事事，空耗财货，虽活犹死；至于损人利己，祸国殃民者，则是多活无益！人类文化是从低级向高级，从野蛮向文明不断递进的。这期间有生命的闪现和光芒，有个体的努力和发挥，也有集体的攻关和冲刺，正是这形形色色的努力、纷纷纭纭的过客，成就了文明史的灿烂辉光。我自信，四川大学古籍整理研究所历经了40年的建设，先后完成《汉语大字典》《全宋文》《儒藏》《巴蜀全书》等重大标志性成果，有人戏称他们做出了当初康熙皇帝（编《康熙字典》）、乾隆皇帝（编《四库全书》）、嘉庆皇帝（编《全唐文》）举全国之力才能做到的事业，一个小小的所而有如此能量，说明古籍所是一个善于协同攻关的队伍，更是一个追求学术至上的集体。他们所做的一切，也许结果未必臻于完美，但是他们的所作所为对于祖国历史、对于人类文明，必然是增光添彩的。他们可能在现实中待遇和享受不如人，职位和荣耀不如人，可是在文明史中，人们不会忘记他们，历史终将记得他们。我作为其中的一员，参与了后30年建设，与同仁并肩奋斗，攻克难关，实在与有荣焉，岂复对生命的寿夭、在位的长短，还戚戚于心者焉？

　　只是回顾我这一路跟跄地走来，虽然小有所得，但却是播种得多，收获得少。比之中华文化之博大精深，我之所得，仍然是沧海涓滴，泰山鼠坻。从这个意义上讲，我们的成绩，实在是微不足道！而今而后，便要集中精力，尽快将《儒藏》《巴蜀全书》保质保量地出版出来，还要将《中国儒学通案》《经学文献通史》等修订完毕，方不负众人的追随和自己的初心。当然更重要的是，还应当更加精细地体会生命的价值，更加真切地品味学术的真谛。生命虽然会渐渐老去，但思考则应当更加深邃。唯有深思熟虑，方能创新创造；唯有与时俱进，方才不负此生！这也许是我回顾自己的学术生涯的一点体会吧。

> 甲子生涯太匆匆，
> 卅年书室亦庸庸。
> 勿须羲驾续日月，
> 满目崦嵫夕阳红。